天定良緣

1

文創風
586

水暖 著

目錄

序

水暖

郎騎竹馬來，遶床弄青梅。同居長干里，兩小無嫌猜——李白

年少的愛戀因為至真至純越發顯得彌足珍貴，有一個人陪你哭、陪你笑，陪著你慢慢長大，你生命中所有的喜怒哀樂，他都參與其中，有他便是晴天。

縱然兩人天各一方，無奈分離，可那個人早已刻在骨中，流淌在血液裡，豈能忘懷？十年等待，終得圓滿。

本文從構思到完成歷時將近一年，中間幾度想要放棄，終究捨不得。

一來不忍青梅竹馬的戀人不能圓滿，總是覺得每一本書都是一個世界，在那個世界裡的人物和我們一樣都是有血有肉的真人，若是半途而廢，整個世界都會分崩離析。

二來不捨讀者，他們不會知道他們不經意間留下的評論，對作者而言是多大的鼓勵。因為忙碌、因為卡文……每每想放棄時，都會翻一翻評論，告訴自己，妳看那麼多人「嗷嗷待哺」，妳忍心讓他們失望嗎？

不忍心，那麼只能咬著牙繼續寫下去，感謝所有讀者，沒有你們就沒有這個故事，每一個讀者都是作者的小天使。

陪著書中人物嘗盡悲歡離合，終於迎來完結，敲下最後一個句號，對著滿滿當當的文字幾乎要喜極而泣。終於不用在吃飯、走路甚至睡覺時都在構思情節，也不用在夜深人靜時對

著電腦抓耳撓腮，又可以追劇、逛街、睡美容覺了，然而快樂不過三天，不禁空虛起來，總覺得少了什麼，忍不住重新翻閱，細細回味。

收到出版諮詢，喜動於色，但凡作者，沒有一個不想把自己的作品變成白紙黑字，擺在自己桌上，時不時翻看回味。

寫在最後，願你也能擁有文中主角一般圓滿的愛情，終得一心人，白首不相離。

第一章

人生一世，浮華若夢，總有一人，視你如命。

陸婉兮一直將那人視如命，到頭來反而叫她要了命。

她自十丈高的問天樓上縱身而下，直直墜入未央湖底，四面八方湧來的湖水將她徹底淹沒，早春的湖水冰涼刺骨，冷得她每一塊骨頭都在顫慄。

陸婉兮就這麼死了，死在未央湖底。未曾想睜開眼後，她成了臨安洛家同樣溺水而亡的四姑娘洛婉兮。

婉兮，惋惜，還真應了這名兒。

「姑娘昨兒沒睡好？」說話的丫鬟約十七、八歲，眉眼秀麗，身穿一件素絨繡花襖，正是洛婉兮的大丫鬟桃枝。

坐在紫檀嵌玉梳妝檯前的洛婉兮端詳菱花鏡中的少女，凝脂雪膚、鳳目朱唇，眉眼間沾染著一絲倦意，平添幾分柔意。

「想著大哥和二姊要來了，有些高興。」洛婉兮把玩著檯上的織錦多格梳妝盒，漫不經心道：「過一會兒醒過神來就好了。」

昨晚，她又夢見了從前那些事，一樁接著一樁，浮光掠影一般絡繹不絕。她已經很多年沒有夢見這些事，久得許多記憶都模糊不清。

可有些事，過了再多年，依舊刻骨銘心。如當年一躍而下時的絕望、陰冷入骨的湖水與窒息般的痛苦。

對於洛婉兮的理由，桃枝有些不信，可她都這麼說了，哪有她這做奴婢的置喙的餘地，遂只能順著她的話，笑道：「自從知道大少爺要過來備考，老夫人臉上的笑意就沒少過，待會兒見到大少爺和二姑娘，還不知得多歡喜呢！」

想起這一陣心情愉悅連帶著胃口都好了不少的祖母，洛婉兮眼底笑意加深。

小兒子大孫子，老太太的命根子。

裝扮妥當後，眾人簇擁著洛婉兮前往洛老夫人所居的餘慶堂。

餘慶堂飛簷斗拱，雕梁畫棟，一草一木、一磚一瓦都透著富麗堂皇的氣息。洛家老祖宗跟隨太祖打江山，因功得封長安侯，世襲三代始降。傳至洛大老爺身上，爵位剛好沒了，不過在列祖列宗百餘年努力下，洛家早已成為臨安望族，洛大老爺貴為吏部侍郎，爵位便也不那麼重要了。

候在門外的丫鬟一見到洛婉兮，忙殷勤地打起簾子。「四姑娘早。」

洛婉兮微微一笑，問：「鄴兒可來了？」

「九少爺還沒來呢。」

洛婉兮搖了搖頭，嗔了一句。「可真是貪睡！」語氣裡滿滿的疼愛。

三房單薄，只留下姊弟倆相依為命，洛鄴比她整整小了八歲，有時候洛婉兮覺得自己不是在養弟弟而是養兒子。

「妳小時候比小九還貪睡呢。」洛老夫人耳聰目明，可沒錯過孫女的埋汰話，立時揭她老底。

坐在上首的洛老夫人身著亞麻色鶴紋團花褙子，頭戴深灰色珠繡抹額，此刻滿臉笑意，眼角堆起了不少紋路，顯得慈眉善目。

洛婉兮摸了摸鼻子悻悻一笑，行過禮剛想坐下就聽見屋外的喧譁聲。

「慢點兒，慢點兒，我的少爺！」伴隨著李奶娘無奈聲音響起的還有蹬蹬蹬的腳步聲。眨眼間，一綘紅色的小團子風風火火地跑進來，撲進洛老夫人懷裡，奶聲奶氣地叫。「祖母好！」

「好好好，鄴哥兒也好！」喜笑顏開的洛老夫人摩挲著乖孫肉乎乎的臉蛋，心裡比喝了蜜還甜，樂呵呵地問：「昨兒睡得可好？」

「好！」洛鄴脆生脆語地答，反問：「祖母睡得好嗎？」

望著憨態可掬的小孫兒，洛老夫人只有好的。

洛鄴又有板有眼的問洛婉兮。「阿姊睡得好嗎？」

洛婉兮笑吟吟道：「好極了，」促狹的眨了眨眼。「鄴兒昨晚可有尿床？」

洛鄴圓臉兒一紅，連耳尖都紅了，腦袋搖得像撥浪鼓。「沒有沒有。」

洛婉兮一臉不信。「真的沒有？」

「我五歲就不尿床了。」洛鄴叫起來，委屈的看著洛老夫人。「鄴兒不會尿床。」

洛老夫人笑得不行，摸著孫兒毛茸茸的頭頂，嗔了洛婉兮一眼。「就是，我們鄴兒早就不尿床了，你四姊胡說呢，咱們不理她。」

洛鄴哼哼唧唧，控訴道：「阿姊壞。」

「那咱們罰她待會兒多喝一碗粥，好不好？」洛老夫人問。

「好！」洛鄴鄭重其事的點頭。

祖孫三人便移步偏廳用早膳。洛家共五房，長房、二房、四房皆在外為官，三房和五房則住在祖宅侍奉洛老夫人。

三房便是洛婉兮這一房，洛家三房說來頗令人唏噓，洛三老爺少有才名，弱冠之年便是狀元及第，又迎娶恩師李大學士的千金，成就一段佳話。奈何天不假年，七年前洛三老爺在抗洪中不幸遇難，留下身懷六甲的李氏和稚女。而李氏生下洛鄴之後沒一年就追隨先夫而去，三房就此只剩下姊弟二人，洛老夫人憐姊弟倆失怙失恃，愛逾珍寶。

等祖孫用完膳，洛五夫人吳氏也帶著兒女款款而來。吳氏年屆三十，風韻猶存，臉上時刻帶著笑靨，令人觀之可親。為人更是八面玲瓏，對洛老夫人十分恭敬，待洛婉兮和洛鄴體貼周到，故雖是庶媳婦，但洛老夫人對她亦是青眼有加。

五房子嗣頗豐，且年紀不大，孩子多的地方難免熱鬧，洛老夫人喜歡熱鬧，遂沒有丁點不悅，和顏悅色地與小輩說了幾句閒話，看時辰差不多了才打發他們去上學。

洛家雖是以武起家，然而對兒孫的學業十分上心，無論男女，五歲便要上學，否則也養不出狀元郎。

吳氏又命奶娘將年幼的九娘、十娘帶下去玩耍後，才笑吟吟地開口。「大姪兒那邊傳來的消息說是今天到，抵達時辰卻沒說，也不知是上午到還是下午到？」

說起大孫子，洛老夫人便忍不住笑意。這個孫兒是極有出息的，小小年紀便考中了秀才，這會兒過來是為半年後的秋闈作準備，洛家籍貫在臨安，遂他必須在臨安參加。若是考中，便是舉人，可參加明年的春闈，再中即進士。

本朝約定俗成的規矩，非進士不入翰林，非翰林不入閣，文臣有了進士出身才有機會出人頭地。

「左右就是今天，甭管他們什麼時候到，反正妳都打點好了。」洛老夫人含笑道。

吳氏聞言笑逐顏開，自己的辛苦被老夫人肯定，她自然歡喜，甩了甩帕子道：「可不敢在母親這兒居功，前前後後都是婉兮在忙活，我也就是看兩眼。」吳氏深諳討好老夫人之道，只要誇三房姊弟倆就行，兩人就是老太太的眼珠子、命根子。

果不其然，洛老夫人臉上笑意更濃，拍了拍洛婉兮的手，滿臉欣慰。「咱們婉兮丫頭長大了，能替祖母分憂了。」

洛婉兮低頭一笑。「都是祖母和嬸娘教得好，不過我要學的還多著呢，這一回要不是五嬸指點，好些地方我都不知該如何下手。」

洛老夫人便笑。「妳五嬸是有能耐的，日後家事上有什麼不明白的，只管去問她。」

吳氏謙虛了幾句，心裡十分受用，她願意捧三房姊弟倆，除為討好老夫人，也是因為洛婉兮會做人，從不仗著老夫人的寵愛就頤指氣使，加上這姪女又許了個好人家，母族也出息，與她交好百利無一弊。

正說笑著，就有丫鬟眉飛色舞地跑進來稟報，洛郅一行人已經抵達，這會兒差不多到府外了。

洛老夫人喜不自勝，連連道：「可算是來了！」

洛婉兮看著興奮不已的祖母，亦是眉眼含笑，提醒道：「祖母，是不是要派人把弟弟妹妹們請過來？」

洛老夫人這才想起這一茬。「早知道就不讓他們去學堂了。」又道：「哪想郅兒他們來得這麼快，我還以為要下午呢！」

說完洛老夫人便命人去學堂，想了想又對洛婉兮道：「妳去垂花門那兒迎一迎妳大哥和二姊，你們也有好一陣子沒見了。」留在祖宅的孫輩中，洛婉兮最為年長，由她去迎理所當然，其中還有洛老夫人的私心，盼著她和長房兄姊打好關係，將來也能互相扶持。

早春時節，冰雪消融，明媚春光下的青草如綠波，枝頭盛開的桃花皎如人面，春風拂過，落英繽紛，美如仙境。

行走其間的洛婉如伸手接住幾片緩緩飄落的桃花，暗道怪不得父親怎麼請，祖母都不肯上京，怕是捨不得這宅子。一路走來，亭臺樓閣，藏露互引，疏密有致；假山怪石，奇花異草，令人嘆為觀止，和京城那些公侯府邸相比也毫不遜色。

洛婉如嬌俏地眨眨眼，揶揄的望著洛郅。「大哥不顧娘的挽留一定要來祖宅備考，怕是惦記這兒的美景吧。」

洛郅淺笑。「江南文風鼎盛，早點過來正可與當地學子交流探討，比閉門讀書更有收穫。倒是妳，巴巴跟來，可別待不了幾天就鬧著要回京。」不知怎麼，二妹這回一定要跟著他南下，母親不同意，她就去纏父親，父親不勝其擾，只能放行。原本母親不放心還想親自跟來，諸多兒女之中，母親最疼二妹。奈何嫁進凌家三年的長姊終於傳出好消息，不過懷相不好，權衡過後，母親只好留在京城照顧長姊。

洛婉如抿了抿唇，扔掉手裡的花瓣，笑嘻嘻道：「大哥可別小瞧我，我……」聲音戛然而止。

洛郅詫異，就見洛婉如愣在原地。循著她的目光望過去，便見亭亭立在垂花門下的洛婉兮，烏髮雲鬢，腮凝新荔，清麗無雙。一年不見，這位堂妹出落得越發昳麗。

「這是四堂妹，怎麼，一下子認不出來了？」洛郅只當妹妹沒認出人，說起來近兩次長房回祖宅探望洛老夫人，第一次是因為她自己生病，另一次因為外祖母身體違和，洛婉如都沒能隨行，所以她也有五年沒回祖宅，不認得人也正常，畢竟女大十八變。

洛婉如回神，捏了捏手裡的帕子，望著緩緩走近的洛婉兮，笑道：「是啊，都認不出來了。」

「大哥、二姊。」洛婉兮屈膝行禮。

二人還禮。

洛婉兮眉眼彎彎，語氣關切。「大哥和二姊一路可順利？」

洛郅溫聲道：「一切都好。」又問：「祖母身子可好？」

「祖母很好，尤其是知道大哥和二姊要來，精神更好，連飯都比之前多吃一碗。」洛婉兮道。

洛郅不覺笑道：「倒是我們不孝，不能承歡膝下，孝順她老人家，幸好有四妹陪著祖母。」

洛婉兮輕笑。「大哥這話可叫人無地自容了，大伯父身為朝廷重臣，政務繁忙，雖然不能親自服侍祖母，可但凡有什麼都不忘祖母，時時來信問候，難道不是孝？」

洛郅搖頭失笑。「好了，說不過妳。」此時見身邊洛婉如沈默不語，實在不像她的性子，不免擔心，遂問：「妳可是哪裡不適？」

洛婉兮也停下腳步來，關切地看著洛婉如。「二姊若是不適，不妨請府醫來瞧瞧？」

「就是趕路有些乏，不要緊。」洛婉如搖搖頭，扯出一抹微笑。

洛郅更擔心了，暗自決定待拜見過祖母便請府醫看看，畢竟他這妹妹養得有些嬌氣。

洛郅不提，洛婉兮也不會多事，繼續帶著二人前往餘慶堂。

到了餘慶堂，安靜了一路的洛婉如突然恢復精神，笑語連連，逗得洛老夫人喜笑顏開。沒一會兒，多年不見的生疏便煙消雲散。

「好兒那兒可是一切妥當？」洛老夫人忍不住關心起大孫女。

洛婉好，洛家大房嫡長女，才貌雙絕，三年前嫁給左都御史嫡長子凌煜，才子佳人、珠聯璧合，唯有一點美中不足，成親三載，肚子不見丁點動靜。

每每想來，洛老夫人都夜不能寐。三年無所出，凌家便是想抬姨娘，洛家也無話可說，何況凌家還比洛家勢大。這不僅僅是正二品和正三品的區別，而是凌煜有一個位極人臣、權傾朝野的首輔堂叔凌淵。天順帝耽於長生之術，朝政由內閣把持，而內閣以凌淵為尊。

這回洛婉好不容易懷孕了，洛老夫人只覺得心中一塊大石落地，最好能一舉得男，便是不能，先開花後結果也無礙，能生就好。

洛婉如可不敢說大姊懷相不好的話嚇老夫人，只說：「大姊挺好的，再等半年，祖母就能抱到曾外孫了。」

這話洛老夫人愛聽，畢竟老人家不就盼著子孫滿堂？

洛郅忽然想起一事，笑道：「差點忘了，知道我們要回祖宅，姨婆特意命人送來一車禮物，」說著看一眼靜坐在一旁餵洛鄴吃水果的洛婉兮。「道是給您和四妹準備的。」

洛婉兮手上動作一頓，洛鄴以為姊姊在和自己玩，忙張大嘴一口咬住。

洛婉兮只覺指尖一疼，輕嘶了一聲。

「阿姊！」這可嚇壞了小洛鄴，連忙抓住洛婉兮的手察看，望著上面淺淺的牙印，小臉皺成一團。「疼嗎？」

「不疼，就你那點力氣。」洛婉兮摸了摸他的頭頂，又餵了一塊水果給他。

洛鄴乖乖張嘴，一邊嚼一邊覷著洛婉兮的臉。

洛婉兮心頭一軟，縱是再疼他，這孩子到底較常人更敏感。

洛老夫人收回目光，望著洛郅遞上的禮單笑道：「你姨婆可真是有心了。」

「姨婆十分惦記您和四妹。」洛郅道。

吳氏瞅著微垂著頭、似乎不好意思的洛婉兮，笑著奉承老夫人。「有這麼好的太婆婆，咱們婉兮可真是個有福氣的。」

這位姨婆不只是洛老夫人的表妹，還是洛婉兮未婚夫許清揚的祖母。這門親事是已故的洛三老爺和許大老爺十年前定下的口頭之約，後來洛三老爺英年早逝，許家也沒有當笑談處理，而是上門正式交換了庚帖。

洛婉兮頭垂得更低，臉上露出恰到好處的嬌羞。

洛婉如捏緊手中的錦帕，面上透出一絲蒼白。

眼觀六路的吳氏率先發現了她的異樣，忙道：「二姪女怎麼了？可是哪裡不舒服？」

洛婉兮也顧不得嬌羞，連忙抬頭。

觸及洛婉兮的目光，洛婉如心裡一驚，別過眼按了按額頭。「就是趕路有些累。」

洛婉兮目光微動，心裡說不上的古怪，第一眼她就發現這位堂姊看她的眼神耐人尋味，有一種審視的意味。

洛老夫人望著洛婉如蒼白的臉色，大為心疼，自責道：「瞧我只顧著說話，忘了妳剛到，這又是坐船又是坐馬車的肯定累壞了，趕緊下去歇一歇。」

洛婉如垂下眼簾，赧然道：「讓祖母為我擔心了，孫女不孝。」

洛老夫人拍拍她的手背。「傻丫頭說什麼胡話呢，快去休息吧！」想了想，雖然捨不得，還是開口讓洛郅也下去休息，唯恐把大孫子也累壞了。

洛婉如的院子離餘慶堂並不遠，庭院內芳草萋萋、生機勃勃，屋宇寬敞整潔，屋內器具無一不精，擺設逸趣橫生，可見是用了心的。

「這院子是誰收拾的？」洛婉如突然問。

奉洛老夫人之命前來照顧的姚黃含笑道：「是四姑娘。老夫人想著四姑娘和您年歲差不多，喜好應該也差不離，遂讓四姑娘帶人收拾。二姑娘若覺哪裡不習慣，儘管吩咐，奴婢這就叫人去辦。」

洛婉如笑了笑。「挺合我心意的，看來我們的喜好差不多。」後面半句話語氣有些微妙。

姚黃毫無所覺，笑著道：「這般豈不正好，閒暇時您也可找四姑娘玩。」

洛婉如挑了挑嘴角，臉色忽然冷下來。「我有些累了，妳下去吧。」

姚黃怔了下，躬身退下。

一旁的何嬤嬤在心裡嘆了一聲，打發了其他人，道：「我的好姑娘，那是老夫人跟前的大丫鬟，怕您不熟悉，特意撥過來的，不看僧面看佛面，您也得客氣點，要不傳到老夫人那兒，豈不又是一樁是非。」

洛婉如抿了抿唇，悶悶道：「我知道了。」說著隨手抱起一個隱囊，用力的捶了幾下，越捶越委屈，不知不覺紅了眼眶。

她忍不住掏出貼身攜帶的蘭錦荷包，取出裡面紫檀木雕成的小人偶，雕工粗糙的小人偶背面歪歪扭扭刻著兩行字。

有美一人，婉如清揚。

望著這兩行字，洛婉如眼淚再也憋不住，奪眶而出。

見她這模樣，何嬤嬤只覺得有人在割她心肝。她是看著洛婉如長大的，加上自己的女兒又沒養大，說句僭越的話，她是把洛婉如當作親女兒疼的。

別人不知道洛婉如的心思，她還能不知道？只能說陰差陽錯，天意弄人。

第二章

洛府的桃花開得好，就是臨安街頭的稚兒都知道。每當桃花盛開的時節，洛老夫人都會邀請親朋好友上門賞花，今年也不例外。

因為洛郅和洛婉如要來，洛老夫人特意把桃花宴的日子從二月底挪到了三月初，正可趁此良機昭告眾人，洛家長房兄妹來了，日後若是有什麼文會、花會，可別落下二人，免得尷尬。

宴會當天一大早，洛府就迎來了首位客人。

老管家笑咪咪地迎上去，行了個禮。「二姑奶奶好、表姑娘好！」又對白洛氏道：「二姑奶奶好一陣子沒來，老夫人可惦記得緊。」

白洛氏扯了扯嘴角。「老太太病了，自然要在床前伺候，眼下好轉了，才能來看望母親。」說話間神情中的厭惡難以掩飾。

老管家似渾然不覺，客客氣氣地迎著二人入內。待母女二人的軟轎消失在眼簾之中，方幽幽嘆出一口氣。

這位姑奶奶也是個可憐人，白洛氏是洛家幾位姑奶奶中唯一嫁在臨安的，嫁的是當地望族。一進門就誕下一對龍鳳胎，生產當日就傳來姑爺高中的消息，三喜臨門，誰不羨慕。不想樂極生悲，二姑爺與好友慶祝時，不慎失足墜樓，當場身亡。

白家老夫人痛失愛子，不知怎麼想的，竟遷怒白洛氏和一雙孫兒，覺得是白洛氏剋夫，龍鳳胎剋父，百般不待見母子三人。

白洛氏在夫家過得不如意，遂時不時往娘家跑，對此白、洛兩家都睜一隻眼閉一隻眼。洛老夫人是心疼女兒，白家則是心裡有愧。

聽說女兒來了，洛老夫人十分高興，但見女兒瘦了一圈又心疼，這一陣侍疾，不知受了多少委屈。然有小輩在，洛老夫人只得按捺下，想著私下再問。

白洛氏也有一肚子的委屈要訴，不過在見了洛婉如之後，立時把話嚥了回去，哪能讓大房看了笑話。

白洛氏揚著笑臉，愛不釋手地拉著洛婉如嘖嘖稱讚。「瞅瞅咱們如姐兒這模樣、這氣度，咱們洛家的靈氣都聚到如姐兒身上了，我倒想問問大哥大嫂怎麼養女兒的，也好叫我學一學。」

洛婉如愣了下，馬上又神色如常，想來這樣的熱情並非第一次見。「二姑母過獎了。」

「瞧瞧，這孩子還害羞了！」白洛氏一臉的寵溺。

聽著白洛氏沒口的誇讚，吳氏悄悄撇了下嘴角。這位姑奶奶討好起大房來還真是不遺餘力，睜眼說瞎話都不害臊，洛家這幾位姑娘，哪怕是算上已經出嫁的洛婉好，在她看來都不及四丫頭，可誰叫四丫頭無父無母呢。

她不由去看洛婉兮，見她神情自若，心裡高看了一分。

白奚妍神情有些尷尬，母親這捧高踩低的性子她是知道的。

饒是洛老夫人，見白洛氏說得越發得勁，洛婉如都有些不自在了，她還在喋喋不休，臉色微微一沈。「知道妳好些年沒見如姐兒，想念姪女，可妳好歹也悠著點，來日方長，別嚇壞了孩子。」

白洛氏聲音一頓，不勝其熱情的洛婉如乘機抽回手，讓白洛氏臉色僵了僵。

「祖母還不知道，二姑最是心疼咱們這些做姪女的。」洛婉兮笑著開口。

吳氏順勢道：「誰叫妳們一個個花朵兒似的，叫人愛到骨子裡去。」

白洛氏神情略緩，甩了甩帕子道：「可不是，誰不知道咱們洛家的姑娘，溫良淑德、才貌雙全。」

「沒見過妳們這麼自賣自誇的，傳到外面去，可不叫人笑掉大牙。」洛老夫人指了指二人笑道，之前的尷尬這才消弭於無形。

洛婉如抬眼看了看洛婉兮，對方微微一笑，洛婉如怔了下才彎了彎嘴角。

說笑了一陣，賓客也陸續抵達，因是花宴，故請的都是各府女眷。等客人到得差不多了，洛老夫人才讓洛郅出來給各位夫人請安，露過面就被打發下去。以洛郅的年紀並不宜久留，這樣的花宴，一般只有十歲以下的男孩才可出入。

洛郅人雖走了，可關於他的話題並沒有就此結束。洛家長房這一對兒女都正是談婚論嫁的年紀，出身、樣貌在臨安這一帶都是拔尖的，諸位家有適婚兒女，哪能不動點心思。

尤其是洛婉如，一來洛郅這年紀還不訂親，顯然洛家想等他高中之後好挑一門貴親，自覺門第不夠的便歇了心思。二來，洛婉如多年不來，突然來了，會不會是因為在京城找不到適合的人家，遂打算在臨安找。臨安雖比不得京城，但仍算龍興之地，權貴望族也不少。

諸位夫人不動聲色的向洛老夫人打探著洛婉如的消息，閨秀們也圍著洛婉如，興致勃勃地詢問京城之事與沿途風光。很多姑娘打自出世就沒離開過臨安城，更別說去過京城，因此對於穿越了半個大慶的洛婉如難免好奇。

因著不少人聚在洛婉如周圍，洛婉兮輕鬆不少，只需要招待餘下不愛湊這份熱鬧的閨秀。應酬了一圈，洛婉兮也有些累了，正想找個地方喝杯茶潤潤喉，冷不丁聽到一道清亮的聲音。

「一個個耳朵聾了不是，一口一個京城怎麼？京城又如何，聽不出洛婉如瞧不起她們，還哈巴狗似的湊上去。」

另一個溫柔聲音細聲細氣地勸道：「妳理她們做什麼，自古以來京官大三級，京城來的那些人向來自視甚高，又不是沒見過，妳犯得著為這事生氣嗎？」

「不過是個三品官，還真以為是什麼大官不成，把自己當成檯面上的人了。」

洛婉兮默了默，帶著人悄無聲息地離開。地域歧視自古有之，京城的瞧不起地方的，臨安本地的望族也瞧不起外來官員。

她沒留意過洛婉如在別人面前如何，但是面對她，這位堂姊時不時就露出居高臨下的打量。要是對旁人還是如此，總有幾人會有所察覺。

就像剛才抱怨的那姑娘不就發現了，也生氣了。長此以往，怕是一樁麻煩，就拿這姑娘來說，來歷可不簡單。出自南寧侯江家，南寧侯府是本朝三大世襲罔替侯府之首，世代居住在臨安。

老祖宗是跟隨太祖打江山的嫡親表弟，娶的是太祖胞妹。現任老夫人是當今聖上的長姊文陽長公主，而這任南寧侯掌江南水軍，是個跺跺腳就能讓整個江南震一震的人物。

洛婉兮思忖著如何向洛老夫人提一提，讓祖母和洛婉如談談，她再這樣下去少不了會得罪人。

想明白之後，洛婉兮心裡一鬆。

「累壞了？」白奚妍見洛婉兮一坐下就端起茶碗喝。

喝了半盞茶，洛婉兮才放下茶盞。「累倒不會，就是渴，一個勁兒說話都沒停過。」

「說明妳人緣好啊，和誰都能說上幾句。」白奚妍笑道，她不善交際，遂十分羨慕洛婉兮與誰都能談得來。

「表姊是誇我呢，還是說我話嘮呢！」洛婉兮調笑。

白奚妍笑道：「自然是誇妳！」

話音剛落，便有幾人湊過來，打過招呼後紛紛落坐。

洛琳琅一臉大開眼界後迫不及待與人分享她的興奮。「婉兮姊妳剛才不在都沒聽到，原來番邦之人如此大膽！」

洛婉兮素來知道這位族妹好弄玄虛，遂配合地擺出側耳傾聽樣，好奇問：「怎麼樣？」

洛琳琅心滿意足的嘖了一聲，壓低了聲音。「上個月瓦剌不是來朝賀嗎？他們的公主竟然在宴會上主動要求皇上賜婚，妳知道是誰嗎？」

瓦剌民風彪悍，女孩兒熱情大膽，洛婉兮並不驚訝，不過還是被吊起胃口，十分好奇這個倒楣鬼是誰，忍笑道：「誰如此豔福不淺？」要是真的賜婚了，她總能聽到一星半點，沒聽說那就是皇帝沒答應，所以洛婉兮才能如此幸災樂禍。

「這人妳肯定猜不到，居然是凌閣老！」

洛琳琅滿心以為會見到洛婉兮大吃一驚的表情，卻見她面不改色，只是目光凝了凝，然捧著青花色茶盞的指尖逐漸泛白。

不知怎的，洛琳琅心裡一慌，小聲喚道：「婉兮姊！」

洛婉兮指尖微微一動，恢復了血色，嘴角笑容微涼。「這位公主眼光可不怎麼好。」

洛琳琅嘟了嘟嘴，不高興地道：「凌閣老難道還配不上瓦剌公主？凌閣老除了年紀大了點，其他哪一點不好了。」

「才過而立哪裡老了！」

「就是就是，我聽說凌閣老年輕時有『凌家玉郎』的美稱，容色不下潘安和衛階。十七歲的探花郎更是本朝第一人，他還上戰場立過功呢。」

三人說完不約而同地看向洛婉兮，頗有種同仇敵愾的架勢。

洛婉兮嘴角抽了抽，剛剛升起的那絲陰鬱不翼而飛，慢條斯理道：「妳們都說了凌閣老這般好，豈是區區一個瓦剌公主可以肖想的，看中不屬於自己的人不是眼光不好嗎？」

終究是她衝動了，洛家和凌家是姻親，洛家屬於凌淵一派，這話若是傳出去，有人深究起來，自己也落不得好，遂她不得不忍著糟心描補。

洛琳琅恍然，俏皮地吐了吐舌頭。「原來婉兮姊是這個意思。」

「不然是哪個意思？」洛婉兮施施然站起來，丟下一句。「我去那邊看看。」

坐在原地的白奚妍聽著洛琳琅幾人如數家珍的說起凌淵的豐功偉績，抬眼望望漸行漸遠的洛婉兮。她大半時間住在洛府，只比洛婉兮大了一個月，兩人自幼交好，對洛婉兮知之頗深。方才那一句話中的冷意，白奚妍並沒有錯過。

她隨意尋了個藉口，便追了上去。

聞得背後腳步聲，洛婉兮旋身，眉眼含笑，神情如常。

白奚妍並沒有因此放心，見左右無外人，鄭重其事地握住洛婉兮的雙手。「表妹慎言，以後那樣的話不管對誰都不要再說了。」

洛婉兮心頭泛暖，頷首。「今兒是我胡鬧了，表姊放心。」

白奚妍沈吟了下，忍不住問：「妳為什麼不喜歡凌閣老？」又連忙解釋：「實在是很少見妳對人……妳要是不想說就算了，我也是隨口問問。」在她印象裡，這個表妹性情溫和，從不與人交惡。

洛婉兮笑了笑，語調輕柔。「談不上什麼喜不喜歡，只覺得他能坐上首輔之位，手上哪能不沾血，不管是政敵的，還是親友的。這樣的人豈是良人？所以覺得那位公主傻啊！」真是傻透了，只看見鮮花錦簇的假象，而沒有深究鮮花之下的骯髒。

白奚妍默了默，想起坊間的一則流言。

凌淵髮妻陸氏死後，先帝景泰帝親自賜婚，女方是景泰帝胞妹嘉陽長公主。不過不等二人完婚，凌淵助今上發動政變，嘉陽長公主也隨著景泰帝被賜死，而凌淵正是今上復辟的最大功臣。

陸氏死後，凌淵成了景泰帝的心腹，權傾朝野。嘉陽長公主死後，凌淵成為今上肱骨，位極人臣。坊間傳言，無論陸氏還是嘉陽長公主其實都死於凌淵之手。

白奚妍突然想起來，陸氏與表妹同名，都是「婉兮」二字。洛婉兮不喜凌淵，是不是有此原因？

對著白奚妍，洛婉兮連連保證自己絕不會再口無遮攔，白奚妍才放過她。兩人攜手欲歸，就見一婆子急赤白臉地匆匆跑來，待走近後兩眼發光，好似溺水之人看見救命稻草。

洛婉兮被她這麼盯著，心裡咯噔一響，鄭婆子加快步伐，飛奔到兩人跟前，氣都沒有喘過來，就急道：「二姑娘和江姑娘起了爭執，江姑娘受傷了！」

來客中姓江的不少，但是能讓鄭婆子這般如臨大敵的只有一個——南寧侯府掌上明珠江翎月。

白奚妍也猜到了，登時驚得花容失色，下意識拽緊了錦帕。

「傷勢嚴重嗎？」洛婉兮忙問。

「手被碎瓷片割傷了，流了不少血，江姑娘馬上就被送到桃來居包紮，傷勢到底如何老奴也不清楚。」鄭婆子唯唯諾諾道。

洛婉兮眉頭緊蹙，一邊往桃來居趕一邊問：「好端端怎麼會受傷？和二姑娘爭執又是怎麼一回事？」

鄭婆子嚥了嚥唾沫，素來笑盈盈的四姑娘板起臉來還怪唬人的，到底是老夫人手把手調教出來的。

「姑娘們在荷風水榭作畫，江姑娘打翻了二姑娘桌上的墨，弄污了畫作。二姑娘說江姑娘是故意的，江姑娘說二姑娘誣衊，兩位姑娘便爭執起來。二姑娘氣急之下失手推了江姑娘一把，不想江姑娘摔倒了，還帶著桌上的筆洗一塊兒掉落地上，江姑娘又正巧摔到了碎瓷片上。」

洛婉兮看一眼鄭婆子，她話裡話外都偏向洛婉如。其實這也正常，鄭婆子是洛家下人，偏向江翎月才是不正常，況且她對江翎月的性子也有一些瞭解，江翎月有些跋扈，不久之前她還親耳聽見江翎月對洛婉如的抱怨，那墨汁十有八九是她故意打翻的，而洛婉如一看就不是逆來順受的性子，哪裡受得了這氣？吵起來並不奇怪。

小姑娘之間起口角，誰也不會當一回事，可江翎月受傷見血，洛婉如還是主家，這就有些說不過去了。

洛婉兮一行人經過荷風水榭時，就見眾閨秀三三兩兩聚在一塊兒，顯然是在討論剛剛發生的事情，見到她，與洛婉兮交好的幾人迎了上來。

洛婉兮先賠罪，歉然道：「招待不周，讓妳們受驚了。」

「說什麼見外的話，妳是要去看江翎月的吧，趕緊去吧。」諸人十分善解人意。

「那我失陪一會兒。」洛婉兮福了一福才走，幾步後，洛琳琅追上來，眉頭皺成一團，一臉為難。「事後二堂姊就走了，去的不是桃來居的方向。」洛婉如走時臉色難看得很，讓想勸她去看看江翎月的洛琳琅收回了腳。至今想來，洛琳琅還有些羞臊。

洛婉兮腳步頓了頓，不知道該說什麼。雖然江翎月受了傷，但是率先挑釁的也是洛婉如，如果她把禮數做全了，就是南寧侯府也無話可說，可她這樣一走了之，有理也變沒理了。

洛婉兮只覺得心累，拍了拍洛琳琅的手背。「這裡妳擔待些。」

「我明白，婉兮姊妳放心。」洛琳琅笑了笑。

桃來居裡，謝府醫正在處理江翎月手臂上的傷口，江翎月傷得比眾人想像的重多了，不只虎口處被割傷，手臂上也有不少傷口，雖然都是小傷口，可數量多，傷在江翎月白皙的手臂上，更是觸目驚心。

江翎月完全不敢看自己的手臂，伏在丫鬟懷裡大哭特哭，每上一次藥，她整個人都要顫一顫，南寧侯府的丫鬟就跟著抖一下，一臉的感同身受，恨不得以身相替，以至於洛婉兮一踏進屋子就成了眾矢之的，被各種不善的目光包圍。

對此她心裡有數，在見到江翎月的手腕之後，更是只能在心裡苦笑。

待上完藥，洛婉兮才出聲詢問：「謝大夫，翎月的傷如何？」

「我會不會留疤？」江翎月從丫鬟懷裡抬起頭，一臉緊張。

謝府醫看了看洛婉兮，再望了望眼巴巴看著他的江翎月，面露難色。

洛婉兮神情一變，江翎月臉色瞬間慘白，嘴唇哆嗦著說不出話，雙眼直直的看著謝府醫。

謝府醫不甚自在的垂了垂眼。「江姑娘莫急，唯有手肘這一處，」他點了點那處傷口。「傷口頗深，須得看後期恢復情況，其他傷口絕不會留疤。」

饒是如此，江翎月依舊雙目含淚。

洛婉兮亦是心頭發緊，花朵兒似的姑娘，哪怕疤痕留在手肘處那也是一道疤。

第三章

「月兒、月兒！」

洛婉兮正斟酌著如何開口，聞聲心下一沈，回身便見一名穿著石榴紅褙子，眉眼端莊、氣質雍容的貴婦人被丫鬟婆子簇擁著浩浩蕩蕩入內。

一見到母親，江翎月眼眶內的淚珠撲簌簌往下掉，撲進婦人懷裡大哭。「娘！我要留疤了，我手上要留疤了，怎麼辦？」

見狀，南寧侯夫人只覺五內俱焚，生吞了罪魁禍首的心思都有。她養了三個兒子只得了這麼個姑娘，疼得跟眼珠子似的，從小到大，哪裡受過這等罪？

南寧侯夫人安撫女兒。「妳放心，娘絕不會叫妳留疤。咱們不聽這庸醫胡說八道，娘帶妳回府，府醫看不好，咱們就找御醫，妳別怕。」

聽著母親鎮定的聲音，江翎月哭聲漸停，可還是不放心，哽咽道：「要是治不好怎麼辦？」

南寧侯夫人鳳眼一瞇，聲音發涼。「治不好？誰害妳留疤，我就讓她和妳一樣！」說著抬眼在屋內掃了一圈，不看還好，一看之下怒不可遏，柳眉倒豎，怒道：「把我月兒傷成這樣，她洛婉如竟敢連面都不露一下，覺得我江家女兒不配讓她『紆尊降貴』嗎？」

怒氣騰騰的視線直接射向隨她一起趕來的吳氏身上，吳氏架不住變了變色。「表嫂不要誤會。」

南寧侯府已故的太夫人是洛家姑奶奶，雖然血緣淡了，但是同在臨安，兩家一直當近親在走動。

向來伶俐的吳氏一時無言，洛婉如她倒好，自己一走了之，留下她們在這裡承受南寧侯夫人的怒火，這位夫人可不是善茬。

「江伯母息怒，不慎讓翎月受傷，二姊也很著急，她是回去取靈芝玉顏膏，這藥對皮外傷有奇效。」這時洛婉兮出聲道。

吳氏忙不迭附和：「有靈芝玉顏膏，想來翎月不至於留疤。」

南寧侯夫人怒氣稍斂，深深看一眼洛婉兮。靈芝玉顏膏是凌家祖傳秘藥，千金難求，洛婉如的胞姊嫁到凌家，這藥對她而言卻不難得。為了女兒，南寧侯夫人也不會鬥這氣，何況洛婉兮特意說了不慎——好一個不慎。自己的女兒自己清楚，那墨汁九成九是她故意潑上去的，不依不饒鬧下去，不只對女兒名聲有礙，也傷兩家情分。

遂南寧侯夫人順著臺階下，說道：「但願如此。」

說曹操，曹操到。洛婉如果真帶著靈芝玉顏膏來了。

洛婉兮鬆了一口氣，洛婉如回去找藥是她為了安撫南寧侯夫人瞎編的，不過她在來的路上就遣了人去找洛婉如，務必讓她親自過來一趟。

便是她不來，自己也派了人回去找靈芝玉顏膏。她那兒也有兩盒，是大伯孝敬祖母的，洛鄴頑皮，時不時受個小傷，祖母就把藥給了她。

仇人見面，分外眼紅，江翎月一見到洛婉如，眼刀子梭梭飛過來。

洛婉如險些以眼還眼，可想著大哥的警告，若是她再任性，就送她回京，她想做的事還沒做成，豈能回去？遂硬生生忍住。

洛婉如咬了咬唇，朝南寧侯夫人屈身一福。「今兒是我莽撞了，我第一次參加南方的畫會，生怕露怯墮了洛家的名聲，遂絞盡腦汁作畫。見畫毀了，怒氣上湧失了理智，這才失手推了江表妹，害得表妹受傷。見表妹流血我嚇壞了，趕緊跑回去找藥，耽擱了一會兒，讓表妹受罪了，江伯母勿怪。」

洛婉如抽了抽鼻子，話裡帶上哽咽，奉上裝藥的錦盒。「我這次帶來的藥都在這裡，伯母先拿去用，我回去就立刻寫信向我大姊求藥，無論如何都不會讓江表妹留下疤痕。」

南寧侯夫人瞇了瞇眼，拿凌家壓她，有個姊姊嫁到凌家可真了不起。她氣極反笑。「原來真是去拿藥了，我還以為二姑娘一看闖了禍跑了呢！」

洛婉如臉色一僵。「伯母誤會了！」

南寧侯夫人定定瞅她兩眼，直瞅得她手腳僵硬，才輕嗤一聲，命婆子扶起江翎月，對吳氏道：「月兒受傷，我先行一步，回頭替我在老夫人那兒告罪一聲。」

吳氏送南寧侯夫人一行出門，留在屋內的姊妹倆對視一眼，不約而同撇開視線。

洛婉如咬唇站在原地，只覺得一股怒氣在胸間橫衝直撞又無處可洩。在洛婉兮面前丟人，是她最不想的，可偏偏發生了，還是由洛婉兮替自己周旋。此刻她心裡什麼滋味都有，又什麼滋味都說不出來。

洛婉兮見堂姊臉一會兒紅一會兒白，顯見思緒萬千，垂眼道：「我離開有一會兒了，該回去了，二姊呢？」

「我過會兒再走。」洛婉如乾巴巴地道。

洛婉兮略一頷首，帶著人離去。

離開桃來居後，被洛婉兮派去請洛婉如的柳枝低聲道：「奴婢沒見到二姑娘的面，只見到姚黃姊姊，不等奴婢開口，姚黃姊姊便說她與何嬤嬤都勸二姑娘去瞧瞧江姑娘，把事情圓過去。二姑娘不肯，還生了好大的氣，兩人都吃了掛落。幸而大少爺親自過來，二姑娘這才來了。」

看來這位堂姊的脾氣比她想像中大，幸好洛郅能壓得住。之前，她對洛婉如的到來樂見其成，祖母年事已高，喜歡兒孫繞膝，盡享天倫，自從知道長房兄妹要來，洛老夫人精神顯而易見的變好。

眼下，洛婉兮卻是由衷希望洛婉如受不了這氣，打道回京，省得祖母替她費心。祖母去年病了一場，謝府醫說傷了元氣，不宜操心傷神。

回到桃花林，面對或委婉或直接打聽的閨秀，洛婉兮還得忍著糟心替她圓場。「翎月主要是皮外傷，我二姊特意回去取了靈芝玉顏膏送過去。」出事後，洛婉如拂袖而去，大夥兒都看在眼裡，總要有個說辭，否則還要不要名聲了？

「原來是去取藥了，這靈芝玉顏膏我倒聽說過是外傷聖藥，據說效果極好。」

洛婉兮立刻順著把話題轉移到靈芝玉顏膏上。

烏金西墜，這場桃花宴方結束了，將客人送走後，洛家眾人皆聚在餘慶堂。

坐在上首的洛老夫人揉了揉太陽穴。「你們也累了一天，回去好生歇著。」

吳氏乖覺道：「母親也好生歇一歇。」

洛老夫人點了點頭，突然道：「如兒留下。」

洛婉如倏地一怔，只覺得所有人都在看她，面上發燙，這當口洛老夫人留她還能是為何？

洛老夫人留她的確是為了那事，望著孫女臉上掩飾不住的委屈，老夫人幽幽一嘆，拍了拍羅漢床。「過來坐。」

洛婉如抬眼看看洛老夫人，抿了抿唇，走過去坐下。

「妳是不是覺得很委屈，明明是江家那丫頭先招惹妳，最後卻要妳去道歉？」洛老夫人握著洛婉如的手如是問。

洛婉如低頭看著洛老夫人溫暖且布滿皺紋的手，不知怎的眼角一酸，眼裡泛起水光。「我真的不是故意弄傷她的。」

洛老夫人慈藹一笑。「祖母知道，大夥兒都知道，翎月受傷只是意外，這事最要緊的並非是翎月受傷了，妳明白嗎？」

洛婉如頭低了低，解釋道：「我知道我不該在她受傷後一走了之，可她們都說我，我當時氣壞了，這才、這才……」支支吾吾說不下去。

洛老夫人嘆了一聲。「今兒翎月是客，妳是主，翎月還比妳小，妳和她吵起來是下下之策。祖母並非叫妳啞忍，而是覺得妳可以說自己正好不滿意這畫想重新畫一幅，或是和顏悅色提醒她小心些可別壞了別人的畫，別人也不是瞎子，哪裡不知道是怎麼一回事。她們不會因為妳退了一步就覺得妳軟弱可欺，只會覺得妳識大體，畢竟這可是咱們自家的宴會，為了這點事鬧起來，像什麼樣！」

洛婉如面上發燒，訥訥無言。

見她這模樣，洛老夫人老懷甚慰，能聽得進去就好。繼續道：「還有就是妳自己說的，翎月受傷是妳無心之失，妳是主家又是妳失手之過，自然要為她延醫請藥，妳卻甩袖而去，外人會怎麼看妳、怎麼想妳？」

洛婉如滿臉通紅，嘴唇翕翕合合。

「幸好妳之後及時帶著藥過去了，這點好歹能圓過去。」洛老夫人拍了拍她的手背。

這話更讓洛婉如的臉火辣辣的疼起來。那時要不是大哥逼她，她根本不會過去，而在大哥之前，勸她的何嬷嬷和姚黃都被她罵了回去。姚黃是祖母派來服侍她的，祖母會知道嗎？

洛婉如心跳如擂鼓，手心泌出一層細汗。

「明兒讓妳五嬸帶妳上南寧侯府一趟，咱們把禮數做全了，外人也就無話可說了。」洛老夫人道。

洛婉如有些為難。「南寧侯夫人看來是生我的氣了，還有江表妹怕也不樂意見我。」

洛老夫人搖了搖頭。「妳放心，南寧侯夫人再生氣，這點禮數還是有的。至於翎月，這丫頭脾氣大，她要是說話難聽，妳別和她一般見識，把這事揭過去後，日後離她遠些便是。這丫頭性子乖張，名聲已經不大好，和她計較只會連帶累及妳自己的名聲。不過她要是太過分，妳也不必委曲求全，只是切記，占住理不落下話柄。他們南寧侯的確勢大，但是咱們洛家也不是軟柿子。」

聞言，洛婉如心情好轉，要是祖母教她從此以後讓著江翎月，自己肯定會瘋的。她抱住洛老夫人的胳膊，親暱道：「我聽祖母的！」

洛老夫人失笑，摸了摸她的腦袋。

翌日，吳氏和洛婉如就帶著禮物前往南寧侯府探望受傷的江翎月，隨行的還有洛婉兮。洛婉兮是應吳氏之求跟來的，吳氏頗有些忌憚南寧侯夫人，洛婉如也不是個溫順的，否則就不會在南寧侯夫人打算息事寧人後還拿凌家壓人，重新挑起南寧侯夫人的怒火。

這事，吳氏沒敢和洛老夫人提，而洛婉兮也沒說，洛婉如就更不會說了，是以洛老夫人不得而知。

吳氏怕到時候場面難看，故出發前在洛老夫人面前提了一句。「婉兮和翎月關係尚可，不如讓婉兮一道去。」

洛婉兮不大想蹚這趟渾水，但是洛老夫人發話，她不得不隨行。

到了南寧侯府，她們理應先去拜見老夫人，也就是文陽長公主，不過文陽長公主自從丈夫老南寧侯死後便迷上道術，在侯府修建了一座道觀，養了一群道士和道婆，專心致志的煉丹製藥，已經二十多年不理俗務，等閒見不到人。

文陽長公主是本朝兩位出了名的神仙人物之一，另一位是她弟弟，也就是當今天順帝。天順帝經歷頗為傳奇，他是本朝第一個被廢又復辟的皇帝，也很有可能是唯一一個。

十二年前，天順帝在宦官的攛掇下御駕親征瓦剌，在土木堡被俘，史稱土木堡之變。後方的張太后在一干大臣支持下立天順帝異母弟景王為帝，便是先帝景泰帝，天順帝自此被棄。

後來在老臣的周旋下，天順帝雖然回來了，但是皇位沒了，還被景泰帝軟禁在南宮。直到五年前，凌淵等人發動奪門之變，被幽禁了七年的天順帝才得以離開南宮，復位稱帝。

復辟後的天順帝因為七年的幽禁生涯，身體十分虛弱，精神不濟，朝政大事有賴於內閣，而他本人受文陽長公主影響迷上了道術，希冀求得長生好萬萬歲，永享榮華富貴。

紅磚綠瓦的南寧侯府描金彩繪，氣勢磅礴，其中最引人矚目的建築便是文陽長公主所建的那座長生觀，高高的聳立在最高的山坡上，丹爐中飄出的煙霧恍若雲彩，不似人間。

因為天順帝的緣故，道教大興，洛婉如在京城見過不少巍峨壯麗的道觀，但是近看鬼斧天工的長生觀，依舊難掩震驚之色。

見此，吳氏與有榮焉，總算能震一震這位京城來的嬌客了。

只是震驚也不過一瞬的事情，洛婉如很快就回過神來，扯了扯袖子，對自己的失態頗為不悅。

吳氏善解人意道：「我第一次見到長生觀也看呆了眼，到底是臨安第一觀呢！」

洛婉如這才容色稍霽。

一行人繼續前行，行至一拐角處，忽然聽見一道高亢的童聲。

「哈哈，打中了、打中了！」伴隨著擊打掌聲還有重物落地的沈悶聲響。

洛婉兮步伐一頓，停在原地，洛婉如則好奇地向前跨一步，便見廊中躺了一人，面朝下，衣著精緻，不像下人，不遠處是一個華服錦衣的小童，約莫六、七歲，胖乎乎、白嫩嫩，玉雪可愛。

可望著他舉在手裡的彈弓，以及白淨小臉上的洋洋得意，洛婉如生不出半點喜愛之心。

小童也看見了洛婉如，歪頭打量她，猛地拍了拍腦袋。「妳就是害我姊姊流血的壞蛋，讓妳欺負我姊姊！」他握了握拳頭，從腰間的荷包裡掏出一顆鐵丸，使勁拉開弓。

他的動作一氣呵成，讓洛婉如愣在原地。

洛婉兮聽著不對，上前一步，見洛婉如仍舊愣在那兒，而江衡陽已經拉開弓，趕緊一把將洛婉如扯回來。

啪的一聲，鐵丸打在對面的牆上，再從眾人眼前滾過，看清大小之後，洛婉如臉色變了變，只覺得脊背冒汗，同時一股怒氣油然而生，拽緊了雙拳質問：「他想幹什麼，想殺人嗎?!」

領路的婆子賠笑道：「誤會、誤會，四少爺年幼調皮不懂事。」

洛婉兮撿起蠶豆大小的鐵丸，冷聲道：「四少爺不懂事，伺候的人也不懂事？這東西一個不好，是會鬧出人命的，去年劉家小公子瞎了眼的教訓還不夠？」

話音剛落，就聽見那頭傳來爭執聲，原來是江衡陽見沒射中還想再射，他身邊的人卻不敢由著他，畢竟來者是客，洛家也不是小門小戶，真有什麼好歹，頭個受罰的就是他們。

聽著一聲聲童聲童氣的「我要給姊姊報仇」，再看之前摔倒在地的少年勉強爬起來後看也不看在場眾人一眼，一瘸一拐地離開，又想到還有人因此瞎了眼，洛婉如再也忍不住，冷笑道：「貴府的待客之道可真是讓我大開眼界，我是不敢待了。」指了漸行漸遠的少年。「像他這樣傷了腿是輕的，就怕我是下一個瞎眼甚至丟命的。」說完甩袖離去。

吳氏唉了一聲，又聽洛婉兮竟然細聲細語道：「五嬸，咱們把禮單放下就回去吧。」她心有餘悸地瞄一眼張牙舞爪的江衡陽。「下次再來看望江表妹便是，總不能探一場病就帶一身傷回去，不知道的還以為怎麼了呢！」

吳氏懵了下，說實話她也不敢待了，眼下她都懷疑南寧侯府是故意讓幼子替女兒出氣，最後用孩子年幼敷衍過去，吳氏覺得南寧侯夫人還真做得出來，有什麼是她不敢做的？

想到剛才無聲無息離去的少年，江樅陽，南寧侯府正經八百的嫡長子，卻在七歲時不慎從馬上摔下來，摔斷了腿，世子之位也摔沒了，畢竟哪能讓一個殘廢做繼承人？有不少人暗地裡說是南寧侯夫人這個繼母動的手腳。

吳氏想到這裡，打了個激靈，要是洛婉如有個好歹，她回去怎麼向老夫人還有京城的大房交代呢？她示意丫鬟把禮單遞給江家婆子，抬腳便走。

這下輪到那婆子傻住了，要是讓洛家人就這麼走了，以後誰還敢上門，當下趕緊小跑著追上去挽留。

第四章

最終洛家一行人還是沒有就此離開，南寧侯夫人跟前的嬤嬤親自追了上來，還讓江衡陽向洛婉如道歉。也不知她用了什麼法子，無法無天的江衡陽乖乖道了歉，雖然小臉臭臭的。

如此洛家也不好抓著這一點不依不饒，對方畢竟只是個七歲的孩子。

南寧侯夫人心情有些不豫，一則為小兒子欺負江樅陽被洛家人撞見了。這繼子腿殘後性子就變得古怪，沒多久就被打發到了別莊。她派了心腹過去照顧，幾年下來，這孩子性子逐漸懦弱，待在莊子裡大門不出，以至於很多人都忘了侯府還有這麼位大少爺，就是她自己有時候也會忘了還有這個繼子。

這次讓他回來是為了他的親事，她長子十五了，江樅陽不成家，長子也不好說親，哪想他難得回來一趟，就出了這事，南寧侯夫人只覺得晦氣。

繼室所出的弟弟欺負原配所出的哥哥，傳出去總歸不好聽，雖然南寧侯夫人心知自己在外面名聲不好，那些人私下不定怎麼編排她，但眼下是兒女說親的當口，她總是想能好一點是一點。

二則是小兒子又拿彈弓欺負人，自從去年小兒子失手打瞎了劉家小公子的眼睛，南寧侯勃然大怒，放話么兒再闖禍就關到軍營教訓，尤其勒令不許他再玩彈弓。吳氏懷疑江衡陽打洛婉如是她指使的，實在是冤枉，她也是出了事才知道，否則哪會讓這小東西去闖禍，南寧侯那句話可不是說來嚇嚇人的。

兩樁事撞在一塊兒，南寧侯夫人心情能好才怪。

待丫鬟稟報吳氏一行人到了門口，南寧侯夫人整了整心情，一見吳氏就道：「小四被我和侯爺慣壞了，不懂事，讓妳們受驚了，回頭我就罰他。」

對方和顏悅色，吳氏也不好板著臉，便道：「男孩子難免調皮。」

「可不是，我生了三個兒子，就數我家小四最皮，就是我們家侯爺也拿他沒辦法，氣得狠了便說要扔他進軍營訓練，他要是再大兩、三歲，我也不攔著，可他這才多大點，妳說我哪裡放心得下？」

吳氏心有戚戚，她次子也正七歲，叫她也不捨得。

洛婉兮抬眼看了看南寧侯夫人，隱隱猜到她後面的話。

南寧侯夫人拿帕子按了按嘴角，為難道：「我倒有個不情之請，我家侯爺離家之前放過話，要是小四再闖禍，就送他去軍營，所以我想著今兒這事能不能請妳們代為遮掩一下？」說話間，南寧侯夫人一雙丹鳳眼掠過吳氏、洛婉如和洛婉兮三人，苦笑道：「我也實在沒法了，望妳們體諒。」

見昨天還跋扈得不可一世的南寧侯夫人低聲下氣，洛婉如只覺得如同夏天喝了一碗冰鎮酸梅湯，從頭舒爽到腳，很想把江衡陽的壯舉宣揚得人盡皆知，讓這小孽障嚐嚐苦頭。但是她再氣憤也知道，南寧侯夫人話說到這分上，要是她們不答應就是和南寧侯夫人徹底撕破臉，便是外面傳出一星半點，南寧侯夫人第一個恨上的也是他們洛家。

世家交往，向來是以和為貴，不到萬不得已，不會把人往死裡得罪。誰知道下一陣風往哪兒吹，有朝一日自己會不會求到對方門上？

洛婉如能明白的道理，吳氏只有更明白。「表嫂這話可不就見外了，哪家孩子不調皮的，誰會跟孩子計較，更別說與外人道了。只是今兒這事，人多眼雜的，萬一……」

她們不會多嘴多舌，但要是其他人說漏了嘴，可別怪到她們頭上。

南寧侯夫人笑了。「有妳這話我就放心了，為了這孽根禍胎，實在是讓人操碎了心，倒是讓妳們見笑。」

吳氏笑著應酬了幾句。

略說了一會兒，南寧侯夫人便帶著三人去看江翎月，興許是得了囑咐，江翎月態度不錯，並沒有針對洛婉如。洛家給了南寧侯夫人面子，她也不會傻得讓女兒駁洛家顏面。

無須明言，兩家心知肚明，洛家當江衡陽的事不存在，南寧侯也忘了江翎月受傷一事，兩相便宜。

南寧侯夫人挽留吳氏用過飯再走，吳氏婉拒，南寧侯夫人客套了幾句才命人送客。踏出南寧侯府側門時，吳氏如釋重負，總算是圓滿完成洛老夫人的吩咐，雖然過程一言難盡。

離開南寧侯府，洛婉如也覺心情大好，瞧門外的大榕樹都特別生機勃勃，她腳步輕快地奔向馬車，走到一半突然咦了一聲。

只見不遠處一輛半新不舊的馬車旁，一個少年正小心翼翼的上車，可不正是之前在廊廡遇見的那個被江衡陽打傷的少年？

大抵是差點同病相憐抑或者同仇敵愾的情緒作祟，洛婉如不由多看了幾眼。瞧他除了趕車的馬夫外就一瘦弱的小廝，再無其他下人。之前被江衡陽那個小霸王這麼欺負，南寧侯府下人也沒大驚小怪，越發肯定是來江家打秋風的破落戶，覺他怪可憐的。

洛婉兮見洛婉如一臉同情地盯著江樅陽，眉心微微一皺，又見江樅陽撩開簾子的手上裹著白紗，是方才摔倒在地時擦傷的，眉頭皺得更緊。

「二姊。」洛婉兮喚了一聲。

洛婉如回神，收回目光，踩著繡墩上了馬車，洛婉兮緊隨其後。

馬車駛出一段距離後，洛婉如便問吳氏。「五嬸，剛才在門口的那人是江家的親戚吧，他們江家就這麼對待上門的親戚？」她頗有一種幸災樂禍的心情，誰家沒個窮酸親戚，可沒這麼欺負人的，還要不要名聲了？怪不得這一家母子三個都這麼囂張跋扈，也就仗著臨安山高皇帝遠，把自己當土皇帝了。

吳氏面色有些古怪，沈吟了下，覺得這也不是什麼秘密，省得因為不知道而鬧出笑話，這般想著又看一眼洛婉兮，見她神色如常才道：「那是侯府大少爺。」

洛婉如沒留意到吳氏那一眼，聞言愣了下，下意識道：「庶長子？」

吳氏面色更古怪，洛婉如被勾起了好奇之心，反問：「不是庶長子，總不會是嫡長子吧！」

洛婉如不敢置信地看著吳氏點了點頭，驚得瞪大了眼。「現在這位侯夫人是繼室？」

吳氏又點了點頭。

洛婉如滿臉的不可思議。「好歹是嫡長子，被這麼欺負，長公主就不管管？南寧侯呢？」

「長公主專心修道，不理俗務，南寧侯大半時間都在軍營。」

洛婉兮垂了垂眼，眼裡閃過一絲嘲諷。文陽長公主求長生求得走火入魔了，別說孫子，就是兒子都不管。至於南寧侯雖然經常不在府裡，但是堂堂侯爺，若是有心，會不知道自己兒子的處境？還不是心裡根本沒這個兒子。親祖母和親生父親如此，也不用指望這個繼母上心，而小孩子有樣學樣，又豈會將這個兄長放在眼底？

洛婉如撇撇嘴。「堂堂侯府，長幼不分，要是在京城早就被人參一本治家不嚴了。」她突然想起來。「我記得南寧侯府立了世子的，看模樣也不是他，難不成南寧侯府廢長立幼？」

吳氏道：「這位大少爺十一年前墜馬落下腿疾。」

洛婉如張了張嘴，才知道江樅陽一瘸一拐原來不是被江衡陽打的，而是身有殘疾。她目光閃爍了下。「好端端怎麼會墜馬？怕是人為的吧！」這位南寧侯夫人看著就不是善茬。

吳氏板起臉，正色道：「這話二姪女不要再說了。」

洛婉如不以為然，卻知道有些事能做不能說，是以應了一聲。「五嬸放心。」

看她這模樣，吳氏心裡打鼓，總覺得這姪女有些不著調，忍不住提醒道：「今兒在南寧侯府發生的事，咱們就當沒看見，回去後對誰也不要說。」她也看不慣南寧侯夫人苛待嫡長子，但是兩家乃姻親，南寧侯府到底是江南第一府，得罪他們非明智之舉。

息。

洛婉兮笑了笑。「五嬸放心！」

吳氏對這個姪女向來放心，望著洛婉如等她答覆。

洛婉如雖然不喜南寧侯府這一家子，還是不甘不願的點了點頭。「五嬸放心！」

回去後，三人去餘慶堂向洛老夫人請了安，洛老夫人留下吳氏，打發了兩個孫女回去休息。

洛婉兮從餘慶堂回來便對柳枝道：「取些銀子和傷藥來。」

柳枝屈膝一福便去櫃子裡找東西。

桃枝倒了一杯茶遞過去。「姑娘是要往那邊送東西？」

「差不多也一個月了，該送了。」洛婉兮喝了一口茶後，並沒有放下汝窯白玉茶盞，而是放在手心裡輕轉。這還是她父親在世時定下的規矩。

柳枝捧著兩個錦盒過來，一個裡面裝了銀票和金銀，這幾年洛老夫人逐漸把李氏的嫁妝交給她，故她手頭頗為寬裕。另一個錦盒內是瓶瓶罐罐的傷藥。

洛婉兮取出靈芝玉顏膏，用勺子挖了一些裝在另一個巴掌大的瓷盒內，瞥見盒底露出的大半個「凌」字，她目光一凝，手上動作一頓，但很快便恢復如常。

她一把合上蓋子，又取了十錠二十兩的銀子連同一些碎銀和那盒藥放在一起。

柳枝用一張不起眼的布裹好。「奴婢晚上就交給爹。」

洛婉兮點點頭，十年來這事都是柳老爹在跑腿，柳老爹是洛三老爺的奶兄，娶的是李氏的陪房，一家子都是三房的忠僕，賣身契也都在洛婉兮手裡，故她對他們十分放心。

另一頭洛婉如一回到清芷院，便忍不住向姚黃打聽南寧侯府的事情，在馬車上吳氏點到即止，可洛婉如總覺得她有所隱瞞，想來就是些不適合未出閣女兒家知曉的事。

吳氏越是遮遮掩掩，洛婉如就越好奇。姚黃是老夫人跟前的一等丫鬟，又是家生子，許是知道一二。

對上洛婉如亮晶晶的雙眸，姚黃頭大如牛，硬著頭皮說了一些。洛婉如聽著都是她知道的，不免掃興，再追問，姚黃卻怎麼都不肯說了。

知道在姚黃這裡問不出什麼，洛婉如便揮手讓她退下，等姚黃一走，立刻命自己的大丫鬟暮秋去找個「懂事」的家生子來。

待洛婉如從餘慶堂吃過晚膳回來，暮秋也找到人了。

來人約十五、六歲、圓頭圓腦，名喚蝶衣，是清芷院的三等丫鬟，老宅家生子。

「這南寧侯府有什麼趣事兒？」洛婉如懶洋洋地窩在搖椅上問。

蝶衣眼珠子一轉，聽洛婉如的話頭，再思及之前洛婉如和江翎月那樁是非，便意會了有趣二字。

南寧侯府最有趣的事不就是好端端的嫡長子突然瘸了，繼室的兒子成了世子，她才開了口，洛婉如就不耐煩地打斷。「這事我知道，就沒有其他我不知道的了？」

蝶衣想了想，覷著洛婉如的臉色道：「還有一樁，現在的南寧侯夫人和前頭那位夫人是表姊妹，據說當年兩人感情十分好，先夫人時常邀現在的南寧侯夫人過府。後來先夫人生大少爺時血崩而亡，臨終遺言就是讓現在這位夫人進門。」這是明面上的說法，可信的不多，真要感情好，江家大少爺怎麼會瘸了腿丟了世子之位？故私底下大家都在傳，未過門時，現在這位夫人就和侯爺暗通款曲了，就連先夫人的死和江大少爺的腿都是現夫人動的手腳，至於真假誰管啊，流言這東西要的就是駭人聽聞，再說這聽著還怪有理的不是？

洛婉如愣住了，半晌才道：「現在的南寧侯夫人和前夫人是表姊妹？」

蝶衣點頭。「是啊，奴婢也是聽老人說的，說起南寧侯府那位先夫人，老人都唏噓不已，說是再和善不過的一個人，可惜紅顏薄命，唯一的血脈還被人……」

何嬤嬤聽她越說越不像話，一枚眼刀射過去，蝶衣霎時噤聲，縮了縮脖子。

何嬤嬤道：「姑娘，下人之間的小話哪能當真，不過是以訛傳訛罷了，這些話聽聽都覺污了耳！」

蝶衣有些不服，然而懾於何嬤嬤的身分，只能敢怒不敢言。

洛婉如眨了眨眼，表情有些莫測。

何嬤嬤心下一沈，就聽洛婉如問：「這種事也瞞不住人，外人對現在這位南寧侯夫人又是怎麼的評價？」

蝶衣忌憚地看一眼何嬤嬤。

洛婉如也看一眼何嬤嬤。「我今兒不問，明兒也要問。」

何嬤嬤氣結，無可奈何。

「妳有話直說，說得好，姑娘我重重有賞！」洛婉如拍了拍扶手。

蝶衣眉開眼笑的應了一聲。「就奴婢聽來的，侯夫人名聲不是很好，先夫人身體挺好，一下子就這麼去了，一年後這位侯夫人就進了門，誰不嘀咕兩聲？後來侯府大少爺又出了這種事，大家就更覺不對勁了，加上侯夫人行事有些張揚，故私底下的名聲有些差。」

「可我看那天宴會上，她人緣倒不錯。」洛婉如喃喃道，就是洛家也不想與她交惡。

蝶衣乾乾一笑。「南寧侯掌管江南水軍，抵禦倭寇有功，侯夫人娘家顯赫，膝下三子一女地位穩固，還有長公主在，誰願意得罪她。」在心裡悄悄補了一句，自己利益又沒受損，犯得著為別人的事得罪權貴嗎？

洛婉如渾身一震。「可不是這個理，頂多是背後嘀咕幾句，到了跟前，還不得恭恭敬敬的，怪不得她這麼囂張了。」

蝶衣不由自主的點頭贊同。「可不是如此！」

何嬤嬤繃不住變了神色，恨不得把這個碎嘴的小丫頭打出去，都說些什麼亂七八糟的。

洛婉如卻覺得思路前所未有的清晰，順手摘下自己腕上的翡翠手鐲。「賞妳了。」

蝶衣難以置信的看著眼前這只通體碧綠、一看就價值不菲的玉鐲，抖著手不敢接。

洛婉如從搖椅上跳下來，走過去將鐲子套在她手上。「說了賞妳就賞妳，我看妳挺機靈，就做個二等吧！」

蝶衣喜形於色，連忙跪下謝恩。「謝謝姑娘、謝謝姑娘！」

這歡天喜地的模樣逗得洛婉如笑出聲，只有何嬤嬤眉頭皺成一團。

第五章

皓月當空，繁星點綴，月光星華下的陶然居瑩瑩生輝，回到屋內的柳枝拿汗巾擦了擦身上的夜露方入內。

正倚在羅漢床上看書的洛婉兮將書倒扣在黑漆嵌螺鈿小几上，問道：「辦妥了？」

柳枝「哎」了一聲，道：「奴婢將東西交給我爹了，我爹說明兒一早他要去郊外莊子上收帳，一起帶過去。」柳老爹除了管綢緞莊，還兼幾個莊子的總帳房。

「那便好，睡吧。」洛婉兮站起來，穿了鞋邁向床榻，柳枝和桃枝服侍她睡下後滅了燭火到了外間。

柳枝道：「今兒輪到我值夜，妳回去休息吧。」

桃枝便道：「那妳晚上警醒些，姑娘這幾天睡得不踏實。」

「我知道。」一番動靜後，屋裡歸於寂靜，唯有蟲鳴不甘寂寞地響起。

裡屋的洛婉兮卻輾轉難眠，她覺得可能是在南寧侯府茶喝多了，因為無話可說，所以只能一個勁兒地喝茶。

她對南寧侯府沒什麼好感，這一家子都是跋扈的，且他們做的那些事委實叫人喜歡不起來，可再不喜歡，還得虛與委蛇。尤其隔著一個江樅陽，洛婉兮都覺得自己虛偽。

十年前，江樅陽救了溺水的小婉兮，只是誰也不知道，終究太遲，小婉兮走了，醒過來的那人是她。這非她所願，但事實就是她取代小婉兮活了下去。

她記著這份救命之恩，洛家三房也記著。當年洛三老爺還打算收江樅陽做弟子，也省得他被南寧侯夫妻耽誤，不過最終因為一些事沒能成功。

洛三老爺敏銳察覺到南寧侯對江樅陽若有似無的打壓，不敢明面上幫襯，轉到私底下，悄悄收買了幾個照顧他的下人，時不時給他送些錢財和書。

後來洛三老爺英年早逝，李氏懷著孕又遭逢大變，想不起這一茬，還是她聯絡了柳老爹，把斷了兩個月的聯繫重新續上。

救命之恩，她卻只能做這些來報答，甚至還要笑臉相迎作踐他的人。每次想起來，洛婉兮都覺得不得勁。

若她還是陸國公府七姑娘……

洛婉兮翻個身長長嘆出一口氣。不是沒想過與家人相認，然而洛家和陸家沒有交集，自己根本見不到。便是見到了，這樣匪夷所思的事情，家人會信嗎？

尤其是她娘長平大長公主，人家老太太不是信佛就是敬道，她老人家對這些嗤之以鼻，說都是裝神弄鬼。記得有一回，祖母請了一個十分有名的道婆上門，哄得祖母對她言聽計從，就連她大哥的婚事，那道婆都要作妖。這可捅了她的肺管子，掀了那道婆坑蒙拐騙的底不算，還把她架在柴火上燒了，道是讓她嚐嚐枉死在她手下那些人的罪，嚇得老祖母病了大半年。

如果自己找上門去，以她家老太太多疑的性格，搞不好就把她當作心懷不軌的妖孽燒了。

晨光微曦時分，臨安城門口便已熙熙攘攘，進城的、出城的、帶著瓜果蔬菜的、載著豬牛羊的，來來往往絡繹不絕。

柳老爹便在出行的這一群人中，大半個時辰後到了位於景山腳下的別莊。莊頭親自將人迎進去，不一會兒，便有一個不起眼的小廝從後門走出來，手裡提著一大籃脆嫩嫩的香椿芽敲響了隔壁別院。

「今年的香椿芽能吃了。」說著遞上籃子。

開門的是個方臉青年，他也不矯情，笑咪咪的收下。兩邊離得近，兩位莊頭交情也好，這些年下來時不時互通個有無，還道：「比起別地兒，還是你們家的香椿芽最鮮嫩。」

「李叔寶貝似的養著，能不好吃嗎？」

兩人說笑了幾句才散了。

方臉青年關上門，哼著不在調上的曲子往回走。

一盞茶的工夫後，包裹到了江樅陽小廝長庚的手裡，長庚掂了掂，分量不輕，接著敲了敲房門。「少爺。」

「進來。」

長庚這才推門而入，進去後馬上闔上門，恭恭敬敬地遞上包裹。「那邊又送東西過來了。」

江樅陽微微一抬眼，視線掃過來，定在長庚手裡麻灰色的包裹上。同樣的劍眉，一樣的星目，沒有了在南寧侯府時的陰鬱頹弱，頓時判若兩人，氣勢凜冽，如刀似劍。

江樅陽看一眼桌面，長庚趕緊將包裹放下，順手打開。閃亮亮的銀錠子和一瓶傷藥出現在主僕二人面前。

江樅陽拿了那瓶藥打開。

長庚探頭瞧一眼，根據色澤和味道猜測道：「之前那個藥對傷口的確好，不只恢復得快，還不容易留疤。」就是量不多。不過這話他不敢說，這麼好的藥，想想便知極為難得，能送來已是十分大方，哪有臉嫌棄。

「量不多，少爺您可省著點用。」說這話時長庚語氣有些幽怨，動不動就一身傷的跑回來，沒這麼作踐自己的。

江樅陽眉峰不動，留下藥。「把銀子收起來。」

長庚應了一聲，抱起盒子就走到角落裡的黃花梨木箱子前，裡面已經滿了大半。洛家三房送銀子十年如一日，除了開頭幾年用了一些，後來他們家少爺就再也用不著了。這麼多年攢下來，委實是一筆鉅款，長庚不免心虛了下。

一開始他們以為在洛家三房夫妻走後是洛老夫人接管這事，直到近幾年才發現，竟然是洛家那位未及笄的四姑娘。

弱女稚子，無父無母，卻幾年如一日的接濟他們，他們雖然看起來過得不好，但事實上並沒有外人想像中那麼落魄。

有時候長庚都在想，日後等對方知道了真相，會不會心寒？

想到這裡，長庚嘆了一口氣，眾叛親離下，對唯一的善意便特別珍惜。

「待四姑娘出閣，少爺可得添一份大妝。」長庚半真半假道。

江樅陽嗯了一聲。

長庚見他回應了，順勢就把話題轉到了他的婚事上，覷著江樅陽的神色緩緩道：「看夫人那架勢，下個月就要去宋家下聘了。」

昨天南寧侯夫人找江樅陽就為通知他這件事，只是通知，而不是商量，之前一點風聲都沒有。經過一天的打聽，那位宋姑娘的來歷他們也一清二楚了，只能說難為南寧侯夫人能找到這麼一個人。

家世尚可，但是她本人不得寵，這女人可真是不遺餘力的打壓，唯恐他們家少爺得勢，果然是虧心事做多了。

他們家夫人真心實意的待她，她卻恩將仇報，和姊夫勾搭上了，氣得她家夫人動了胎氣。誰想這對狗男女竟然喪心病狂的害了他們家夫人，就怕她將這事告訴夫人的父親楊閣老。

也是因為貪慕楊家權勢，他們才沒一併將少爺害了去。新夫人剛進門那幾年對少爺倒不錯，畢竟楊閣老還在呢。不想出了土木堡之變，楊閣老身為天順帝心腹，主張迎回天順帝，大大的得罪了張太后和景泰帝。景泰帝登基後的第二個月楊家就被問罪，滿門抄斬。

前腳楊家倒臺，後腳他們家少爺就墜馬斷了腿，世子之位旁落。要不是他們足夠戰戰兢兢，少爺又韜光養晦，少爺哪能平安長大。

想起這些，長庚就覺意難平。南寧侯夫人只是表姨母，要為自己兒子考慮，所以能對少爺下死手，可南寧侯可是親生父親，就這麼眼睜睜看著甚至縱容南寧侯夫人害少爺。

「她馬上就沒時間管這事了。」江縱陽微微一笑。

這笑落在長庚眼裡，帶了點森森的味道，他不由自主的顫了下，慢了半拍回應過來，喜道：「那事有眉目了？」

一隊人馬緩緩停在洛府門前，二管家打發了個人去內院通報後小步迎上前，作揖行禮。「五老爺好、表少爺好！」

白面短鬚的男子便是洛五老爺洛齊翰，而他身後瘦削修長的少年則是白洛氏的長子白暮霖。

洛齊翰將馬鞭扔給他，笑問：「家裡可好？」

二管家邊迎著二人入內邊回話。「一切都好，尤其是大少爺和二姑娘來了之後，家裡變熱鬧了，老夫人精神也好了許多。」

「她老人家最喜歡兒孫繞膝。」洛齊翰笑著說了一句。也是不巧，他在外面被耽擱了幾天行程，所以長房姪兒過來時，自己並不在府上，不過自己是長輩，也不打緊。

餘慶堂內的洛老夫人得了消息，奇道：「他們倆怎麼碰一起了？」

洛婉兮道：「許是正好碰上了，是不是該把大哥和二姊請過來？」

洛老夫人點頭。「是該讓他們過來見見他們五叔和暮霖。」想了想又道：「還有妳二姑、五嬸他們。」

白洛氏母女倆在洛府小住了下來，洛老夫人自然樂意女兒和外孫女在自己跟前待著，省得回去被白家那老太太折磨。

不一會兒人陸陸續續到齊了，互相見過後，洛老夫人先問洛齊翰外出情況。

洛齊翰並沒有入仕，而是在家做富家翁，替府裡管著外面的產業。這次出門便是巡視下面的田莊商鋪。

「這幾年年景好，田莊產出頗豐，商鋪生意也好……」洛齊翰簡單說了一些。

洛老夫人聽了幾句便道：「風調雨順，就什麼都好了。」又問：「這一路可順利？我瞧著你是瘦了，在外面到底不比家裡，讓你媳婦好好給你補補。」

吳氏有些不好意思地低了低頭。

洛齊翰看了妻子一眼，笑容明顯了許多。「讓母親掛心了，一路順利得很。」

如此洛老夫人便放了心，轉而將注意力移到外孫身上。「學業緊不緊？在書院吃得好不好？」

白暮霖現在在萬松書院求學，萬松書院在江南數一數二，課業也是出了名的重，洛老夫人生怕外孫受了苦。

白暮霖靦覥地笑道：「外祖母放心，挺好的，再說有您和母親時不時送來的東西，誰吃得不好，也不會輪到我吃不好。」

洛老夫人笑咪咪地道：「那就好，你現在正是長身體的時候，可不能虧待了身子。」

「就是就是。」白洛氏忙不迭地附和。

說了一陣，洛齊翰便說要告辭了，女大當避父，何況是長大的姪女。洛郅和白暮霖隨之附和。

洛老夫人看著玉樹臨風的長孫和氣質溫潤的外孫，只覺得心裡都是甜的。「你們表兄弟正可親近親近，互相探討功課。」

兩人笑吟吟應了，連袂離開。

望著白暮霖的背影，洛婉如若有所思。

洛婉兮看了她好幾眼，見她側著臉望著門口，兀自沈浸在自己的思緒之中，忍不住看了白洛氏一眼。

白洛氏都快把手裡的帕子擰破了。洛婉如盯著她兒子不放是什麼意思？在白洛氏看來，自己的兒子自然千好萬好，模樣好、學問好，多少小姑娘芳心暗許，故她對兒子動了心思，白洛氏覺得再正常不過了，一方面驕傲自己的兒子果然優秀，連京城來的洛婉如都不能免俗，可一方面又發愁，洛婉如雖然家世不錯，模樣也齊整，可脾氣不好，她怕兒子受委屈。

思來想去，白洛氏一顆心就這麼擰起來了。

洛婉兮收回目光，不再看白洛氏喜憂摻半的臉，對洛老夫人道：「難得人齊，不如今晚咱們吃頓好的。」

洛老夫人嗔她一眼。「說得好像我虐待你們似的，難道平日吃的就是不好的？」

「哪是呢，這不就有些菜做起來實在費心思。」洛婉兮賠笑。

洛老夫人虛虛一點她，道：「想吃什麼，妳只管去廚房吩咐，今兒這一頓就交給妳了，不好唯妳是問。」說完順勢問洛婉如。「如兒有什麼想吃的？」

洛婉如乍然回神，想起自己剛才的行為，臉色微微一變，故作鎮定道：「上次吃的那個佛跳牆不錯。」

吳氏笑道：「不說還好，二姪女一說，我也饞了。」又有幾個小的嘰嘰喳喳加入，氣氛一時熱鬧至極。

洛婉如瞧著沒人抓著自己的事不放，心裡鬆了一口氣，只是聽著聽著，又忍不住心不在焉起來，幾次往洛婉兮那邊看。

洛婉兮被她一眼、兩眼看下來，也覺得不大舒服了，在她又一次望過來時，迎著她的視線，笑咪咪地問：「二姊一直看我，是我哪裡不妥當？」

洛婉如慌了下，目光閃了閃道：「就是……就是覺得四妹今天的衣裳別致，忍不住好奇多看了幾眼。」

洛婉兮笑道：「二姊的那件也快做好了吧？」洛婉如剛到那會兒，吳氏就拿了南邊時興的款式讓洛婉如挑，入鄉總要隨俗。

管著四季衣裳的吳氏忙道：「已經讓她們加緊了，要不了幾天就能做好。」

洛婉如尷尬了一瞬，弄得好像她嫌進度慢似的。

「這天氣逐漸回暖，夏季的衣裳也該做起來了。」洛老夫人突然道。

吳氏接道：「過兩天就叫人來量尺寸。」

洛老夫人笑呵呵道：「今年每人就多做三身，尤其是幾個姑娘，長大了要出門交際應酬，可不能委屈了她們。首飾也多打幾套，從我私庫領。」

吳氏奉承道：「怪不得大家都羨慕咱們家姑娘呢，有您這個祖母在，誰不羨慕啊！」

「瞧這嘴甜的，老婆子哪好少了妳的？也給妳做衣裳打首飾！」

吳氏一臉喜出望外，誇張道：「那媳婦可就覥著臉受了。」

這語氣哄得洛老夫人笑出聲來。「少做怪樣。」她哪裡不知道這媳婦是故意逗她開心，吳氏是皇商家的嫡女，嫁妝豐厚，夫妻倆都是善於經營的，說不定就是幾房裡最富裕的，哪裡會缺銀子？

白洛氏暗暗撇了撇嘴，十分瞧不上吳氏的諂媚勁，果然是商戶出身！

說笑了好一會兒，眾人才各自散去。

人一走，洛老夫人就收了笑，變得憂心忡忡，忍不住問心腹秋嬤嬤。「如丫頭是不是對暮霖……」

不怪洛老夫人這般想，實在是洛婉如盯著白暮霖看，以及白暮霖走後她就心不在焉的行為讓人不得不多想。少年慕艾，洛婉如及笄之年，本就是春心萌動的年紀，加上外孫白暮霖模樣委實不差，是溫和如玉的翩翩少年兒郎。

秋嬤嬤覷著洛老夫人的臉，斟酌道：「也許是咱們想多了，這麼多年不見，見了難免多看幾眼。」

那怎麼不見她多看別人？洛老夫人心中暗道，口中只道：「但願吧！」又忍不住鑽牛角尖。「妳說，她若是真動了心思怎麼辦，老大夫妻倆把女兒送來，要是出了岔子，我哪有臉去見他們？」洛老夫人可沒想過撮合外孫和孫女，她不興親上加親這一套。

秋嬤嬤忙道：「表少爺一個月難得來兩次，尋常也碰不著。」

洛老夫人嘆了一口氣。「兩個都是好孩子，只是啊，不適合。」

對著秋嬤嬤，洛老夫人也不遮掩。「老大媳婦是個眼界高的，不會中意暮霖，加上暮霖她娘那性子，」提及親女兒，洛老夫人面露愁苦之色，她這女兒當年也是知禮明是非的，可一朝喪夫，又被白老太太磋磨，性子便越來越偏激，有時候她這親娘都看不過眼。「如兒眼裡揉不得沙子，性子要強，兩人合不來。」

秋嬤嬤倒了一杯茶遞過去，安慰道：「不管有心還是無心，您小心一些，不讓兩人碰上不就成了。」

洛老夫人點點頭。「也只能如此了，男女七歲不同席，本就該避諱著點。」說著又愁上心頭。「暮霖是男孩倒不著急，可如兒和妍兒一個十五、一個十四都不小了，至今還沒個著落，我是不知道他們兩家想找什麼樣的，婉兮比她們小都訂親了。」

秋嬤嬤失笑。「四姑娘訂的是娃娃親，哪裡能比。」

洛老夫人神色微黯，秋嬤嬤心裡一緊，知道她是想起了英年早逝的三老爺，正想著怎麼安慰，就聽洛老夫人低聲道：「表妹倒是有心，惦記著婉兮，時不時捎個信送些玩意兒過來。可我琢磨著許清揚的態度是不是有些冷淡了？他和婉兮可是未婚夫妻，可這幾年妳見過他有什麼表示嗎？真要有心，在他祖母的東西裡夾封信就這麼難嗎？便是被人知道了，畢竟是光明正大過了禮的，誰不是這年紀過來的，也不會過於指責。」

「聽說許少爺熟讀聖賢書，最是守禮，怕是不想授人以柄，再說了不是有送禮嗎？」秋嬤嬤緩聲道。

洛老夫人垂了垂眼。「誰知道禮物是他自己準備的，還是表妹替他準備的。」

秋嬤嬤默了默，又聽洛老夫人意味不明的道了一句。「不怕他端方太過，就怕他不守規矩。」

秋嬤嬤忙道：「您不是讓大老爺看著那邊，不都說好好的？」

洛老夫人捏了捏佛珠，閉上眼，沒把心裡那句話說出來。

知人知面不知心，若許清揚的冷淡是因為他性格端方，那倒沒什麼，端方的人有端方的好處，以婉兮的性子，嫁給這樣的人，絕對能把日子過好。

就怕他是只對婉兮冷情，嫌棄婉兮是孤女，於他仕途提供不了太大的助力，那麼婉兮日後進了門可怎麼辦？

想到這一點，洛老夫人的心就一抽一抽的疼起來。她的婉兮性情、模樣、才藝都是頂尖，可這些都及不上有一對好父母。

第六章

洛婉兮可不知道老祖母為她愁腸百結，她打點好晚上的家宴便回陶然居休息了。

只是才坐下還沒來得及喝上一口茶，便聽見桃枝興沖沖的聲音。「二姑娘看了表少爺好一會兒呢！」

洛婉兮想著怕是那屋裡的人都留意到了，實在是洛婉如做得太明顯。

她嗔了桃枝一眼，叮囑道：「這話可別說了，若傳出去，我也保不住妳。」

桃枝俏皮地吐了吐舌頭。「奴婢再傻也不會在外面說這種話。」

「在裡面也不許講，咱們管好自己就成。」

桃枝撓了撓臉，乖乖認錯。

柳枝秀眉微蹙，咬了咬唇道：「奴婢瞧著二姑娘那眼神可不是那回事。」

桃枝問：「那回事是怎麼回事？」

洛婉兮動作一頓，抬眼看她，她坐的位置倒無法留意到眼神。

柳枝斟酌了下才小心翼翼地道：「好像在琢磨著什麼，有幾回奴婢瞧著二姑娘就是這麼看著您的。」

其實洛婉兮已經不止一次從這位堂姊那兒察覺到若有似無的敵意，思來想去都不甚明白自己有什麼值得洛婉如琢磨的，雖是堂姊妹，但兩人素無交集，更無利益糾葛，可這位堂姊就抓著她不放，並且只針對她。

洛婉兮眸光凝了凝，現在又多了白暮霖，他們倆有何共同之處？

片刻後，洛婉兮開口。「且看著吧，妳們留意那邊。」若是那邊想做什麼，自己也要提前做準備，省得被打個措手不及，除此以外，她也無能為力。

柳枝和桃枝應諾。

「姑娘，表姑娘來了。」小丫鬟進來通報。

洛婉兮立時道：「還不請進來？」

白奚妍進來後道：「我想採點新鮮的桃花，表妹要不要一塊兒？」

「要做桃花肉？」洛婉兮問。

白奚妍輕輕點了點頭，這是她大哥最愛的一道菜，也是僅會做的幾道比較好的菜之一。時下女兒家都要學幾道菜餚和糕點，好壞不拘，能做即可，如此出嫁後到了夫家，偶爾可以為長輩、夫婿洗手作羹湯以示孝順賢慧。

她於這道上天分不高，勉勉強強學會了幾道菜，不像洛婉兮，明明兩人一塊兒學的，她一點即通，做出來的菜餚色香味俱全。

「那表哥今兒有口福了。」洛婉兮笑道。每次白奚妍做這道菜，哪怕味道一般，但白暮霖都會吃完，並且不吝誇讚，是位疼妹妹的好兄長。

白奚妍也想到了這一點，有些不好意思的笑了笑。

「去桃花塢那兒摘吧，那兒的桃花開得好。」洛婉兮道。

兩人相偕出了陶然居，說笑著前往桃花塢。林中桃花開得如火如荼，本是跟來湊熱鬧的洛婉兮不由興起，腦中瞬間掠過幾份有關桃花的菜譜，想著明天自己也可以下廚做幾道菜孝敬祖母、哄哄洛鄴，畢竟小傢伙讀書習武也挺累的。

清芷院內的洛婉如得知洛婉兮在桃花塢後，心念一動，對暮秋耳語了一番。

洛婉兮和白奚妍採了半籃子後覺得差不多了，正想回去，就見洛婉如出現在不遠處。

「聽說妳們在這兒摘桃花，我也來湊個熱鬧，我正想學著書上的方子釀桃花酒呢。」說著她鼓了鼓腮幫子，半真半假道：「妳們出來玩都不找我。」

提出採桃花的白奚妍臊紅了臉，她和洛婉兮親近，習慣了做什麼都帶上她，可洛婉如……她覺得這位京城來的二表姊有些高高在上，遂壓根兒沒想到。眼下被她玩笑著指出來，頓時覺得無顏以對，又不知道該怎麼解釋。

洛婉兮輕笑道：「我們摘桃花是為了做菜，原打算給二姊一個驚喜，故沒邀妳。」

洛婉如看了面色赧然的白奚妍一眼，再看向神情自若的洛婉兮。「原來如此啊，聽妳這麼一說，我都迫不及待了。」

「幾道家常菜罷了，比不得廚娘的手藝，到時候二姊可不要嫌棄。」

洛婉如笑咪咪地道：「怎麼會呢！」

就這樣，三人開始摘桃花，洛婉兮和白奚妍雖然已採得足夠，但也不好開口說自己要回去，否則就顯得兩人排斥洛婉如了。

洛婉如指了指近湖的方向。「我覺得湖邊的桃花更好，我們去那邊？」雖是疑問句，她人已經往那邊走去。

洛婉兮和白奚妍便跟了上去。

洛婉如邊走邊問：「妳們平日都怎麼打發時間？繡花？採花？下廚？沒什麼事是不是不能出門？那我可受不了！」她在京城時三不五時就能出門，不是上香祈福就是去別人府上做客，婚喪嫁娶各種宴，琴棋書畫各種會，一個月少則五、六場，多則十幾場，若還無趣她也能帶上護衛出去逛街。

可她到老宅都小半個月了，總共就出了兩次門。一次是拜訪族中長輩，另一次就是去南寧侯府，至此便大門不出、二門不邁，不由覺得臨安女孩閨閣無聊，信了臨來前母親的警告，南邊繁文縟節眾多，她肯定習慣不了。

洛婉兮似乎沒聽出她話中的同情和隱隱的得意，含笑道：「差不多。」人家一開始就下了定論，何必反駁她，反正說了對方也未必信。

洛婉如不免同情道：「待會兒我去求求祖母，求她老人家允許我們出去玩，就明天好不好？臨安有什麼好玩的地方嗎？」

白奚妍眉頭輕輕一皺，看一眼洛婉兮，她依然微微含笑，卻沒回應洛婉如。

白奚妍看著還在說著要去吃遍臨安美食的洛婉如，眉頭都快打結了。後天就是三舅死忌，看洛婉如一無所知的模樣，白奚妍終是忍不住打斷了喋喋不休的洛婉如。「咱們趕緊摘完桃花回去，我那菜要花時間醃料。」

洛婉如愣了下，頗有些難以置信的看著白奚妍。在她印象裡，這個表妹一直都很安靜，安靜得都有些軟弱可欺了。

白奚妍被她看得臉色微微一白，嘴唇囁嚅，似乎想說什麼又說不出口的樣子。

洛婉兮聲音淡淡的。「我看二姊的花摘得也差不多了，我們回去吧，我和表姊要回去準備晚宴了。」

以姚黃的性子肯定提醒過洛婉如，而她顯然當做耳邊風過去了。洛婉兮的父母於洛婉如而言不過是死了好多年並不熟悉的叔嬸，她沒有立場強求人家上心。同樣她們不過是堂姊妹，洛婉如也沒資格要求她忍著糟心在這兒陪她浪費時間。

洛婉如又是一怔，滿頭霧水，完全不知道兩人是怎麼回事，之前還好端端的，怎麼說翻臉就翻臉了，納悶的同時還有怒氣，她什麼時候受過這氣？越想越生氣，也沈了臉。

「妳們什麼意思，把話說清楚！」洛婉如直直的看著洛婉兮，一臉惱怒。

洛婉兮也抬眼盯著她，她的眸色極深，被她這麼定定的鎖著。洛婉如沒來由的脊背一涼，之前油然而生的怒氣好似隨風而去，吹得一絲不剩，取而代之的是心虛，突然覺得自己那點心思已經被對方看得一清二楚。

「這是怎麼了？」

突如其來的男聲將洛婉如從那種古怪的情緒中拉了回來，她如夢初醒般撇過臉看向旁邊，聲音中含著委屈和依賴。「大哥。」

洛婉如走向洛郅，走了幾步才發現他身旁的白暮霖，腳步略略一頓。

洛郅並沒有留意到這點，他望著滿臉不自在的洛婉如，又問了一遍。「怎麼了？」他和白暮霖在附近的涼亭裡閒話，表兄弟倆差了四歲，不過都是讀書人，洛郅十分喜歡這位天資聰穎又刻苦好學的表弟，許久不見，少不得要考校他功課。

相談正歡之際，遠遠瞧著這邊氣氛不對，這才趕了過來，就聽見洛婉如那句質問的話，聽著看著倒像是自己妹妹被人欺負了，可洛婉兮和白奚妍欺負妹妹？身為親大哥，洛郅都有些懷疑。

白奚妍猶豫了下，可她生性柔順良善，十分不擅長告狀這一項。

洛婉兮也沒開口，自述委屈顯得掉價。柳枝正想做一忠僕，剛張嘴就被另一忠僕截了胡。

一臉委屈不平的暮秋屈身一福，道：「回大少爺，姑娘聽說四姑娘和表姑娘在這兒摘桃花，想和兩位姑娘親近，便也來了說要釀桃花酒。」

洛婉兮眉頭輕挑，這丫頭好一張利嘴，這話聽著活脫脫就是她和白奚妍孤立洛婉如，而洛婉如完全是一心想和妹妹搞好關係的可憐姊姊。

暮秋繼續道：「三位姑娘一塊兒摘桃花，一開始有說有笑挺好的，姑娘正說著來了這麼久還沒在臨安城好好玩過，約兩位姑娘明天出門玩，不知怎麼的，表姑娘一下子打斷了姑娘的話，四姑娘還說要回去，可姑娘才來了沒多久……」

在暮秋說出打算明天出門玩時，洛郅臉色驟然一沈，低著頭回話的暮秋毫無所覺，逕自往下說。可一直注意洛郅、還等著兄長替她做主的洛婉如看得明明白白，不只是洛郅臉色難看，就連白暮霖都板起了臉。

洛婉如心裡沈了沈，再傻也知道出事了，但她真的什麼都不知道啊！

洛郅擰著眉，不滿地看著茫然的洛婉如。「後天是三叔忌日！」

洛婉如的臉唰地白了。

她都不知道自己是怎麼離開桃花塢的，只覺得自己的臉皮被人扒下來，扔在地上踩。窮其一生，她都沒有這樣丟臉過。

三叔走了這麼多年，自己又一直都在京城居住，哪裡知道後天就是三叔死忌？又沒人通知她！如今出了事倒怪她，就連大哥也怪她。洛婉如委屈得不行，死死揪著手裡的帕子，硬生生拉出了一條絲。

「這種事，妳們怎麼都不跟我說一聲！」洛婉如怒視著姚黃，她不是家生子，不是祖母的得力心腹嗎?!

姚黃聞聲跪下。「姑娘恕罪。」卻沒有解釋的意思。

何嬤嬤卻不能由著她冤枉人，否則是要寒了人心的。「姚黃和您說過，您當時還點頭說知道了。」只是心思明顯在其他事上，態度敷衍，可何嬤嬤怎麼也沒想到她竟然一點都沒聽進去。

洛婉如愣了下，茫然道：「說過了？」

何嬤嬤點了點頭。

洛婉如尷尬地捋了捋頭髮，不自在地對姚黃道：「那妳起來吧。」

姚黃起身謝恩。

洛婉如不好意思看她，撇開視線，瞄到了噤若寒蟬的暮秋，要不是她多嘴，哪有後面的事，喝問：「妳怎麼不提醒我？」她忘了，然身為她大丫鬟的暮秋怎麼能忘！

暮秋撲通一聲跪下，白著臉道：「奴婢不知道，奴婢真的不知道。」這樣的事若她知道了怎麼可能忘記。

洛婉如狐疑，看向何嬤嬤。

何嬤嬤木著臉道：「老奴記得姚黃說的那會兒，暮秋出去了好一會兒。」

暮秋鬆了一口氣。

「可身為姑娘的大丫鬟哪裡能擅離職守，否則今兒這事也不會發生。」何嬤嬤早就看不慣暮秋了，這丫鬟心眼太活，只會順著洛婉如胡來，偏偏她祖母是夫人的奶娘，爹娘老子都是夫人心腹，何嬤嬤也只能睜一隻眼閉一隻眼。這會兒何嬤嬤不想再顧忌了，沒了這幾個作妖的，姑娘也能安生點。

暮秋搶白道：「奴婢是奉姑娘命出去的。」她是去向府裡老人打聽事情，說完哀哀地望著洛婉如。

洛婉如也想起了這一茬，頓時有氣無處發，見何嬤嬤還要開口，心浮氣躁的拍了拍桌子。「好了好了，這事誰也不要再說了。妳們都出去，我想安靜安靜。」

覷見她滿臉寒霜，饒是何嬤嬤也不好再說什麼，她家姑娘得順著哄，故她一福身後帶著人退下了。

人一走，洛婉如突然間洩了氣，一下子攤在椅子上。

這都叫什麼事！

原本她過去是因為早知道大哥和白暮霖在湖邊的涼亭裡說話，又聽洛婉兮在桃花塢，便起了心思過去，想試試兩人。

她覺得兩人年齡相近又是青梅竹馬，郎才女貌的，保不准這幾年朝夕相處暗生情愫。若是如此，那就皆大歡喜了。

要不是……洛婉如貝齒咬唇，不覺用了力。她背後使使勁，說不定能撮合兩人，這樣的話，運作一下，就能把流言蜚語控制到最低的程度。畢竟堂姊妹和同一個男子發生糾葛，無論如何都少不了閒言碎語，但能少一點是一點，她的壓力也能少些。

正出著神，就聽見暮秋提醒道：「大少爺來了。」

洛婉如俏臉一白，她哥肯定是來教訓她的，光想就覺煩躁得不行，可再煩躁，她也只能乖乖的聽訓。

到了洛三老爺的忌日，不比往年只有三房姊弟倆，今年是全家出行。

一直以來洛老夫人怕觸景傷情並不敢去，可這回洛婉如求著要去給三兒上香，洛老夫人也動了心思，畢竟都過去七年了，她也從喪子之痛中走了出來。

於是她老人家拍板決定要親自給兒子做一場大法事。老夫人去了，其他人哪裡敢不去，是以當天，一家人浩浩蕩蕩出發，前往位於景山的珈藍寺。

洛家是臨安望族，洛老夫人每年往寺廟捐的香油錢近千兩，故珈藍寺的住持親自迎了出來，客氣了幾句，洛家一行人被引至專作法事的往生殿內。

燃香點燈，高僧誦經，諸人靜默。

洛婉兮和小洛鄴跪在鬆軟的蒲團上，閉目虔心，焚香設拜。洛鄴年紀雖小，可每年都會被洛婉兮帶到廟裡為故去的父母祈福，故習以為常並沒有動來動去。

約莫一刻鐘後，第一場儀式結束，之後是至親祈福，需要一個時辰。其餘人都先行離開，殿內便只剩下洛婉兮姊弟兩人。再過半個時辰，誦經的僧侶也告退，唯留下姊弟倆。

洛鄴緩緩睜開一條眼縫，瞄了身邊的洛婉兮一眼，見她閉著眼一動不動，慢騰騰從蒲團上爬下來，然後一點一點推著蒲團往洛婉兮這邊靠。

這麼大的動靜，洛婉兮想裝不知道都不行。

洛鄴剛把蒲團推到洛婉兮身邊，正心滿意足打算跪上去，抬眼就對上洛婉兮似笑非笑的視線，小臉一紅，糯糯道：「我要離阿姊近一些。」

洛婉兮睇他一眼。「跪好，別說話。」

洛鄴連忙跪上去，瞧瞧兩人的距離，頓時心安了，乖乖閉上眼。

才閉上，洛鄴就聽見輕微的「吱嗟」一聲，架不住又睜開眼，就見一人從高高的窗戶口鑽了進來，對上來人凜凜的雙眸，洛鄴驚得呆住，慢半拍才想起要尖叫。

洛婉兮一把捂住洛鄴的嘴。

第七章

往生殿外，柳枝和桃枝二人帶著一眾僕婦靜候，忽見一隊士兵氣勢洶洶，直直衝著她們而來，手上鋥亮刀鋒閃爍著寒芒。

桃枝心裡一慌，身體下意識攔在殿門前。「你們要做什麼？」

守在殿外的丫鬟婆子也壯著膽子上前阻人，其中機靈的已經腳底一抹搬救兵去了。

柳枝往前走了一步，屈膝一福，彬彬有禮道：「這位差大哥，我們是容禮坊洛家，裡面是我們家姑娘和少爺在為故去三老爺誦經祈福，不知道您等前來有何要事？」

那官差聽到容禮坊洛家，態度好了些，又見姑娘挺標緻，說話的語氣也客氣了些。「在下是知府衙門兵房經承杜准，奉知府大人之命追拿逃犯，一路至此後失去蹤影。此人窮凶極惡，若是逃往殿內，恐怕會傷到貴府的少爺和姑娘。」

柳枝和桃枝聞言，心裡俱是一慌，一時不好決定，既怕那逃犯進了殿內傷害自家主子，又怕這些人衝撞了主子擾了法事。

「容我等先問過我家姑娘。」孰料話音剛落地，這群人居然毫無預兆地推開她們意圖硬闖。留在門口的都是些丫鬟和婆子，哪裡是這些魁梧差役的對手？

「欸欸欸，你們怎麼能這樣！」桃枝尖叫。

厚重的殿門霍然打開，三月春光爭先恐後地射入，杜准就見一位容貌昳麗的素服少女面帶薄怒望著他們。二十四褶裙鋪散在地，層層疊疊，宛如盛開的蓮花。

她身後鍍了金的菩薩慈眉善目中透著莊重和威嚴，不知怎麼的，他心頭一悸，不敢再看，抬手一拱。「例行公事，洛姑娘見諒。」

洛婉兮冷聲道：「我要是不見諒呢？」

杜准臉色一冷。「那就得罪了，」說罷一揮手，手下四散而開。

得罪權貴日子不好過，可要是這件差事辦砸了，他都沒日子過了，孰輕孰重一目了然。

桃枝被氣得說不出話，抖著手指著他們。「你們……你們……」

柳枝見這群人鐵了心，趕緊把風帽往洛婉兮頭上戴。她家姑娘的模樣哪能讓這群粗人看了去，要不是祈福不可中斷，她都想勸姑娘離了這地。

洛婉兮一下一下撫著靠在她懷裡的洛鄴，無聲安慰，冷冰冰道：「佛門清淨地，勿擾亡人。」

「洛姑娘放心。」杜准對屬下使了個眼色，搜查的動作頓時斯文了一些。

有人掀起臺座前的帷幕，見是實心底座，還不忘一處一處敲擊看看，唯恐內部暗藏機關。即便地面都沒有倖免，被人一寸一寸的旁敲側擊，還有身手敏捷的人翻上橫樑檢查。

眼見對方如此謹慎，洛婉兮心下咋舌。他到底捲進了什麼事件，以至於對方恨不得掘地三尺？

這時對方甚至要求她站起來，讓他們檢查自己所跪之地，洛婉兮不禁怒氣上湧。「不懂祈福不能中斷嗎？」

隔著薄紗，杜准看不清洛婉兮的神情，卻能聽出她語氣中的怒氣。他並不意外，他們都搜查到這分上，對方不生氣才奇怪。他皮笑肉不笑地道：「姑娘見諒，一切都是為了公務，請不要讓我們為難。」

「現在是你們在為難我們洛家！」洛老夫人怒不可遏的聲音傳來。

杜准回頭，就見滿頭白鬢、氣質雍容的老夫人疾步而來，再聽洛府下人稱呼便知是洛家老太君，頓時頭大。他硬闖不就是怕洛家長輩聞訊趕來？小姑娘面皮薄，愛惜名譽，鬧起來也好處理，可長輩就不同了，身分擺在那兒，這下好了，來了個輩分最長、最難伺候的。

洛老夫人一看屋內情況，怒氣更甚。「殿內情形一目了然，我孫女一直在殿內，有沒有人進來她還不清楚？你們這樣挖地三尺的，還要我孫女中斷祈福儀式讓你搜那塊巴掌大的地，是認定了我洛家和那逃犯勾結，聯合起來騙你們不成？」

杜准張了張嘴正要解釋，洛老夫人壓根兒不給他開口的機會，冷笑一聲疾言厲色道：「是不是估算著待會兒抓不到人了，就回去告訴朱成全，人跑進了洛家的地後就消失得無影無蹤了？好精明的算盤！這會兒我要是不給你搜，你還能換個說法，蓋因洛家人阻攔才讓人跑了，左右不是你無能，都是我們洛家勾結逃犯！」

朱成全正是臨安知府。

杜准額頭上的汗都快滴下來了，躬身道：「老夫人言重了！」

洛老夫人目光灼灼地盯著他，用力的拄了拄枴杖。「都給我滾出去！你要是好聲好氣的，我未必不給你行個方便。可你明知有女眷在內還硬闖，我倒要去問問朱成全，他是個什麼意思？」
杜准的汗就這麼流了下來，一時進也不是，退也不是。
正糾結之際，一屬下飛奔入內，急道：「杜哥，人出現在鼓樓。」
洛老夫人呵了一聲。「可真有本事，在這兒對著一個小姑娘耍威風浪費時間，倒讓正主跑了。」
被嘲諷了一臉的杜准脹紅著臉，匆匆一拱手，落荒而逃。
洛老夫人臉色緩和下來，見小孫兒躲在孫女懷裡，可憐極了，大為心疼。「可憐見的，嚇壞了。」
洛鄴從洛婉兮懷裡抬起頭來，眨巴眨巴眼，一臉茫然。
洛婉兮摸了摸他的臉，柔聲道：「沒事了，壞人走了。」
洛鄴慢吞吞地點了點頭。
洛老夫人安慰了幾句，帶著眾人離開，殿內又陷入一片寂靜之中。
洛婉兮側耳聽了一會兒，一低頭就對上洛鄴眨巴眨巴的大眼睛，食指豎在唇上示意他噤聲。
洛鄴眼睛亮了下，連連點頭。
洛婉兮摸了摸他的臉，柔聲道：「再待一會兒就好了。」
「好！」洛鄴軟軟道。
洛婉兮笑了笑，繼續閉上眼祈福。

一個時辰的祈福時間一到，門外就傳來敲門聲，桃枝和柳枝推門而入，上前緩緩扶起洛婉兮和洛鄴，揉著兩人的膝蓋詢問：「姑娘、少爺，腿疼嗎？」

洛婉兮搖了搖頭。「不礙事。」她又不傻，怎麼可能硬生生保持著同一個姿勢整個時辰，過一陣子她就悄悄動動腳再給洛鄴挪一挪，否則哪受得了。

「後面齋菜備好了，姑娘和少爺正可過去用。」柳枝道。珈藍寺的齋菜十分出名。

洛婉兮略一頷首，就著桃枝的手往外走，忽然問：「抓到人了嗎？」

一直留意著的桃枝立時道：「沒有，據說跑了，誰叫他們在咱們這兒耽擱了那麼久！」無論是神情還是語氣都頗有些幸災樂禍。

洛婉兮心下一鬆，那人在她匪夷所思的目光下朝窗內一躍而下，飛快地掀起她身旁那塊看起來毫無異樣的大理石板，露出黑漆漆的洞口，彷彿是一條地道。對方一拱手後便跳了下去，又把石板從裡面合上，動作一氣呵成，她差點以為是幻覺。

她在上面敲了敲，竟然沒有回音，試了試也根本找不到打開的機關，就好像這只是一塊再普通不過的石板。

為了以防萬一，她把自己的蒲團挪到了那石板上面，就怕對方發現了蛛絲馬跡，畢竟自己這個外行人察覺不出其中蹊蹺，旁人卻未必。

當那一行官差闖進來時，洛婉兮面上不顯，手心卻攥了一手冷汗。幸好只虛驚一場。

用齋飯時，洛婉兮姊弟倆少不得被慰問了一番，用畢，洛老夫人就道：「回去吧！」姊弟倆到底被這群莽漢驚到了，洛老夫人哪有繼續逗留的心思，還是早點回去的好。

洛婉如有些不樂意，她好不容易出來一趟，珈藍寺建築風格和京城寺廟不盡相同，她正看得有趣，後山的桃花更是一絕，她都還沒看一眼。可被洛郅掃了一眼後，只得不甘不願地將那份不樂意收了起來。

一行人就此打道回府，只是回城也不太平，一路明崗暗哨的追查逃犯，洛家也不能避免被搜查，不過態度比山上那一群人恭敬有禮得多，洛老夫人也沒為難人家。

倒是進城門時遇見了一位夫人犯倔，不肯掀開車簾讓官差看一眼車內情況，最後硬是叫人扯了簾子檢查，場面一時鬧得頗為難堪。

洛婉兮心下微沈，她第一次見到臨安城如此謹慎。

下了馬車，洛老夫人就打發諸人回去休息。

洛婉兮帶著洛鄴回陶然居午歇，小傢伙才六歲，還能在姊姊的羅漢床上蹭個位置。

長長的睫毛扇了扇，洛鄴小小聲道：「阿姊，那個哥哥是誰？」滿臉的求知慾。

洛婉兮給他掖了掖薄毯，低聲道：「那個哥哥是好人，所以鄴兒不能把今天的事情說出去，知道嗎？要不然哥哥就要被壞人抓起來了，就是阿姊也會被抓走。」

洛鄴一把拉住洛婉兮的手。「不要！」

洛婉兮對他安撫一笑。「只要你不說，阿姊就不會被抓走了。」

「我誰也不說，祖母也不說。」說完洛鄴就捂住嘴，巴巴地看著洛婉兮。

洛婉兮失笑，把他的手拿下來塞進毯子裡，輕輕拍著毯子道：「真是個乖孩子！」

在輕緩的歌謠聲中，洛鄴睡了過去。洛婉兮卻是無心安睡，回憶著往生殿內的一幕幕。

從窗口一躍而下到跳進密道，動作矯健，神態從容，實在很難和不久之前見到的那個跛著腳一瘸一拐的陰鬱少年重疊起來——她沈吟了下，肩寬腿長、腰身挺拔，或許該說青年了。同一個人，氣勢一變，簡直判若兩人。

這樣挺好的，之前她對江縱陽哀其不幸的同時也怒其不爭，眼下知道他並非只會逆來順受、自暴自棄的懦夫，震驚之餘更多的是欣慰。

他如此忍常人之所不能忍，必然所圖甚大。

閨中生活乏善可陳，卻也無比悠閒，洛婉兮見窗外春光明媚，沒了處理家務的心思，帶著兩個丫鬟在園子裡慢慢逛起來。

見草木架上的雪松盆景姿態狂放，洛婉兮讓桃枝取來剪子，修起枝來。這一修就一發不可收拾，好端端一盆枝繁葉茂的雪松愣是瘦了兩圈不止。

望著腳下那一堆殘枝，桃枝抽了抽嘴角。她家姑娘修枝的技術，不提也罷。

剪完最後一刀，洛婉兮笑盈盈地問：「這樣好看嗎？」

柳枝不吭聲，桃枝木著臉道：「好看！」您高興就好！

洛婉兮心滿意足的摸著松葉。「搬到書房去吧！」

桃枝趕緊道：「好！」

這時，一個圓嘟嘟的小丫鬟走過來稟告。「姑娘，二姑娘來了。」

洛婉兮臉上的笑容一點一點收起來，將剪子往盤裡一扔。「請她進來吧！」

洛婉如走近，目光微動。「待著無聊，就來找妳說說話，沒有打擾到四妹吧！」人說要想俏一身孝。生父忌日，洛婉兮雖沒有穿孝，卻也穿了一件月白色的素服，粉黛不施的肌膚若凝脂，在金色的陽光下瑩瑩生輝。

循著聲音，她側過臉一笑，那一瞬間的寧靜柔和，恍惚間讓人覺得似初春的桃花緩緩綻放。

洛婉如心頭一悸，她自詡容色過人，京城鮮少有人及得上她，見了洛婉兮之後也沒覺自己不如她，一直認為兩人各有千秋。可在這一瞬間，一股酸澀伴隨著恐慌油然而生。

如果許清揚見到洛婉兮後，會不會後悔？

洛婉如搖了搖頭，立刻將這個荒謬的念頭壓下去。不會的，絕對不會，許清揚豈是這等膚淺之人！

洛婉兮就這麼看著洛婉如幾息之間神色變幻，還莫名其妙地停在原地搖頭晃腦，暗想這位堂姊又出神了，果然操心的事太多了。

暮秋碰了碰洛婉如的胳膊，洛婉如如夢初醒，不自在的低了低頭。「四妹在修枝？」說著望一眼周遭。「四妹可真是個雅人，我可沒這份耐心。」

洛婉兮笑了笑。「不過是打發一下時間罷了。」

洛婉如停在洛婉兮三步外，話鋒一轉，開始抱怨。「也不知道那逃犯抓到沒，一日沒抓到，咱們都不能好好出門。」洛老夫人說了，這一陣不許眾人出門。

洛婉兮輕輕觸碰著松針，淺笑道：「誰知道呢。」但願抓不到。雖然不知道江樅陽是在做好事還是壞事，可誰叫自己欠了他恩情呢！自然希望他平安無事。

「最好趕緊抓到，省得鬧得人心惶惶的。」洛婉如沒好氣道。「要不是他，哪至於讓妳被那群莽漢驚擾，幸好妳沒事。」

洛婉兮抬眼看著氣憤填膺的洛婉如，嘴角一彎。「讓二姊替我擔心了。」

洛婉如搖頭道：「說什麼見外話，咱們可是姊妹。」說完，她的表情變得有些古怪，壓低聲音，身體也不由自主往洛婉兮湊近，擠眉弄眼。「說來白表弟也挺擔心妳的，我聞訊趕過去時，正好遇上白表弟，白表弟那可是心急如焚，健步如飛。」

說話時，洛婉如眼也不眨地盯著洛婉兮，不肯錯過她臉上一絲一毫的表情，希冀能在其上找到一絲嬌羞甜蜜的痕跡。

卻只見洛婉兮笑容不改，似乎沒有留意到她話中深意，隨意道：「白表哥熱心純善，不管是哪個姊妹遇上了麻煩，他都會如此著急。」

洛婉如一臉不信，推了推洛婉兮的手臂，笑容曖昧。「那可不一定，這也要看是什麼人不是？」她覺得白暮霖對洛婉兮肯定不尋常，就是不知道洛婉兮是什麼意思？

洛婉兮上揚的嘴角驟然沈下，眸光冷冷地直視洛婉如。「二姊什麼意思？」

不防她猛然翻臉，洛婉如被她問得愣住了，呆呆地看著她。

見她還一副狀況外的模樣，洛婉兮怒氣翻騰，壓了壓火才冷聲道：「我到底是哪裡得罪二姊了，以至於二姊要這樣敗壞我名聲？」

洛婉如目光閃爍了下，馬上否認。「我只是、只是開玩笑……」她也意識到自己這話有些不妥當，可女孩們私下誰不說些男女情事，更直白的都有。

「這樣的玩笑我開不起，二姊難道不知我有婚約在身，而白表哥尚未訂親，一旦這話傳出去，二姊讓外人怎麼想我，又讓京城許府怎麼想，讓本有意和白家結親的人家怎麼想？」洛婉兮質問。

好友之間的確可開些無傷大雅的玩笑，但明知她有婚約，還開這種玩笑，不是缺心眼，就是其心可誅。

她和白奚妍這麼要好，白奚妍在她跟前都甚少提及白暮霖，因為白奚妍知道要避嫌，省得被人說嘴。

洛婉如臉色一白。「咱們姊妹的私房話，怎麼可能傳出去？」

「二姊憑什麼保證不會傳出去，否則街頭巷尾那些流言哪來的？若要人不知，除非己莫為。」

洛婉如不知想到了什麼，悚然一驚，連連後退兩步，瞠目結舌地望著滿臉陰沈的洛婉兮，一雙杏眼瞪得極大。

暮秋連忙扶住腳步不穩的洛婉如，賠笑道：「四姑娘息怒，我家姑娘有口無心，您千萬別往心裡去。」

被暮秋掐了把胳膊，洛婉如神魂歸位，忙不迭點頭。「我就是隨口一說，四妹別在意。」

洛婉兮依舊沈著臉。「我不想再聽到這樣的話，我今兒身體不適，恕我不能招待二姊。

柳枝，送客！」

眼下洛婉如腦子裡一團漿糊，已經沒心思計較自己被逐客，她巴不得離開，怎麼也沒想到溫溫柔柔的洛婉兮脾氣這麼大。

洛婉兮回到屋內，喝了一杯茶才將心裡的火暫且壓了下去。

桃枝怒氣難平，一邊給洛婉兮倒茶，一邊抱怨。「二姑娘怎麼能這麼欺負人，難道京城就這麼不拿女兒名節當回事，肆意玩笑？」

「肆意？她分明是故意為之。」洛婉兮捧著茶盞道。她可沒錯過洛婉如神情中的打量，若只是開玩笑，何必如此。

桃枝大吃一驚，難以置信。「故意？」又問：「可她圖什麼啊！」

是啊，圖什麼呢？洛婉兮沈吟，每個人做事都有自己的目的。

洛婉如暗示白暮霖對自己有意，並且很好奇自己的反應，她想知道自己對白暮霖是否也有意。

若是洛婉如喜歡上了白暮霖，把她當成假想敵試探，倒能勉強解釋得過去，但是那天柳枝的話，已經排除這個可能。無論是對她還是對白暮霖，洛婉如都是一種打量的態度。而對她，洛婉如還有些隱隱約約的敵意。

敵意？

電光石火之間，洛婉兮想到了一個可能，順著這個匪夷所思的猜測往下一想，洛婉如所有的不對勁之處都有了合理的解釋。

這個想法太過不可思議，以至於洛婉兮都不敢相信。可她心裡隱隱有一個聲音告訴她，這就是真相。

洛婉兮定了定心神，依照洛婉如的性子，她的猜測很容易就能驗出真假。

第八章

朗月升空，夜色逐漸濃重起來，月華浸染著整座別莊，蒙上一層薄光。

長庚心神不寧地來回踱步，隨著等待的時間逐漸拉長，心跳就越來越快，快得隨時都能從喉嚨裡跳出來。

他望了牆頭一眼又一眼，恨不得爬上去看看才好。

突然間，長庚耳朵動了動，驚喜抬頭就見一道熟悉的身影躍過院牆，輕飄飄落在他面前，可不正是他家少爺？

長庚使勁嗅了嗅，沒有聞到血腥味，心中大石徹底落地，開始碎碎唸：「我的少爺哎，我都快嚇死了，那些人恨不得把天地倒過來抖一抖，還好您沒事，就說以您的本事，哪是那些雜碎能抓到的？」

江縱陽腳步微微一滯，這回他差點就折了，避入往生殿乃無奈之舉，不想裡面之人就是洛家那位四姑娘，對方還給他做了掩護。

年幼時自己偶然間救了她一回，對方還了十年的恩，這回她救了自己，一命還一命，倒是自己欠她了。

跟著江縱陽到書房後，長庚巴巴望著他，既是緊張又是期待，一臉想問又不敢的糾結樣。

江樅陽也不主動開口，兀自解劍。

長庚終於忍不住了，忐忑開口。「少爺的事辦成了嗎？」身為陪著江樅陽一起長大的心腹，長庚很清楚，這次主子做的可是大事，一旦成功，足夠叫南寧侯府脫去一層皮。

江樅陽瞥他一眼，緩緩點頭。

長庚心花怒放，恨不得手舞足蹈一番以示慶賀。

見他如此，江樅陽冷厲的面容上浮現一絲淺笑，頓時周身氣勢也更柔和了一些。

誰能想到堂堂南寧侯竟然養寇自重，南寧侯府在江南舉足輕重的大半原因是因為東南沿海倭寇不絕，一旦倭寇沒了，打仗的將軍可就沒了用武之地。

所以兩年前倭寇打算與朝廷談和，對方保證絕不侵擾沿海百姓，並且歲歲朝貢，只要求開放港口互市。

這份來自倭國的國書還沒到達皇帝的龍案上，就被南寧侯心腹趙芳昌暗中截下。對著倭國來使卻裝成已經提交朝廷，並獅子大開口提出了一連串對方絕不可能答應的條件。

倭國自然不答應，和談之事就此告吹。兩年來，倭寇依舊時不時上岸燒殺擄掠，而南寧侯依然執掌水軍抗擊倭寇，皇帝時不時就能收到來自江南的捷報，至於每次勝利背後有多少沿海百姓家破人亡，誰在乎呢！

當官的不在乎老百姓，卻不會不在乎親人的命。趙芳昌的兩個兒子年輕氣盛，聽說倭寇暴行之後，偷偷瞞著父親參與了一次圍剿，不幸遇難。

趙芳昌一下子死了兩個兒子，傷心欲絕，辭官歸隱。這是明面上的說法，事實上是兒子的死，讓趙芳昌覺得這是報應。

他們明明可以與倭寇和談，讓沿海百姓徹底免於劫難，甚至他們分明有能力大挫倭寇元氣，讓倭國難成氣候，可為了自己的前途，他們選擇了姑息養奸，最終害死自己兒子，白髮人送黑髮人。

趙芳昌能坐到這個位置絕不會是個庸人，他參與了這些事，哪是想退就能退的。當年他就給自己留了後路，怕自己知道太多，有朝一日被滅了口。

當年倭國送來的國書，他拓印了一份之後才交給南寧侯，還有這些年來往的重要信件也都保留著，這是他和南寧侯的催命符，也是他自己的保命符，所以這些年他才能做個平平安安的富家翁。

南寧侯雖然一直很想把東西弄過來永絕後患，但趙芳昌是個老狐狸，哪怕南寧侯用盡手段一直未能得手，他也不敢太過分，就怕逼得對方魚死網破。

長庚搓了搓手，笑容諂媚。「少爺，能不能讓小的開開眼，這要人命的東西到底長啥樣啊？」

江縱陽掃了他一眼，淡淡道：「送走了。」

長庚頗為鬱悶，可馬上又高興起來。「送走了好，送走了好。」這燙手山芋還是交給別人吧。

「不會連累少爺您吧？」長庚又忍不住擔心，怎麼著他們少爺也姓江。

江縱陽垂下眼道：「最嚴重的後果不外乎是南寧侯抄家奪爵，性命無礙。」

長庚可沒江樅陽這份視爵位如糞土的豁達，那可是世襲罔替的侯爵，原該是他家少爺的，不過要是南寧侯不倒，這爵位也到不了少爺手裡。好男不吃分家飯，惦記著祖宗那點東西算什麼好漢?!

侯府內，南寧侯真真是夜不能寐，三更的梆子都敲過了，書房的燈還沒有滅。又過了半個時辰，心腹幕僚才魚貫而出，看方向也不是回去休息。

南寧侯重重靠在椅背上，神情晦暗。

趙芳昌這個廢物！生吃了他的心都有！若吃了他能解決此事，他早做了，可現在這個廢物就是死一千次、一萬次都於事無補。

一想這東西可能已經被送到有心人手上，南寧侯便覺得如坐針氈。

如今城內草木皆兵的氣氛，便是深閨女眷都有所察覺，因而這一陣賞花弄月的宴會自然而然就少了，如非必要，皆是能不出門便不出門。

百無聊賴之下，洛婉如又一次帶著人逛起了桃花塢。這段日子她差不多把整個祖宅都來回踩了兩遍，覺得還是這桃花塢最有意思，可再有意思，三天兩頭的看下來也看膩了。何況眼下已是四月芳菲盡的時節，桃花塢裡的桃花所剩無幾。

洛婉如隨意折下一枝桃花，上面只有可憐巴巴的兩朵，還是花瓣不完整的，她不由一陣氣悶，粗暴的扯下花瓣。「這日子什麼時候是個頭啊，難不成他們一天不抓到人，我就一天不能出門！」

暮秋安慰道：「姑娘莫急，這都戒嚴七天，坊間已經是怨聲載道，想來差不多要解禁了。」又道：「姑娘若實在無聊，不如稟明老夫人，請個雜耍班子進來逗趣。」

洛婉如眼睛一亮，腳尖一轉，朝餘慶堂走，邊走邊抱怨。「養些伶人又不費銀子，京裡哪個有頭有臉的人家不養一班，我就不明白祖母怎麼不養幾個解解悶。我瞧著祖母她們都不愛出門，不是正好……」

暮秋聽著洛婉如滔滔不絕的抱怨，時不時應個聲，忽聽她聲音逐漸變低，直至聽不見，循著她的視線望過去，便見遠處涼亭內，洛婉兮正倚在美人靠上餵魚。

說來，自從那天不歡而散，姊妹倆人前遇上還好，私下就有些尷尬了。她們一直擔心洛婉兮將事情告訴洛老夫人抑或洛郅，觀察了幾日見二人神色都如常，這心才逐漸鬆了下去，想著洛婉兮到底不敢把關係鬧得太僵。

「姑娘。」暮秋喚了一聲。

洛婉如站在原地沈吟了會兒，再一次調轉腳尖。

望著逐漸走近的洛婉如，洛婉兮站起來，福了一福。「二姊。」

洛婉如還禮後道：「四妹在餵魚？」說完才發現旁邊桃枝手裡的網子。「這是撈魚？」

洛婉兮點了點頭。「見這魚怪好看，就想撈幾尾回去養。」

洛婉如見她神色不似之前幾日那般疏離，心下一喜，走近了幾步，試探道：「正好我閒著，四妹不介意加我一個吧？」

洛婉兮看她一眼，笑道：「怎麼會呢？」

洛婉如笑逐顏開，洛婉兮要是就此和她生了隔閡，那可就不妙了。

湖裡的魚經年累月下來被養得十分遲鈍，一把魚餌撒下去，蜂擁而至，網子隨便一撈，就是好幾條活蹦亂跳的錦鯉。

洛婉如指著一條巴掌大、紅中帶黑點的錦鯉問：「這條不是挺好看的？」

「魚缸不大，這魚太大了，不適合。」洛婉兮解釋。

洛婉如道：「那就換個大魚缸唄，我覺得這條挺好看的。」

洛婉兮笑了笑。「堂姊喜歡何不自己帶回去養？」

洛婉如沈吟了下，望著自己撈上來的魚，點點頭。「說來我還沒養過魚呢！」

「有點點在，姑娘就是想養魚也不成啊！」一旁的暮秋笑著道。

洛婉如頓了下，抬眼看洛婉兮。

見她望過來，洛婉兮笑問：「點點？是隻貓？」

洛婉如含糊嗯了一聲後低下頭，心不在焉地伸手撥弄著水桶內的魚，心情十分微妙。點點是一隻純種波斯貓，是幾年前許清揚送的。在洛婉兮面前提起點點，她既有些心虛，又有些難以言喻的得意。

大半個時辰後，一人收穫了一桶魚，洛婉如還跟著洛婉兮回了陶然居。「我沒養過魚，看看四妹怎麼弄，偷學一二。」好不容易兩人關係恢復，哪能放過這樣的大好機會。

於是乎，姊妹倆一起回到陶然居，進了書房後就見書桌上放著一手臂長的白底青紋長形瓷缸，內置六分滿的清水，水底錯落有致地鋪著雨花石，待紅的黃的黑的手指長短的小魚被放入其中，恣意游了開來，活潑可愛。

洛婉如端詳了會兒。「這麼放著怪好看的，整個書房都鮮活起來，我回去也要這麼佈置一番。」

洛婉兮抓了一些餌食丟進去，頓時引起一圈又一圈的漣漪。「看書寫字累了，看一看這魚，眼睛能好許多。」

洛婉如也抓了一點魚餌扔進去，看著爭先恐後的小魚，不覺笑道：「我娘也這麼說過，可點點淘氣，我哪裡敢養魚，養了也是被牠糟蹋。」又看了看，終於在魚缸上找到印記，瞬間恍然。「怪不得我瞧著這魚缸的做工有些眼熟，這是京城巧燕閣的。」

洛婉兮笑而不語。

桃枝一臉想強忍偏偏忍不住的模樣。「這是去年許家送給姑娘的。」

洛婉如怔了下。「姨婆送的？」

桃枝想也不想道：「許少爺送的。」

話音才落，洛婉兮就嗔了她一眼，赧然道：「二姊別聽她胡說，就是姨婆送的。」

桃枝嘀咕，聲音不高可也不低。「許老夫人信裡明明不是這麼說的，說是許少爺特意為您挑的。」

洛婉兮橫她一眼。「就妳話多。」

桃枝俏皮地吐吐舌頭。

洛婉如臉色難看，她印象裡是有這麼一回，去年許清揚帶著許清玫去巧燕閣，自己得了消息過去與他們巧遇，當時許清揚說要為家裡置辦一些器具……所以他一邊與自己幽會，一邊當著她的面為洛婉兮挑禮物？洛婉如的表情不受控制地猙獰起來，只覺得眼前悠哉游過的魚都在嘲笑她。

暮秋被洛婉如的表情嚇了一大跳，趕緊拉了拉她的袖子，急聲道：「奴婢跟您說了，再沒胃口也得吃一點，您看這下您又難受了吧！」

洛婉如如夢方醒，她捂住自己的額頭隔絕外人的視線，狀似虛弱。

洛婉兮心下一哂，面上一派緊張，上前扶住洛婉如。「二姊趕緊坐下。」

洛婉如拍開了洛婉兮的手，那力道一點都不虛弱。

洛婉兮愣了下。「二姊？」

洛婉如也呆住了，她低頭抿著唇不說話。

心急如焚的暮秋欲哭無淚，硬著頭皮道：「四姑娘見諒，我們姑娘一難受，這脾氣……脾氣就……」她自己都不知道該怎麼補救。

卻見洛婉兮善解人意地笑了笑。「沒事，要不要請府醫過來瞧瞧？」

暮秋忙道：「不必、不必，只要回去歇一歇就好。」說著招呼其他丫鬟攙扶著洛婉如往外走。心裡想著這四姑娘脾氣倒好，又想她一介孤女，依附長房而生，對著長房嫡女脾氣能不好嗎？想想又覺怪可憐的了！可也只是想想，再可憐，那也是主子，比她這做奴婢的好千倍萬倍。

望著洛婉如一行人的背影，洛婉兮目光轉涼，逐漸又生出幾縷莫可奈何的悲哀。

桃枝捧著洛婉兮發紅的手，心疼道：「二姑娘好大力氣，姑娘可是一片好心。明明是她理虧，居然還敢打人？」想想桃枝就覺得火大。之前姑娘說的時候她還將信將疑，洛婉如好歹也是大家閨秀，哪能做這樣不要臉的事，可這麼一試，桃枝瞬間信了，否則哪會一聽許清揚送她家姑娘東西就勃然變色還失態至此？

洛婉兮看著手背上轉淡的紅痕。「她有什麼不敢的？她可是長房千金。別說打人了，真到了關鍵時刻，殺人都敢。」

桃枝駭然失色，難以置信地看著洛婉兮，結結巴巴道：「姑娘，您別嚇我，他們怎麼敢？」

洛婉兮合了合眼。「不動聲色的除掉一個無依無靠的孤女，並沒有妳們想像中那麼難。洛婉如好歹是大家千金，卻幾次三番在我們眼前露出馬腳，但在京城時，可沒有傳出半點流言蜚語，起碼我們沒有聽到。」許清揚是她的未婚夫，自己大半生繫於他一身，她豈會不著人暗中留意。

「因為她下意識覺得即便被我們知道了也沒什麼大不了的。她可是長房明珠，我只是三房孤女。」說到這裡，洛婉兮嗤笑了一聲。「現在她盤算的是撮合我和白表哥，看她的模樣顯然沒有放棄，軟的不行，怕是要來硬的。一旦成了，我和許家的婚事自然取消，洛婉如就可代替我嫁過去。再運作一下，大房還能大義凜然向外表示，洛婉如嫁過去是對許家的補償，走了一個不守婦道、身分低微的洛婉兮，來了一個身分高貴的洛婉如。好好籌謀一番，洛婉如就是受我連累、為家族犧牲的可憐人。」

而若真到了那一步，等待她的結局頂好是嫁給白暮霖，可白洛氏一心想給兒子娶個四角俱全的媳婦，哪能輕饒了她，親姑姪也沒得商量。再差一點遠嫁或出家為尼，最差就是自我了結，倒能挽回些家族名聲。

桃枝已經被洛婉兮的話嚇得瞠目結舌。

柳枝道：「可這哪裡能騙過所有人？」

洛婉兮目光沈沈。「就像南寧侯夫人，她那套說辭誰信？可誰會當著南寧侯的面說什麼，這一套可比南寧侯那套有說服力多了。誰家沒點骯髒事，不是死敵，都會選擇揣著明白裝糊塗。過上三年五載，誰還記得？」

桃枝已是面無人色，六神無主地看著面如寒霜的洛婉兮。

柳枝比她好許多，一下子就想到了關鍵處。「那許少爺是什麼意思？」

洛婉兮摩了摩手腕上的玉鐲。許清揚的態度很關鍵，若只是洛婉如一廂情願還罷，若是兩廂情願，這個未婚夫她是不敢要了。即便這廂她識破了洛婉如的手段順利嫁過去，可只要兩人有心，前南寧侯府夫人就是血淋淋的前車之鑑。

回到清芷院後，洛婉如再也按捺不住怒火，胳膊一掃，桌上那套青花瓷茶具便咣噹落地，碎成一片。險些被碎片砸到的暮秋小小驚呼了一下。

洛婉如目眥欲裂，憤恨地捶著桌子。「他騙我……他騙我！說什麼對洛婉兮根本沒有……」

暮秋顧不得主僕之別，趕緊撲上去捂住她的嘴，白著臉提醒道：「姑娘小心隔牆有耳。」這麼大的動靜，保不准就有好奇心重的丫鬟聽牆腳，這兒是祖宅，可不是京城洛府，沒洛大夫人替她兜著。

洛婉如冷靜了一些，推開暮秋的手，重重坐在椅子上，怒容不改。

暮秋命洛府跟來的可靠丫鬟守在外面，關了門窗才走回來，她知道洛婉如心結在哪裡，遂道：「姑娘息怒，奴婢倒覺得那魚缸應該不是許少爺送的。」

洛婉如眼前一亮，還來不及高興，臉色又猛然一變，不敢置信。「妳說她騙我？難道她知道了？」

暮秋連忙搖頭，安撫地替她順著背，緩聲道：「姑娘暫且聽奴婢分析，聽聽是否有道理。」

「妳快說。」洛婉如催促。

暮秋道：「許少爺的心意別人不知道，姑娘還能不知道？你們可是打小的情分。許少爺一直想取消和四姑娘的這門婚事，只是礙於許老夫人和許大老爺才沒成功，可他這心是向著您的，怎麼可能特意為四姑娘挑禮物？奴婢想著要麼是許老夫人逼許少爺做的，許少爺不好違逆長輩，隨便選了個東西交差；要麼就是許老夫人為了安四姑娘的心騙四姑娘呢，姑娘聽著，是不是這個理？」

隨著暮秋的話，洛婉如容色稍霽，心裡信了大半，嘴上還是不確定地道：「真的是這樣嗎？」

「自然。」暮秋又指天誓地保證。

洛婉如的怒火終於如潮水般退去，只剩下滿地不甘。她咬著唇，用力揪著錦帕。

明明是她先認識許清揚的，可就因為三叔和許大老爺是好友，兩人偶然間說起各自兒女，發現正合了〈野有蔓草〉中那句「有美一人，清揚婉兮」，兩人就這麼在玩笑間定了婚約。可〈野有蔓草〉中不還有一句「有美一人，婉如清揚」？按這個邏輯，為什麼不是她！

她知道喜歡上堂妹的未婚夫不容於世俗，她不是沒想過放棄，可她放不下啊，許清揚也不能。他們才是兩情相悅，許清揚甚至連洛婉兮長什麼樣都不知道。因為長輩一句戲言就要他們放棄自己的幸福，她做不到，她不甘心，死也不甘心……洛婉如眼底迸射出強烈的精光。

第九章

轉眼就到了文陽長公主的壽辰，當天十分熱鬧，車如流水馬如龍，別說臨安權貴，就是周邊城鎮有頭有臉的人家都派了代表前來賀壽。

赴宴賓客在見著了前來賀壽的欽差後紛紛覺得不枉此行，蓋因這位欽差來歷委實不凡，就連南寧侯這位執掌一方的皇帝外甥都得恭恭敬敬。

凌淵宣讀完聖旨，將聖旨遞給文陽長公主的同時扶起她，緋色的官服襯得他玉樹臨風，胸前的仙鶴補子彰顯著不凡的身分。此刻的他嘴角含笑，令人如沐春風，更像一位儒雅的文人墨客，而非大權在握的權臣。

「祝公主福如東海，壽比南山。陛下一直惦記著您，還有大長公主也讓我捎來賀禮。」

本朝還健在的大長公主就只剩下長平大長公主，輩分雖高，卻只比文陽長公主大沒幾歲。論輩分，凌淵還該稱文陽長公主一聲表姊，因為陸婉兮和文陽長公主是表姊妹。

素來仙風道骨的文陽長公主面對他也露出難得一見的煙火氣。「多謝陛下和長平姑姑惦念，你一路辛苦了。阿進，好生招待凌大人。」

南寧侯抬手一引，恭敬有禮道：「大人請，裡面已經備下薄酒。」

凌淵被引到廳內，除了幾個身分足夠的可以入內外，過足了眼癮的眾人便四散開來，各自交際應酬。很多人對這位首輔大人只聞其名，不識其人，這回見著了正主，頓時花園涼亭各個角落都是關於他的議論。

英俊儒雅、位高權重，單身且又有成熟男子的魅力，怨不得小姑娘們不矜持，就是年輕媳婦都有些心猿意馬，只恨不能近觀。

有幸近觀的南寧侯脊背上冒出了細細的冷汗，身為水軍都統，在江南這一畝三分地上，他便是土皇帝一般的存在，然而此時的他雖不至於戰戰兢兢，卻有著如履薄冰的忐忑。

源頭就在於他手上這一茬子信函上——將臨安翻了個底朝天，就連進京的幾條路上都派了死士，可依然毫無所獲，他都絕望了。再見到凌淵那一刻，他都懷疑等他宣讀完皇帝的賞賜之後，他會再掏出另一封問罪的旨意。可他萬萬想不到，迎接他的會是這種情況！

凌淵閒適地靠在烏木打造的太師椅上，雙手交叉而握，含笑道：「這東西差一點就到楊炳義手上了，江進。」他的聲音溫和清冽，透著長年累月中染上的不怒自威。

南寧侯心頭一震。楊炳義，當朝內閣次輔，昔年與他前岳父楊華還有另一位閣老楊震安並稱三楊。在土木堡之變後，三人力主迎回被俘的天順帝，待景泰帝登基後，楊華和楊震安都被抄家問斬，唯有圓滑的楊炳義留下一命，只是流放。

在天順帝復辟後，楊炳義官復原職。因為楊華的關係，楊炳義一直跟他過不去，若是這些信函落在楊炳義手裡……南寧侯只覺得一股涼意從腳底竄上脊背。

定了定神後，南寧侯望著眼前清雋英挺的男子。「多謝大人救命之恩！」頓了頓後緩緩道：「大恩大德無以回報！」

凌淵轉了轉翡翠扳指，英俊的面龐上多了一絲笑意。

「婉兮？」白奚妍的聲音中帶著詫異。

她更衣回來就見洛婉兮望著不遠處盛開的月季花出神，仔細一看卻見她目光呆滯，焦點根本不在花上，而是神遊太虛，這般心不在焉的情況在她身上實屬少見。

洛婉兮低頭捋了捋鬢角碎髮別到耳後，淺笑道：「我在想著怎麼還不開宴，我都餓了。」

白奚妍不信，但並沒刨根問底，而是順著她的話一指案几上的水晶糕。「妳先吃點，看時辰也差不多了。」

洛婉兮看一眼。「甜膩膩的沒胃口。」

白奚妍好笑。「那妳就餓著吧！」

洛婉兮端起茶盞。「喝茶也行啊。」

白奚妍無奈地搖了搖頭。

溫暖的熱氣蒸騰在臉上，洛婉兮方覺得泛涼的身體逐漸回暖。

時隔十年，她再一次見到了他。

他穿著緋色朝服，眾星捧月，好不威風，而她在路旁，混在一群臉紅心跳的小姑娘之中。

他目不斜視的離開，想來對這樣的情景習以為常。的確，他年輕那會兒就風靡全京城，多少人在暗地裡對她咬牙切齒，即便兩人成了親，也有貴女芳心不死，其中便以嘉陽長公主最為鍥而不捨。

婚前和她爭，輸了；婚後，同胞兄長做了皇帝，於是嘉陽贏了。可那又如何，還不是照樣死了。

瞧瞧，和凌淵扯上關係的女人，沒一個有好下場的。這個男人啊，利用了一個又一個愛慕他的女子登上權力的頂峰，而那些女子在失去了利用價值之後，都被他一腳踹開。

世人還在稱頌他情深意重，洛婉兮只恨不能撲上去揭下他臉上那張道貌岸然的面具，露出底下刻薄寡恩的真面目。

尤其她最想叫娘家知道，因至今陸國公府還在支持凌淵。只要一想到凌淵如何用花言巧語欺騙了她的家人，她就怒氣上湧。他最是巧舌如簧，真心想哄人時，只恨不能把心肝都剖出來給他才好，想起自己當年的蠢樣，洛婉兮就想一巴掌甩在過去的自己臉上。

洛婉兮灌了一大口熱茶，將所有不合時宜的情緒連著茶水一起嚥入腹中。

再抬頭時，她嘴角偕笑，神色如常。「下個月就是祖母壽辰，每年都是那些，今年表姊有什麼好主意？」

白奚妍沈吟。

「原來妳們躲在這兒啊，害我好找。」突如其來的聲音打斷了白奚妍的思緒，抬眼就見一身胭脂色襦裙的洛婉如笑盈盈地走來。

「二表姊。」

「二姊。」

洛婉如見旁邊還有一把空椅子，坐下後道：「還是妳們這兒清靜，我都快被煩死了。」神情卻不是那麼一回事，透著些得意。

白奚妍不解其意，洛婉兮心裡倒是略有幾分底。

果然，在白奚妍問怎麼回事後，洛婉如嬌聲抱怨：「一個、兩個都拉著我問凌大人的事，」說著嘴角往下一撇。「也不掂量掂量自己的身分。」

白奚妍眉頭一皺，轉目看了看周圍，幸好沒有外人，否則這話傳出去可不是得罪人？想了想，她又不知道該怎麼開口。

洛婉兮眼皮都不抬一下，洛婉如的性子她算是看透了，讓她慎言，她只會記著妳讓她下不了台，不會有半分感激。況且這姑娘未必覺得自己錯了，她顯然沒把臨安閨秀放在眼裡，也不知她哪來的這份底氣，就因為大伯父做著三品侍郎，而大姊嫁到了凌家？

洛婉如甩了甩帕子，想起方才的情形就樂了。「我跟妳們說啊，剛剛還有人問……嘶！」洛婉如臉色驟變，難受地捂住腹部。

白奚妍一慌，忙問：「怎麼了？」

「肚子疼……」洛婉如擰著眉頭，一臉痛苦地躬著腰。

見她臉都白了，暮秋臉色也難看起來，壓低了聲音問：「姑娘，您是不是癸水來了？」她家姑娘癸水來時，十次有八次會痛，時輕時重，重的時候能疼得眼前發暈，可哪怕把太醫院的婦科聖手請來了也沒調理好。

洛婉如只覺得腹痛如絞，有點像又有點不像，疼痛間想起上回疼得打滾的滋味，不禁打了個寒顫，一把抓緊暮秋的手臂，六神無主。「怎麼辦？」接著語調猛地一變。「我要去更衣！」

「淨房在那邊。」白奚妍指了指方向，瞧洛婉如整個人躬成一團，頗能感同身受。她癸水來時偶爾也會腹痛甚至會腹瀉，但是情況遠沒洛婉如看起來那麼嚴重，於是她乾脆站起來道：「我陪妳們過去。」

洛婉如腳步飛快，好似有人在攆她，一行人迅速消失在洛婉兮眼前。

桃枝不厚道地笑了，趕緊低頭掩飾臉上的笑意。自從知道這位堂姑娘打的主意，桃枝便徹底厭了她，這會兒看她倒楣，豈會不高興？她側頭看洛婉兮和柳枝神色自若，她家姑娘面上還透著淺淺的擔憂，桃枝深覺自己道行太淺了。

這時洛琳琅款步而來，詢問是怎麼回事？

「二姊身體有些不舒服。」洛婉兮道。

「要緊嗎？」洛琳琅一臉擔心。

洛婉兮小臉紅了紅，小聲道：「好像是小日子來了。」

洛琳琅瞬間懂了，都是女孩子，誰不知道這時候身體會有些難受。知道這麼一回事後也就不再追問，而是道：「剛剛婉如堂姊還說起要邀請凌閣老去你們府上作客。」

洛婉兮呼吸一窒。「作客？」

洛琳琅捏起一塊馬蹄糕咬了一口，點頭道：「婉如堂姊就是這麼說的。兩家乃姻親，凌閣老到了臨安，洛府宴請也是應有之義。」就是不知道凌淵會不會赴宴。仔細說來，和洛家結親的是凌家二房，而凌家早就分家了，凌淵不接受也說得過去，只是這樣一來，就有些尷尬了，畢竟洛婉如說得那般言之鑿鑿。

洛婉兮垂了垂眼簾，心想自己應該不至於在見到他那一瞬撲上去咬死他。這點信心還是有的……吧！

洛琳琅突然推了推洛婉兮，示意她看往某個方向。

洛婉兮抬頭就見自路口匆匆趕來的侍書，只有她一人。可她不是陪著白奚妍給洛婉如帶路嗎？當下洛婉兮心裡咯噔一響。

侍書焦聲道：「……淨房人滿了，等了會兒都不見人出來，暮秋問了一聲都說要時間。姑娘們就去其他地方，哪想找了幾處都是滿的，眼下二姑娘已是走不動了，我們家姑娘差我回來向您討個主意，再晚……再晚就要出事了！」萬一洛婉如出了醜，以後都不用出來見人了，就是洛家也要跟著被嘲笑。

哪有這麼巧的事？突如其來的腹痛、永遠滿著的淨房……洛婉如分明是被人設計了！能在南寧侯府做這些小動作、還和洛婉如有仇的，除了江翎月，完全不做他想。

洛婉兮站起來對洛琳琅道：「我去看看。」

侍書雖然儘量壓低了聲音，但洛琳琅還是聽到了隻言片語，也趕緊道：「妳快去吧！」

洛婉兮點頭，立刻跟著侍書離開。

另一頭，洛婉如蹲在牆根下，緊緊抱著腹部，一張俏臉因為疼痛而面無人色，雙唇泛白，額上沁出細細的汗珠。

一旁的白奚妍六神無主，見洛婉兮疾步而來，頓時如見救星，三步併兩步跑上前，抓住她的雙手，顫聲道：「婉兮，怎麼辦？」

洛婉兮回握住她冰冷的手，摸到了一層細汗。

一牆之後的凌淵倏爾腳步一頓，似是被什麼定住了。

婉兮？

「凌淵、凌淵，我跟你說哦，我越來越覺得我這名字不吉利，婉兮，惋惜，忒晦氣了！每次別人叫我，我都覺得自己將來就是多舛的命！所以我決定要換個名兒，我娘說了隨我，只要我爹同意就行。你知道的，我這名是我爹翻破了一本詩經『精挑細選』出來的，說起來，就我爹那看見書就頭疼的毛病真的挺不容易的，為這我忍了他十八年，可我真的忍不了了。你幫我去和我爹說好不好，他最喜歡你了，你說的他肯定聽得進去。拜託，拜託，幫幫忙嘛！」女子噼哩啪啦不停歇，根本不給人插話的機會，說完還雙手合十，可憐兮兮地看著他，一雙眼亮晶晶，水盈盈，盛滿了央求。

當時自己是怎麼回答她的？凌淵想了想，回籠的記憶讓他嘴角的弧度微微上揚。

他挑了挑眉，慢條斯理的開口。「那妳親我一下。」

她臉一紅，目光游移起來，半晌磨磨蹭蹭地挪上前，白玉般的臉龐越來越近，近得他都能看見她臉上細細的茸毛。

「閉眼，不許看！」她聲音凶巴巴的。

凌淵眼波微動，忽覺一陣涼風拂面而過，眼前麗影隨風搖晃，逐漸模糊，旋即消散在空中，眼前只剩下一堵冷冰冰的粉牆，牆角雜亂的爬山虎隨風搖擺。

凌淵眸光一冷，周遭諸人立刻察覺到從他身上傳來的冷意，不經意間撞進他眼底，只見裡面恍若深不見底的深潭，一點光亮都沒有，陰森森的十分瘮人，嚇得趕緊低頭。

牆的另一邊，洛婉兮安撫著方寸大亂的白奚妍，放眼梭巡一圈，發現不遠處有一個院子，便道：「去那兒吧。」

淨房被打點過，排不上，如果強搶，對方一口咬定自己不舒服要用，倒顯得她們仗勢欺人。

「那院子鎖了！」白奚妍心急如焚。

「那就砸了，事急從權。」洛婉兮冷聲道，她就不信南寧侯府有臉追究。

白奚妍怔了下，暮秋也一愣，低頭看著渾身哆嗦的洛婉如。

洛婉兮揚聲道：「還不趕緊扶二姊過去。」

暮秋一個激靈回過神，立刻和另一個丫鬟攙扶起冷汗如雨下的洛婉如。洛婉如幾乎被兩人夾著走，她縮成一團，似乎極力在忍耐著什麼。

牆後的動靜剛消失，凌淵便跨步離開，邊走還在想，是不是所有名喚婉兮的女孩都有一股子虎勁？

奉南寧侯之命送凌淵去正廳的武達擦了擦額角的冷汗。攸關生死前途的大事，南寧侯需要時間消化，故淩淵十分善解人意的拒絕了南寧侯親送的建議，遂南寧侯派了他來。

可他萬萬想不到會遇上這麼一件事，他是聽明白了，這定是自家小主子捉弄人呢！否則哪會出現客人要更衣卻沒地方去的窘事？

武達並不覺得自己能聽明白的事，淩閣老會不明白。這到底有違待客之道，不知淩閣老心裡會怎麼想。

武達暗暗咋舌，十分想不通，淩閣老怎麼就突然對聽小姑娘壁腳產生了興趣呢！

幾經波折，總算找到了淨房。待洛婉如進去後，一行人鬆了口氣，可才吸了一口氣，頓時面如土色，不約而同地快步出了屋，院子裡的牡丹姹紫嫣紅，馥郁芳香，眾人才覺得活過來了。

白奚妍和洛婉兮面面相覷，一個憂心忡忡之中帶著不好意思，另一個面無表情，心裡倒頗為快意，惡人自有惡人磨。

洛婉兮道：「這事得跟祖母和五嬸說一聲，不能吃啞巴虧。」

白奚妍也贊同，否則南寧侯府還當她們好欺負，保不准下次更過分。這麼捉弄人委實太過了，要是真在人前出了糗，遇上個面皮薄的想不開自尋短見都有可能。

於是洛婉兮便派柳枝去通知洛老夫人和吳氏，叮囑道：「慢慢說，別嚇到祖母。」

柳枝應了一聲後福身告退。

「二表姊不會有事吧？」白奚妍擔心地問。

洛婉兮給洛婉如把過脈，再看她反應，十有八九是吃了巴豆。大問題不會有，就怕脫水，這就可輕可重了。

她對桃枝道：「妳去找個管事，就說要死人了，讓他們把府醫派過來。」她就不信，江翎月胡鬧，整個南寧侯府就沒其他明白人了。

事實證明南寧侯府還是有人知道輕重的，沒等桃枝出院子，府醫和醫女就匆匆而來，是武達派人去找的。

兩股戰戰的洛婉如被暮秋攙扶著出來，府醫診脈過後，神色略有些糾結。他是南寧侯府供奉的郎中，而人在南寧侯府做客吃了瀉藥，這就有些尷尬了。

「我二姊是吃了巴豆吧。」洛婉兮語氣篤定，又淡淡道：「我讀過幾本醫書。」

雙腿發軟的洛婉如一聽，險些炸了，有氣無力地喝罵。「巴豆?!肯定是江翎月害我！簡直欺人太甚！」才說完又抱著腹部奔向淨房。

府醫不甚自在地挪了挪身子，嘴上沒回話。

第十章

片刻後，洛老夫人和吳氏聞訊趕來，同時而來的還有南寧侯夫人和江翎月。

見著南寧侯母女，洛老夫人臉色鐵青。

南寧侯夫人也尷尬得說不出話來，她倒想把女兒摘出來，可這一樁連著一樁的，她自己都沒法昧著良心開口說是意外，南寧侯又打發來人說要給洛家一個交代。

南寧侯夫人只能想到今兒的貴客，洛家嫡長女是凌淵堂姪的媳婦，這一層關係說近也不近，說遠也不遠。

南寧侯夫人推了推女兒，板著臉道：「還不向婉如道歉？」說著用帕子按了按嘴角，強笑。「月兒被我寵壞了，沒個輕重，可這孩子沒什麼壞心思。」

江翎月不滿地扭了扭身子，心不甘情不願地道：「對不起！」

洛老夫人臉色更難看，氣得整個人都打起擺子來，怒極反笑。「江大姑娘這句對不起，我們洛家可受不起！來人，把二姑娘抬上咱們家去，這壽酒老婆子不敢喝了，誰知道有什麼要命的東西在裡頭?!」

聞言，洛婉兮扶著洛老夫人就往外走。

這是要翻臉了？

南寧侯夫人臉色一白，馬上就要開席了，洛家人要是這節骨眼上走了，不用等到明兒，今天就能鬧得滿城風雨，萬一傳出去，女兒這名聲還要不要了！

南寧侯夫人心頭大急，搶步上前攔在洛老夫人面前。「表嬸息怒！月兒她……」才開了個口，就見洛老夫人搖晃了下，捂著胸口往後栽。

「祖母！」洛婉兮大驚失色，連忙抱住洛老夫人，奈何體力不濟，險些被帶倒在地。

周圍的丫鬟和婆子眼疾手快地扶住兩人，南寧侯府的府醫一個箭步衝上前，一看洛老夫人的模樣，心裡頓時咯噔一響，飛快抽出幾枚銀針往洛老夫人幾個大穴上扎。

眾人大氣不敢出，唯恐驚擾了府醫。

饒是江翎月都嚇白了臉，這會兒她要是還不知道自己闖了大禍，那這十幾年就白活了。她下意識往南寧侯夫人身後挪了挪，怯怯地揪住母親的衣襬。她只不過是想捉弄一下洛婉如，哪想會變成這樣！

南寧侯夫人察覺到女兒的小動作，又氣又怒，回頭狠狠瞪她一眼。這孽障！倘若洛老夫人有個三長兩短，江、洛兩家姻親就要變死敵了。而女兒攤上氣死長輩的名聲，稍微有點講究的人家都不會要她做媳婦。

對上母親恨鐵不成鋼的視線，江翎月縮了縮脖子。

南寧侯夫人見她這模樣，不禁氣苦。

洛婉如瞧著母女倆眉來眼去，怒氣上湧，猛地一下子撲過去使出吃奶的勁連抓帶撓。諸人不想虛弱得站都站不起來的洛婉如還有此爆發力，以至於被洛婉如得了手，等她們回過神來撲上去救主時已經晚了。

江翎月捂著臉叫得撕心裂肺，聲音尖利，直刺耳膜，聽得人心裡發慌。再看她指縫間滲出的鮮血，膽小的當場嚇軟了腿。

再看洛婉如目眥欲裂，染紅的指尖還帶著細碎的皮肉，那模樣好似從地獄裡爬上來尋仇的惡鬼，駭人至極。

「娘、娘，我的臉！」江翎月歇斯底里地尖叫起來。

南寧侯夫人心臟差點驟停，她抖著手揭下女兒的手，就見女兒白嫩的臉上不斷淌著血。看清傷口之後，南寧侯夫人只覺得眼前一黑，身子晃了晃幾欲栽倒。

這麼深的傷口，肯定會留疤！女兒這輩子毀了！意識到這一點後，南寧侯夫人的臉刹那間褪盡血色，連眼珠子都不能動了，哆哆嗦嗦地開口。「府醫……府醫……快來！」

已經被這一場變故驚得目瞪口呆的府醫被南寧侯夫人變了調的聲音嚇得回過神來，看一眼略略恢復血色的洛老夫人，一咬牙。「慢慢把老婦人扶到榻上！」說罷飛奔過去。

吳氏大驚，伸手欲拉他。「等等，你……」話沒說完，府醫已經蹲到江翎月跟前，一看她那模樣，吳氏嚇得一個激靈，嘴裡發苦，忍不住一拍大腿。這都什麼事啊！

洛婉兮掃一眼那邊狀況後就不再多看，指揮著人把洛老夫人抬到榻上。要不是中風的病人不能隨意移動，她恨不得立刻把祖母接回家，離開這是非地。

這邊剛把洛老夫人安置在榻上，就聽見洛婉如也驚叫起來。

原來是南寧侯夫人要為女兒報仇，讓人劃花了洛婉如的臉。洛婉如嚇得花容失色，縮在暮秋懷裡連哭帶叫。吳氏一看那還得了，立刻帶著人上前阻攔，兩批人扭打在一塊兒，屋子裡頓時亂成一團，不過顯然南寧侯夫人占了上風，畢竟他們人多勢眾。

洛婉兮抿了抿唇，高聲疾呼：「殺人了！江翎月忤逆氣暈長輩，南寧侯府要殺人滅口！」

看南寧侯夫人這架勢，這事沒法善了了，他們勢單力薄，肯定占不到便宜，那就往裡大鬧，看看最後誰更倒楣。

屋裡頓時一靜，不約而同看向還扯著嗓子疾呼的洛婉兮。

為了護住洛婉如而被掐拉推打得渾身都在發疼的暮秋最先反應過來，跟著叫嚷起來。除非引來外人，否則她們家姑娘今天真要被毀容了。這位南寧侯夫人就不是個按牌理出牌的，哪家貴婦人會明火執仗的幹這種事？

吳氏頭髮凌亂，望了眼滿臉煞氣的南寧侯夫人，心裡一寒，跺腳道：「還不趕緊喊人，否則咱們一家子都要把命丟在這兒了！」她是知道這位表嫂的，殺人還不至於，可劃花洛婉如的臉，這事她是真幹得出來。設身處地一想，要是她站在南寧侯夫人的立場也會這麼做，反正都鬧成這樣，不趁這會兒報仇，事後就再沒這樣的機會了。

南寧侯夫人陰森森地盯著洛婉兮，怒喝：「一群廢物，這點事都做不好，留你們有什麼用！」

侯府下人頭皮一麻，傷了客人是罪，得罪夫人更是罪，孰輕孰重，無須猶豫。

趴在洛婉如身上的暮秋只覺得這些人拉扯的力道更大了，疼得她差點暈過去。

吳氏心急如焚，大叫：「住手！你們都住手！你們眼裡還有王法嗎？」

可哪有人理會她，推搡間，吳氏還被人推倒在地，手都被踩了幾腳。她只覺得自己這輩子都沒這麼丟人過，捶地大哭。「欺人太甚、欺人太甚！」

洛婉兮見兩個丫鬟朝她跑來，顯然是要讓她住嘴，她看一眼掩沒在人群中的洛婉如，覺得今天她可能凶多吉少。

這兒離人群有一段距離，傳出去不容易，便是有僥倖衝出包圍圈前去求救的，救兵趕過來也要一會兒，到時候哪怕人來了也晚了，事後的公道並不能彌補所有傷害，所以南寧侯夫人才會如此不依不饒。因為她知道若依規矩辦事，洛婉如得到的懲罰和江翎月所受的傷根本比不了。

忽然，洛婉兮覺得手上一緊，低頭就見洛老夫人微微睜開了眼，口中發出呵呵的聲音，眼中布滿焦急。

洛婉兮頓了下，握了握她的手道：「祖母您別擔心，我這就去找人來。」來得晚總比不來的好。

洛婉兮左右望了望後突然站起來，奔到窗戶前，提起裙襬就跨了上去。兩個丫鬟愣了下，等她們反應過來追去時，洛婉兮已經從窗戶跳了出去。

「趕緊攔住她！」

出了屋的洛婉兮見外面守著幾個婆子，腳邊綁著兩個丫鬟，其中一個就是偷偷出來搬救兵的柳枝，登時心下一沈。

對方好言相勸。「姑娘身嬌肉嫩，萬一磕著碰著就不妙了，夫人只是想替我們家姑娘討個公道，不會為難旁人。」如非必要，她們也不想和洛婉兮動手，這不比丫鬟，傷了就是傷了。

說實話，洛婉如怎樣，洛婉兮真的不關心，可她既然答應了洛老夫人，總要盡了人事再聽天命。

她冷聲道：「公道？公道自在人心。侯夫人濫用私刑，她真以為自己是王法，能在臨安城隻手遮天？哪怕是告到聖人面前，我們洛家也要討回一個公道，到時候妳們這群做奴才的也在劫難逃。」

幾個婆子一怔，趁她們分神這一瞬，洛婉兮立刻手腳並用的爬上身旁的桃樹，在諸人瞠目結舌的目光中跳到牆上。

她晃了兩下，險些一頭栽下去，不禁嚇出一身冷汗。

她定了定神，放聲大喊：「救命，殺人了！」喊完見一個小丫鬟依樣畫葫蘆追上來，低頭一看，嚥了口唾沫，心一橫，跳了下去，只覺得雙腳一疼，五臟六腑都翻騰了一遍。

果然多年不用，技巧退步了。洛婉兮倒抽一口冷氣，動了動腳，幸好沒傷到，趕緊依照記憶中的方向一路跑、一路喊，只覺得這輩子都沒這麼刺激過！

江南文風鼎盛，臨安更甚，宴會中比文論詩乃常有之事。

陸釗雖是初來乍到，對臨安這個不成文的規矩亦有數。是以在幾人提議賽詩時欣然應允，待他們又小心翼翼地提議可否讓他姑父凌淵品鑑時，他心中雪亮，又是一齣毛遂自薦！

獨樂樂不如眾樂樂，陸釗笑咪咪地應了，反正姑父閒著也是閒著。一炷香後，陸釗擱筆，離席回到人群之中。並非所有人都參加，一些自忖文采一般的就沒上去丟人現眼。

「陸兄不愧是凌閣老的高徒，文思如泉湧，下筆如飛。」這話五分奉承，五分真心，均不見場上還有人對著一片空白擰眉沈思。

陸釗是第一個離席的，固然是因為他對這場比賽並不十分在意，畢竟凌淵既是他姑父，也是他師傅，他不需要靠一首詩打動凌淵，但能在這點時間內寫出一首詩，他自問沒這本事。

陸釗笑道：「隨興之作，比不得場上諸位斟字酌句、精益求精。」

「文章本天成，妙手偶得之。詩詞這些不就講究個興之所至？」又有人笑。

陸釗露出赧然之色，直道不敢當。諸人看他出自國公府又師從凌淵，卻不驕矜自滿，不由更親近一些。

正說笑著，忽聞一陣喧譁，其間夾雜著「救命、殺人滅口」等字眼。

當下場上一靜，不少人悄悄去看落筆走來的南寧侯府世子江城陽。

江城陽面色微微一變，轉瞬就恢復如常，聽得喧譁聲越來越大，不好置之不理，遂拱手歉然道：「抱歉，擾了各位雅興。許是發生了什麼誤會，我去看看。」

諸人心道，這誤會有點大，都喊上救命了，不過他們都是大家子，知道別家陰私之事能不參與就不參與，徒惹一身騷，故道：「你且隨意。」

江城陽又對陸釗抱了抱拳，一行人中以他身分最為貴重，父親還特意交代自己妥善招呼。

陸釗微笑頷首。

喧譁之聲自然是從洛婉兮那處傳來的，她被守在門口的婆子攔住了，前有阻攔，後有追兵，喊破了嗓子都沒個人出來看看，她只覺得這輩子的楣運都在今天走完了，跑了一路居然連一個賓客都沒遇到。

雙拳難敵四手，洛婉兮雖然說不上是嬌滴滴的小姑娘，爬個樹、上個牆勉勉強強，但和膀大腰圓的兩個婆子正面對抗，必敗無疑。

她掙扎了幾下就被人擒住了手，能被派來守在這兒的婆子就不會是糊塗的，告了一聲罪後就抽出帕子要堵住洛婉兮的嘴。

洛婉兮徒勞地掙扎了下，眼看那灰色的帕子越來越近，劣質的熏香味越來越濃，只覺得大勢已去。

「哎喲！」

正當洛婉兮打算認命之際，就聽見兩個婆子慘叫一聲，栽倒在地。

洛婉兮怔了下，見兩人抱著胳膊連連打滾，立時反應過來是有人暗中相助，不及細想，提起裙襬就往園子裡衝。

慢了幾步追上來的幾人眼睜睜看著洛婉兮進了園子，再看地上翻滾的兩人，一邊叫苦一邊追上去，心裡把諸天神佛都求了個遍。

神佛大抵看臉，沒站在她們這邊，洛婉兮見到了那群人，也不明白自己為什麼會跑到男客這邊，她明明是往女客的花園而去。

算了，是人就好。

剛剛走出幾丈遠的江城陽臉色驟變，雙拳緊握，飛奔迎上。另有一人動作不比他慢，正是洛郅。

洛郅萬萬想不到求救的竟然是洛婉兮，實在是他從未聽這個妹妹高聲說話過。

洛婉兮心頭一定，憤恨地盯著江城陽。「大哥救命，南寧侯夫人要殺二姊。」

江城陽目光一冷，直直的盯著洛婉兮，語氣溫和，卻是暗含警告。「洛表妹，是不是有什麼誤會？」

「人在哪兒？」洛郅著急地問。

洛婉兮眼淚唰的一下就流了下來，她本就長得極美，並非那種張揚的美，而是溫婉柔美，讓人看了就覺得舒服。此刻梨花帶雨，更是讓人憐惜幾分，心裡不由也偏了幾分。

洛婉兮拉著洛郅的胳膊，喘著氣泣聲道：「在聽濤閣，直走第二個岔路上左轉就能看見，牆外有一片桃花林。大哥快，再晚就來不及了！」

洛郅立時飛奔而去。

江城陽權衡了下，還是留在原地，這會兒已經有人好奇地湊上來了，尤其是幾家和洛府交好的，他得留在這兒善後，免得洛婉兮胡言亂語。

洛婉兮平復急促的呼吸，只覺得嗓子眼和胸前俱是火辣辣的疼。

眾人瞧著挺好看的一位少女，慘白著一張臉，眼淚一顆一顆往下淌，怪可憐的。

有那憐香惜玉的已經命丫鬟過去扶一把，還問道：「四姑娘，到底是怎麼一回事？我五妹可好？」問話的這位是白家三少爺，白奚妍的堂兄。

洛婉兮眼淚流得更急了，聲淚俱下。「侯夫人要殺我二姊，表姊阻攔，現下不知道怎麼樣了，要不你趕緊過去看看吧，侯夫人太嚇人了，就是我五嬸都被推在地上打。」

江城陽繃著臉。「胡說，我母親豈會如此！」

白三少驚疑不定地看了看洛婉兮，又看了看臉色難看的江城陽。「我這就去。」說罷疾步而去。

洛婉兮根本不管江城陽，望著面前一群人，見陸釗說不上的面善，又看他被簇擁在中間，顯見身分矜貴，再細看他神情頗為憐憫，當下直視他的雙眼，悲聲道：「江翎月在我二姊飲食中下了巴豆，我二姊差點丟了性命，我祖母聞訊又氣又怒，竟是中風暈厥。二姊大怒之下與江翎月動了手，不慎傷了江翎月的臉，侯夫人竟然指使人用珠釵劃花我二姊的臉，說是要以牙還牙。我們家不允，侯府眾人竟是守住出口，連我們都打，我是翻了窗戶才能出來求救，現下也不知我家人如何了。侯府人多勢眾，我大哥和白三哥過去恐怕也力有未逮，懇請諸位公子施以援手，救人一命勝造七級浮屠，大恩大德，洛家沒齒難忘。」

陸釗看她眼裡含著淚，水汪汪一片，眼下兩道細細的浮水印，恍惚間和記憶深處一張臉重疊起來。

陸釗心頭一刺，等他反應過來時，人已經走到了洛婉兮面前。「妳帶路。」

洛婉兮一怔，繼而大喜。南寧侯府勢大，她還擔心無人肯蹚這趟渾水，忙不迭道：「謝謝、謝謝！」

陸釗朝她安撫一笑。

江城陽眸色一沈。「我也去。」

陸釗不好意思地摸了摸鼻子，對江城陽，陸釗有些心虛，自己這行為有點不禮貌，但是救人一命勝造七級浮屠，陸釗只能這麼安慰自己，女兒家毀了容，和丟了命也差不遠了，何況，聽起來就是南寧侯府無理在先。

當然這只是聽起來，陸釗心裡有數，洛婉兮的言辭肯定偏向自己家，但她敢鬧大，事實也不會差得太離譜。

看陸釗都去湊熱鬧了，還有些好奇心重的、和洛府親近的，或和南寧侯有隔閡的紛紛跟上。

江城陽臉色發僵，卻不能趕人。

第十一章

到了聽濤閣，洛婉兮就見院子裡站了不少人，定睛一看，就發現五叔洛齊翰身邊的長隨。

洛婉兮心裡一定，抬腳就要入內。

守在門口的婆子並沒有阻攔，但是在陸釗想進去時，那婆子卻道：「內裡之事，諸位公子怕是不宜旁聽。」

陸釗側頭看向洛婉兮，他既然答應她前來，自然要詢問她的意見。

洛婉兮瞧他這模樣，似乎只要自己請他進來，他就會硬著頭皮留下。她心中十分感念他的仗義，卻不會為難人。屋裡已經沒了動靜，事情也宣揚開來，此刻他留不留都無大礙，遂她屈膝一福，鄭重道：「多謝公子施以援手，改日再登門道謝。」又對其他跟來的公子哥兒福了福才旋身離開。

江城陽掃一眼洛婉兮，若有所思，對眾人抱拳道：「實在抱歉，擾了各位雅興，下回我做東請各位喝酒。」

眾人客氣了幾句。

江城陽又對陸釗點了點頭，陸釗回以一笑，江城陽這才入內。

洛婉兮一進屋，屋內眾人紛紛看過來，她留意到其中一道目光極具壓迫性，不用抬頭就知道是南寧侯。她把事情鬧得人盡皆知，南寧侯肯定會對她不滿，她心知肚明。

「妳回來了正好，收拾一下，咱們回家去。」洛齊翰一邊說話一邊上下打量洛婉兮，見她除了狼狽些外並無大礙，心裡一鬆。

洛婉兮應了一聲，被桃枝迎著進了旁邊的房間，快步奔向榻上的洛老夫人，問：「祖母怎麼樣？」

守著洛老夫人的柳枝道：「情況穩定了，等軟轎來了就回府。」

洛婉兮心頭巨石落地，握了握洛老夫人的手。「回府好。」

知道洛老夫人無大礙，洛婉兮才有心思留意其他人。吳氏正在安慰啜泣的洛婉如，望著洛婉如額頭上的紗布，洛婉兮目光一凝。

吳氏見她看過來，微微搖頭。

洛婉兮略一頷首，就是吳氏不提醒她也不會多嘴，這時候問話不是火上澆油嗎？洛婉如那傷該是南寧侯夫人造成的，就是不知道深淺，不過幸好是在額頭上。她想起了滿臉血痕的江翎月，登時心頭一涼。

待桃枝替洛婉兮重新綰好髮髻，軟轎也來了，洛老夫人被小心翼翼地抬了上去，女眷也紛紛上轎。

南寧侯對洛齊翰重重一嘆。「原是我母親大喜的日子，不想出了這等事，實在是……」說著又嘆了一聲。「明日我再去探望表嬸，缺什麼藥材，表弟只管派人過來。」

洛齊翰擠出一抹微笑，沒有說話。

江翎月氣得洛老夫人中了風，洛婉如毀了江翎月的臉，南寧侯夫人傷了洛婉如，哪一樁都不是小事，他做不了這個主。

洛氏一行人就此離開，留下臉色陰沈的南寧侯父子倆。

靜默了一瞬，江城陽才開口。「妹妹的臉就這麼白傷了？」

南寧侯臉色更沈，對這個女兒是又氣又心疼，冷斥道：「還不是她自作自受！怨得了誰？」

「洛婉如！」

江城陽聞聲回頭，就見不知何時過來的南寧侯夫人立在那兒，滿臉的晦暗陰鷙。「母親！」

南寧侯夫人雙拳緊握，手背上青筋畢露。「月兒任性，可罪不至此！她的臉，她的臉……」南寧侯夫人的聲音開始顫抖，很快整個人都抖了起來，眼底湧出淚。「毀了！她才十三歲，你讓她以後怎麼辦？她才十三歲！」南寧侯夫人雙眼發紅，咬牙道：「這事，沒完！」

南寧候心頭一刺，合了合眼後盯著南寧侯夫人的眼睛道：「這段時間妳給我安分點，凌淵還在！」

南寧侯夫人深吸一口氣。「……我知道。」

等凌淵一走……南寧侯夫人眼底閃過一道幽光。

洛氏一行人回到府裡，早已聞訊等候著的府醫立刻迎上前。洛老夫人和洛婉如都被送到了餘慶堂。

洛老夫人的問題不是一時半會兒能解決的，府醫也只能道慢慢調理，再詳細的便不敢再說。

倒是洛婉如的情況頗為棘手，謝府醫揭開紗布一看，不滿地問：「怎麼沒上藥？」

吳氏面露尷尬。其實洛婉兮走後，自己這邊很快就頂不住了，洛婉如被侯府下人抓住了，眼看著那簪子就要往她嫩生生的臉上劃下去，吳氏心都快跳出來了，幸好洛郅及時趕到，踢飛了那行凶的婆子。也是洛婉如運道不好，額頭被金簪勾了一下，就留下這麼一道傷。

後來南寧侯和洛齊翰一起趕到，總算是穩定了局面，還讓人給洛婉如處理傷口。然而洛婉如死活不肯用侯府的藥，還嚷嚷對方會在藥裡動手腳。說實話，這顧慮有道理，她覺得沒什麼是南寧侯夫人這個女人做不出來的，但是洛婉如這麼嚷出來就讓人下不了台了。當時場面之尷尬，吳氏壓根兒不想回憶。

對這姪女，她也是無話可說。瞧著挺機靈，可瞧她做的這幾件事……吳氏心裡暗暗搖了搖頭。

洛婉如慌得面無人色，語無倫次道：「傷口深不深？我會不會留疤？我不要留疤，我不要！」說著嚎啕大哭起來，眼淚成串往下掉。

吳氏趕緊抓著她的手安撫。「可別哭啊，傷口繃開就糟了。」

哭聲立刻停住，洛婉如含著淚，可憐巴巴地看著吳氏，突然道：「我要回家，我要回家……」她嘴裡的家自然是京城侍郎府。

這當口，吳氏自然順著她的話說。

聽著洛婉如含淚的聲音，洛郅握緊了拳頭。「我寫封信將這事告知父母。」事情鬧得這般大，沒有不告知長輩的理。

洛齊翰贊同。「我也要給大哥寫封信。」這事明顯超出他的能力範圍了，還是要由洛大老爺決斷。

此事宜早不宜遲，洛郅揚聲吩咐人備筆墨，接著餘光瞄見洛婉兮蹙著眉轉了轉腳踝，忙問：「四妹受傷了？」

洛婉兮立刻放下腳。「只是有些痠，不礙事。」

洛郅見她並無痛苦勉強之色，便放了心。今天要不是這妹妹冒險跑出來，洛婉如是凶多吉少，他為此感念非常，動容道：「今兒多虧了四妹。」

洛婉兮搖頭。「一家人，大哥何必說什麼見外的話。」頓了頓又道：「說來今兒有位公子幫了忙，我怕侯府以多欺少，故請了他帶人過去。明知可能得罪侯府，他還是答應了，雖然最後沒出手，可我想著這份情咱們得記著，所以我想大哥哪天若是有空，不妨登門致謝。」

洛郅想這是應該的，便問：「是哪位公子？」

洛婉兮道：「我瞧著面生得很，只記得他穿著雨過天青色的錦袍，上面繡著湘妃竹。」

洛郅一聽就知道是陸釗。「應是陸六少，他是有口皆碑的君子，四妹倒是找對人了。」

洛婉兮一愣，喃喃道：「陸六少？」電光石火間想到一個可能，在腦海中仔細回憶了下他的模樣。「可是陸國公府的公子？」

「正是。」洛郅不免奇怪。「四妹怎麼知道？」

洛婉兮垂下眼，捋了捋散髮道：「我瞧著旁人對他客氣得很，聯想到今兒的情況，便猜了下。」

洛郅一想也是。抬頭一看筆墨送到了，便道：「我去寫信，四妹好生歇著。」

洛婉兮應了一聲，神情有些心不在焉。

陸六少，釗哥兒……當年不及她腰身、抱著她的腿討糖吃的小傢伙竟然長得比她還高了，今天還幫了她一把。

玉樹臨風、品行端方……自豪之感油然而起，洛婉兮嘴角忍不住上揚，又迅速垮了下去。

別忘了，她現在是洛婉兮，不是陸婉兮了……

「你倒是憐香惜玉。」

凌淵立在窗前，含笑開口。月光映在他臉上，顯出淡淡的金色，襯得他的輪廓也柔和了許多。

陸釗臉一紅，摸了摸鼻子。「姑父就不要取笑我了，那樣的情況下，我一個大男人豈可見死不救？」

「大男人？」凌淵輕笑了一聲，似笑非笑地上下打量他。

陸釗被他毫不掩飾的嘲諷語氣鬧得臉更紅，脹紅臉申明道：「我都十六了！」

凌淵往後一靠，懶洋洋地倚在窗欄上，感慨道：「既然十六了，那兩個下面送來的瘦馬就賞給你了，你也該知人事了。」一回到驛站，下屬就稟報有人送來兩個如花似玉的瘦馬，對此，凌淵習以為常。

轟地一聲，陸釗一張俊臉脹得通紅，拒絕道：「我才不要！」還下意識後退了一步。

國公府不像別的武將家，爺們未成婚，房裡就添了通房丫鬟，還美其名曰教導人事，以免大婚時傷到新娘。陸國公府不興這個，在男女之事上規矩甚嚴，以至於陸釗都十六了，連小姑娘的手都沒摸過。

凌淵被他如同踩了尾巴的反應逗得勾了勾嘴角。「既然你不要，那就賞給護衛吧！」

陸釗壞心眼道：「姑父何不留著自己用！」畢竟姑姑都離世十年了，無論姑父續弦還是納妾，他都不會有意見。

其實這些年瞧著姑父孤孤單單一個人，他心裡也怪不是滋味的。

凌淵抬頭掃他一眼，笑了笑。

陸釗頭皮一緊，知道若再繼續這話題自己就危險了。他果斷地將話鋒一轉，說到了南寧侯府上。

「南寧侯府的女眷可真叫我大開眼界，就是在京城都沒見過這樣……」陸釗想了想，終於想出了一個詞。「跋扈！」

在文陽長公主的壽宴上，做孫女的用巴豆捉弄賓客，還堵住對方後路，顯然是要人在眾目睽睽之下出醜，這已經不是調皮不懂事，而是惡毒了！南寧侯夫人這個做母親的也是絕了，竟然明火執仗的要毀一個小輩的容。由此可見，南寧侯府氣焰之高。

「山高皇帝遠，自然囂張。」凌淵語氣不以為然，淡淡道：「天欲使人滅亡，必先使其瘋狂。」

陸釗心裡一動。「那姑父還要拉攏南寧侯？」南寧侯養寇自重一事，凌淵並沒有瞞他。

凌淵緩緩轉身，望著在夜風中輕輕搖曳的桃樹。暮春時節，花都謝了，拇指大的果子在枝葉間若隱若現。

「這次下江南所為何事？」他不答反問。

陸釗頓了下才道：「汛期將至，巡視各州府防洪工程。」去南寧侯府宣旨不過是順便，文陽長公主就算有再大的面子，也沒有讓凌淵特意為她趕來的道理。

「朝廷年年撥下大筆銀子修築堤壩，可每年都有擋不住的洪水，每年都有官員因此掉腦袋。堤壩是江南頑疾，其中水深得很，便是我親自前來巡視都不敢保證每一段堤壩皆是真材實料。」凌淵慢條斯理地敲著窗臺。

陸釗不由自主的被他的動作吸引，他的手指修長有力，保養得宜，一看就是一雙屬於書生的手，可陸釗知道，提筆之外，他還能握劍。五年前就是這雙手提著龍泉劍發動奪門之變，改天換日。

「阿釗。」

陸釗一個激靈，回神正對上凌淵淡淡的視線，不自在地摸了摸鼻子。「您想利用南寧侯在江南的影響力？」

凌淵略略一點頭。「江進在南邊經營多年，堤壩方面的內情他不可能不清楚，甚至還參與其中。我與他們纏鬥費時又費力，還不如交給他，他不敢耍花樣。」

陸釗默了默。「那沿海的倭寇呢？為了地位，他不會願意徹底剿滅倭寇。」

凌淵勾唇一笑。「江南水軍總督聽著威風，可哪有左軍都督位高權重？」

「您要把這個位置給他？」陸釗心下一驚。左軍都督年事已高，已經上了致休的摺子，不過截至目前都沒有定下人選。

凌淵輕笑，語氣意味深長。「給他又何妨，京城可不是臨安。」

陸釗不由為南寧侯默了默哀。

「夜深了，回去歇著吧！」凌淵道。

陸釗恭恭敬敬地行禮。「姑父，您也早點休息，今兒您喝了不少酒。」時至今日已經沒有人能灌他酒了，姑父也不是嗜酒之人，可破天荒的，今晚姑父來者不拒。陸釗總覺得哪裡不對勁，卻又說不上來。

背對著他的凌淵隨意唔了一聲，抬手碰了碰眉心。今天他的確喝得有些多了。

大抵是真的喝多了有些醉意，所以作了個好夢。

凌淵又一次夢見了大婚那一日的情景，他挑起繡著鴛鴦戲水的紅蓋頭，鳳冠下的人兒美得驚心動魄，令人呼吸一滯。

濃密鬈翹的睫毛如同受驚的蝶翼，一搧又一搧，搧得他從心底癢起來。他伸手抬起了她的下巴，明明羞怯得不行，她卻執拗地睜大著眼，不躲不避的迎著他的目光。

他看著緋色自她臉頰一直蔓延到脖頸，消失在無限遐想之處，灼燙的感覺順著指尖延伸到全身，匯聚成災。

他抱著她，肆意憐愛，她在他身下婉轉低吟。

夢有多美，清醒時的空虛便有多刻骨。

凌淵怔怔望著床頂，片刻後伸手覆住眼。過了好一會兒，才揚聲換人進來伺候。

德坤望著被褥，臉皮抽了又抽，欲言又止的看著主子。

凌淵漠然地掃他一眼。

德坤立時把喉嚨裡的話嚥了回去。主子心情不好，他就不觸楣頭了。

早上請安時，陸釗敏感地留意到凌淵心情不佳，遂十分乖覺，安靜地陪著他接見前來拜訪的當地官員。

其中包括了洛齊翰和洛郅，兩人為昨日之事前來致謝。

陸釗不好意思地道：「其實我也沒幫上什麼忙。」

「那種情況下，你肯陪著我四妹走一趟，已是最大的幫助了。」洛郅誠心實意道。有多少人能不畏懼南寧侯之勢呢？

聽他提起洛婉兮，陸釗就想起了另一位洛家姑娘，少不得問一句。「不知貴府二姑娘傷得可重？姑父那裡有一些藥對外傷頗有效用。」

凌府的藥是出了名的好，洛郅此次前來，本就抱著求藥的心思，聞言不勝感激。

謝意已經傳達，藥也拿到了，洛郅知道凌淵貴人事忙，不敢久留，喝完一盞茶就起身告辭。

陸釗親自送他出了門，回來後忍不住對凌淵感慨道：「煜大嫂子挺穩妥的一個人，洛郅也是個明白人，怎麼洛二姑娘就這麼與眾不同呢！」他自然和洛婉好打過交道。在他看來，江翎月不好相與，洛婉如也不是個腦子清楚的。那種情況下，洛家只要博同情，就能用輿論讓南寧侯府掉一層皮，江翎月的名聲已經落在地上，前途堪憂；可洛婉如兩爪子下去，毀容的江翎月成了最嚴重的受害者，洛家也沒了理，而她自己也名聲有虧，兩敗俱傷。

凌淵撫了撫杯盞。「你倒是關心洛家姑娘。若中意，我替你去提親，就是不知這位洛二姑娘是否許了人家？」

陸釗抽了抽嘴角，無奈道：「姑父，您能別開這種玩笑嗎？一點都不好笑！」

凌淵抬起眼皮瞟他一眼。「沒事少琢磨這些內宅事，成何體統。」

陸釗張了張嘴，只覺得自己無辜得很。心情不好就懟他，長輩了不起啊！

第十二章

淅淅瀝瀝的小雨絲絲縷縷，纏綿不斷，整個天空都陰沈沈一片。分明是正午時分，屋內仙鶴騰雲靈芝蟠花燭檯上的蠟燭卻早早被點燃。

見洛老夫人睡熟了，洛婉兮掖了掖被角後站起來，輕手輕腳出了寢房。

過來替換她的白奚妍迎上來，壓低了聲音問：「外祖母可好些了？」

洛老夫人的情況比一開始好了許多，並沒有出現中風病人常見的口歪眼斜症狀，神志也是清醒的，但是手腳明顯不若從前靈活，尤其是左腳，幾乎沒了知覺。

祖母癱了！這個認知讓洛婉兮嘴裡發苦，就像被人塞了滿滿一把黃連，一直苦到了心裡。

「中午吃了一整碗燕窩百合粥，精神也還好，和我說了會兒閒話，現下睡著了。」洛婉兮答道。

白奚妍面上露出一絲笑影，見洛婉兮眉帶輕愁，不由拉住她的手拍了拍。「妳也別太擔心了，外祖母的情況已經逐漸好轉。大表哥也說了，待外祖母好些，就去京城請御醫為外祖母調理身子。反倒是妳，要是思慮成疾，可不是讓外祖母擔心？」洛婉兮是洛老夫人一手帶大的，情分總歸與她們不同。

洛婉兮彎了彎嘴角。「表姊放心，我明白。」

「那妳早些回去歇著，我瞧妳氣色不大好。」白奚妍道：「這裡有我。」年長的幾個晚輩輪流照顧洛老夫人，其實人也不多，就四個。吳氏、白洛氏、白奚妍和洛婉兮，五房兩個姑娘都還小。

至於洛婉如，白洛氏說讓她好好養傷，洛婉如就真的不侍疾了，一顆心全撲在自己額頭的傷上，幾次過來請安也是匆匆忙忙，略待一會兒就離開。

洛婉兮看著，頗為齒冷。洛老夫人病成這樣，江翎月是罪魁禍首，可洛老夫人是因為心疼洛婉如才會氣急攻心。然瞧著洛婉如別說愧疚，就是關心都少得可憐，關鍵時刻見真情，古語誠不欺人。

一行人打著傘，踩著青石小路回到陶然居，雨不大，但是有風，斜風細雨染濕了衣裳。一回到屋裡，洛婉兮就換下外衣和鞋襪，半倚在羅漢床上。

柳枝端上溫熱的薑湯，柔聲道：「姑娘喝一些，去去寒。」

洛婉兮接過瓷碗。「妳們也喝一點，這會兒換季最易著風寒。」

柳枝道：「姑娘放心，小廚房裡一直熬著，誰想要都能去喝一碗。」

洛婉兮笑了笑。她院裡這幾個都是周到的，用不著她操心。

「姑娘眼底都發青了，昨晚又沒睡好，您喝了薑湯後好好歇一歇吧！」柳枝皺著眉勸道。

洛婉兮揉了揉眉心，嗯了一聲。

見薑湯喝完了，桃枝捧著九格瓷盒遞到洛婉兮跟前，讓她去去嘴裡辛辣。「姑娘嚐嚐這阿膠芝麻核桃糖，上午剛做好的。」
洛婉兮捏了一塊吃。「不錯，給表姊那裡送一些。」笑了笑又道：「二姊那裡就算了，她正吃著藥，免得相沖。」
桃枝脆脆地應了一聲，眼珠子一轉。「今兒清芷院又換了一批瓷器，謝府醫離開時額角還帶著傷，是二姑娘失手砸傷的。」
自從知道洛婉如來者不善，洛婉兮就命人暗中留意那邊的動靜。她在祖宅長大，又協同管家多年，指使兩個小丫頭並不難。
洛婉兮動作一頓，垂了垂眼問：「是那疤消不了了？」這一陣子，洛婉如三不五時的砸東西洩火，可砸到人卻是第一次，對象還是謝府醫。
「沒打聽到，可想著只有如此，二姑娘才會失了分寸。」桃枝道。府醫可不是奴才，那是自由身，隨時都能離開，何況誰能保證自己沒個頭疼腦熱落到府醫手裡？所以哪怕是洛老夫人對謝府醫也十分尊敬。
洛婉兮擦了擦手，雖然不厚道，但還是想說，偶爾老天爺還是靠譜的。只是洛婉如容顏有損，怕是更不會放過她了。
清芷院氣氛凝滯，洛郅鐵青著臉，似乎在竭力忍耐著什麼，洛婉如則捂著臉大哭。
事情的起因是洛郅一回來就被人告知洛婉如大發脾氣砸傷了謝府醫，他忍不住訓了她幾句。她臉上的傷可能會留疤，洛郅心裡也不好受。

可自從受傷後，洛婉如接連的行為委實讓洛郅不滿。祖母為她的事病成那樣，可她眼裡只有自己的傷，幾次探望都敷衍了事，當誰看不出來？自己說了她，她還是屢教不改。他想不明白，洛婉如怎麼會變成這樣？還是自己從來都沒瞭解過這個妹妹？

砸傷謝府醫之事就像是壓倒洛郅的最後一根稻草，連日來堆積的不滿徹底爆發，兄妹倆大吵一架。

爭執間，洛婉如聲嘶力竭地哭喊：「如果你不踢那一腳，我不會受傷的！」

洛郅瞬間愣住，腦子裡一片空白。為了救她，自己踢飛了意圖行凶的婆子，反而傷了洛婉如，洛郅一直愧疚不安，也向妹妹道過歉。可當時那樣的情況，他不得不出手，否則洛婉如傷的就會是臉。

洛郅以為妹妹能理解，可對上她控訴的眼神，他才知道其實她一直在怪他。

那一瞬洛郅就像是被人在冰天雪地裡澆了一盆冰水，那股子陰冷穿過皮肉，鑽入骨頭縫，直達心臟。

須臾後，洛郅恢復了面無表情的模樣，看都不看痛哭的洛婉如一眼，轉身大步離去。

暮秋一怔，追了上去，連連解釋：「少爺不要和姑娘計較，姑娘知道自己要留疤，傷心壞了。她根本不知道自己在說什麼，少爺千萬不要往心裡去，姑娘是有口無心的。」至今暮秋眼前還縈繞著洛郅那張布滿驚詫、悲哀、傷心的臉，這回，她家姑娘是真的傷了大少爺的心。

「滾！」洛郅冷冷吐出一個字。有口無心？分明是情急之下吐真言吧！

暮秋定在原地，好似被人兜頭打了一拳，既說不出話來，也動不了，只能直愣著雙眼看著洛郅漸行漸遠。

「暮秋姊姊？」蝶衣見暮秋失魂落魄地站在那兒，癡癡的望著前方，心裡一動，輕輕喚了一聲。

暮秋如夢初醒，收斂異色，看向蝶衣，目含警告。

蝶衣噤若寒蟬，下意識縮了縮脖子。

暮秋這才收回目光，旋身回屋。

一見到她，茫然不安的洛婉如就一臉緊張地追問：「大哥是不是生氣了？」不待暮秋回答，她用力咬住了下唇，喃喃自語。「大哥肯定生氣了，我怎麼會說那種話，我真不是故意的。」

暮秋也覺得洛婉如說得太過了，當時情況危急，要不是大少爺，哪裡只是額頭上留一道疤的事？

然她面上不露分毫，溫聲細語地安慰道：「嫡親兄妹之間哪有隔夜仇？等大少爺氣消了，姑娘好生賠禮道歉，大少爺還能不原諒妳不成？」

洛婉如想想也是這樣，大哥向來疼她，如此心下稍定，神情鬆快了些。「對對對，大哥肯定會原諒我的。」

心中大石落地，洛婉如又想起了自己的傷。她走到梳妝檯前坐下，望著額頭上的紗布，不禁悲從中來。

她損了容貌！除了許清揚，還能嫁給誰？只有許清揚，不會嫌棄她！

洛婉如緩緩伸手碰上菱花鏡中的紗布，目光逐漸變得堅定……

過了端午就是洛老夫人的壽日，纏綿了半個月的雨終於停了。

是日，豔陽高照，是這一陣裡難得一見的好天氣。

洛婉兮笑著對洛老夫人道：「老天爺也知道今兒是您的好日子，行了方便。」

洛老夫人瞇眼望了望天。「菩薩保佑。」

吳氏笑吟吟地奉承。「那是母親素日樂善好施積下的福氣。」

「一個個就會拿好話哄我！」洛老夫人嗔道。

吳氏哎喲一聲，不依道：「媳婦說的可是真心話。」

插科打諢間，一行人到了餘慶堂，洛老夫人被小心翼翼地抬到上座。出了這麼些事，洛府也沒了大擺壽宴的興致，可老祖宗的壽辰沒有不慶賀的道理，最後折衷，只邀了近親族人前來。

不一會兒，人陸陸續續到齊了，見洛老夫人這一場病下來，鬢角的頭髮全白了，氣色也大不如前，心下唏噓不已，可面上倒不顯，畢竟這大喜的日子，誰會尋晦氣？嘴上還得說：「果然人逢喜事精神爽，嬸娘可比上次我來時精神多了。」和幾天前比，的確如此。

洛老夫人含笑聽著，指了指洛婉兮等人，感慨道：「我倒是好了，就是辛苦了她們幾個，日夜守著我，人都瘦了一圈。」

「都是孝順的好孩子！」來人順著洛老夫人的意思誇道。

洛老夫人笑瞇了眼，老人家誰不喜歡聽這個的？留意到幾人視線若有似無地瞟向洛婉如，洛老夫人笑容滯了滯。

她的左腳癱了，腦子可沒癱，自己生病期間，洛婉如的行為她都看在眼裡，若說不失望那是騙人的，可再失望，孫女還是嫡親的，她還能跟個孩子計較不成？

見洛婉如被這幾道目光打量得不自在，腦袋越垂越低，都快縮到胸口了。這孩子好不容易鼓足了勇氣頂著傷口出來，洛老夫人不想打擊她的信心，以至於她從此不敢見人。遂洛老夫人開口轉移眾人的注意力。「園子裡搭了戲臺子，咱們去聽戲吧，一陣子不聽還怪想念的。」

她是壽星，諸人自然無不答應，於是一行人便浩浩蕩蕩地去園子裡聽戲。

故意落在後頭的洛婉如鬆了一口氣，那些包含了同情、惋惜的眼神差點讓她落荒而逃。長這麼大，她何時被人可憐過？她握緊了拳頭，即便她毀了容，也會比這些人過得好！

小姑娘愛聽戲的不多，洛婉兮就帶她們到沁芳園內玩耍。

初夏時節，園內百花綻放，姹紫嫣紅。比花還要嬌嫩的姑娘們賞著花、品著茶、說說話。坐得乏了，還能站起來逛逛園子，還有那興致高的，邀上三、五人遊起湖來。

洛婉如靜靜坐在一旁，心不在焉地應付著上來攀談的族人。

洛氏一族以他們這一支為嫡為尊，而他們這一支又以長房為頂樑柱，身為長房嫡女，自然有的是人巴結討好。

瞧出洛婉如心不在焉，說話的人也乖覺，訕訕地住嘴後找了個藉口遁走。

容顏有損，心情不好，也是能理解的，只是心裡想的時候不免多了絲微妙的幸災樂禍，畢竟誰也不樂意熱臉貼冷屁股。

洛婉如渾不在意，一門心思都在洛婉兮身上，時不時不著痕跡地瞅她兩眼。

她今天頂著這些形色各異的目光出來，只是為了洛婉兮，不然當她願意被這些人當笑話看？

出去一趟又回來的柳枝朝正和人閒話的洛婉兮喚了聲。「姑娘，少爺玩耍時不慎摔了跤，手受傷了！」

洛婉兮心裡一緊，笑容瞬間斂下，歉然道：「我去看看，妳們自便。」

洛琳琅趕忙道：「妳快去瞧瞧。」

洛婉兮只剩下這麼個嫡親弟弟，洛琳琅十分理解她的著急，還輕輕推了推她，示意她快點去。

洛婉兮對眾人頷首後，旋身離開，腳步越來越快。

她邊走邊問：「傷得厲害嗎？」

「道是劃破了手，不嚴重。」

洛婉兮鬆了一口氣。「祖母那處沒通知吧？」大夥兒已經商量過，以後什麼事都徐徐告知她，尤其是這種不好的消息，既然是小傷就更不必驚動她，等壽筵結束再說也不遲。

柳枝回道：「沒有，姑娘放心。」

如此，洛婉兮也不再說話，專心趕路。

途經小橋時正好遇上一婆子領著一群手捧瓜果的丫鬟，對方見到她，退到一旁行禮。

「四姑娘好！」

話音猶在，就聽一名丫鬟驚呼一聲，手裡的果盤一斜，裡面圓滾滾的李子滾落一地。

領頭的婆子臉色驟變，呵斥道：「怎麼回事，東西都——」不想跨出來的腳踩在李子上，猝不及防之下，她一個趔趄，整個人撲向洛婉兮。

這一串變化發生在電光石火之間，被打個措手不及的洛婉兮愣怔間就被她撲了個正著，耳邊只聽見吱一聲，欄杆斷了。

洛婉兮臉色大變，就覺身體騰了空，下墜的瞬間，對上那婆子的眼，對方的眼神慌亂又閃躲。

來不及細想，她就被鋪天蓋地的湖水淹沒。初夏的湖水，依舊冰冷刺骨，冷得全身的血液似乎都要被凍住。

洛婉兮怕水，很怕很怕，可洛三老爺覺得女兒如此怕水恐不好，因此她在洛三老爺的強硬逼迫下學會了泅水，那是她五歲時，在府衙的小池子裡悄悄學會的。大家閨秀會泅水絕不是什麼值得稱道的事，遂連洛老夫人都不知道，其他人就更不得而知了。

隨著洛婉兮一同落水的王婆子也不知道，她的任務是不讓洛婉兮淹死，但又不能那麼快被救上來。

臨安水鄉之地，水性好的人不少，柳枝就會，還有端著瓜果的幾個小丫鬟，眾人紛紛跳入湖中救主，奈何有王婆子這根「驚慌失措」的攪屎棍，她們根本靠近不了洛婉兮。

這時王婆子發出殺豬般的一聲慘叫，與此同時，清澈的湖水漸漸染紅。

拿著玉簪的洛婉兮一腳踹開嚎喪的王婆子。

柳枝三兩下游到洛婉兮附近，喜形於色。「姑娘，您沒事吧？」柳枝也不知道她會泅水。

洛婉兮一邊往橋墩游去，一邊道：「她故意的，還不讓我上岸，肯定有後著。」

柳枝看她動作，聞言立時就明白了她的意思。姑娘這模樣要是被外男瞧了去，清譽就毀了。

「桃枝，別讓人過來。」

在橋上心急如焚、恨不能跳下來的桃枝瞧洛婉兮不上岸而是往橋下游，已是驚疑不定，聽了這話哪裡不明白，一抬眼就見不遠處白暮霖正疾奔過來，嚇得花容失色，一個箭步衝了過去，揮舞著雙手喊道：「沒事了，不要過來！」

直到她連喊了兩聲，氣喘吁吁的白暮霖才停下。

他是被小廝請過來的，來人說洛鄴受了傷，又找不著洛郅，便央求白暮霖過去看看，白暮霖自然不會拒絕。一進園子就看見洛婉兮落水，橋上亂成一團，他無暇多想，拔腿就衝上前。

此刻見狀，雖心下依舊擔憂，可神智歸位，他知道自己過去只會害了洛婉兮，遂立刻轉身。

桃枝則守住了門口，此門是通向男賓之所的。

這時洛婉如帶著人從另一邊過來，見到渾身濕透的洛婉兮，卻不見白暮霖，更不見設想之中的混亂，瞳孔一縮，拽緊了帕子。

與她一道來的白奚妍臉色大變。「妳這是怎麼了?!」

洛婉如提了提心，在洛婉兮看過來時心虛地別過眼，乾巴巴地問：「四妹，妳沒事吧？」

裹著披風的洛婉兮抬眼，目光沈沈地看著她。

她得到的消息是洛婉如買通了她院裡一個三等丫鬟，打算趁今天忙亂，往她屋裡塞點東西。至於是什麼東西，她不得而知，無外乎是能讓她揹上「私相授受」這個罪名的，而後續之事約莫是洛婉如帶人過來，一不小心公諸於眾。

有錢能使鬼推磨，洛婉如能買通人，她並不奇怪，甚至暗中縱容，到時候人贓俱獲，她便能乘機把這事攤到明面上來。若證實洛婉如和許清揚兩情相悅，她就能理直氣壯地退婚。

不怕賊偷就怕賊惦記，這世上只有千日做賊的，沒有千日防賊的。

可現實在她臉上打了一記響亮的耳光。明修棧道，暗度陳倉，洛婉兮覺得自己這次落水不冤，誰讓她小瞧了人呢！

第十三章

洛婉兮緊了緊披風，緩緩道：「二姊放心，我沒事。」

洛婉如沒來由的心裡一突，總覺得她話裡藏話，想細看卻見洛婉兮已經被人簇擁著離開，一上岸就被打暈過去的王婆子也被人抬走了。

洛婉如眼皮亂跳，臉色微不可見地白了，下意識看向暮秋。

暮秋握了握她的胳膊，回以一個稍安勿躁的眼神。一開始她們想弄出四姑娘和表少爺暗中往來的假象，不防被何嬤嬤聽見了。

何嬤嬤嚴厲制止，道如此一來，四姑娘名聲是壞了，可洛家其他姑娘也要受牽累。後來何嬤嬤挨不過姑娘哭求，終於點了頭。這事是何嬤嬤一手安排的，她年輕時跟隨大夫人在祖宅待過，不比她們兩眼抹黑，連個得用的人都找不著。她又是大夫人調教出來的，手段非比尋常。

即便計策失敗了，以何嬤嬤的手段，想來不會牽扯出二姑娘。

陶然居裡，換上乾淨衣裳的洛婉兮正在安撫受傷的洛鄴，他被人抱了過來。哭哭啼啼的洛鄴伏在洛婉兮懷裡，也不知是在哭自己的傷還是姊姊的落水。

好不容易哄得他止了淚意，洛婉兮便問：「你是怎麼摔跤的？」既然她落水是局，那麼洛鄴受傷也不會是意外。

向這麼小的孩子下手，簡直是喪心病狂！洛婉兮壓下洶湧的怒意。

洛鄴含著淚，糯糯道：「我跑得太快了，阿姊，以後我再也不跑這麼快了。」

洛婉兮也沒對他抱太大的希望，正要問伺候他的小廝，這時桃枝進來道：「老夫人和五夫人來了。」

小姑娘家不經事，嚷得洛老夫人都知道了，可把老人家嚇壞了，一定要過來看看。

姊弟倆趕緊站起來出迎，洛老夫人見孫女好好的，心裡大石落地，就怕那些人哄她。又見洛鄴手上纏著紗布，心裡一抽。「這又是怎麼了？」不過一晃眼沒見著，孫女落水，孫子受傷，老天爺就這麼見不得她好生過個生辰。

「鄴兒調皮，不過是小傷，不礙事，祖母放心。」洛婉兮忙道，可不敢告訴祖母她的懷疑，她怕洛老夫人病上加病，不過洛琳琅的祖父，也是她的三叔祖端方嚴肅，在族裡威望高，是個好人選。

洛老夫人心疼地摸了摸洛鄴的小臉，對姊弟倆道：「下次當心，你們要是有個什麼，可叫祖母我怎麼活？」

洛鄴乖巧地點了點頭。

一旁的洛婉如戰戰兢兢，視線飄忽不定。聽說王婆子被洛婉兮的人以治傷的名義關了起來，她這心裡總是不踏實，要是她把自己供出來，祖母會輕饒她嗎？

她正忐忑不安，忽聞一聲。「大夫人到了！」

洛婉如如聞天籟，繃緊的神經一下子鬆了。

吳氏愣了下，不著痕跡地看一眼洛婉兮，神情有一瞬的複雜，復又喜道：「大嫂來得可真是巧了。」

洛大夫人何氏，三十來許，容長臉，丹鳳眼，柳葉眉，威而不露，哪怕因為趕路而略顯疲憊，依舊不損威儀。

她一收到信就趕來，早走晚歇，這才能趕上洛老夫人的壽筵。

「大嫂為了向母親賀壽，怕是路上都沒好好歇息。」吳氏熱情洋溢地迎上前道。

洛老夫人瞧她風塵僕僕，也道：「其實不必這麼急。」

她心裡門清著，大媳婦這麼急著過來多半是為了洛婉如。洛婉如傷了江翎月的臉，這事瞧著是了結了，兩家互不追究，但以南寧侯夫人那性子，沒那麼容易善罷甘休。她病著，洛婉如不好回京，大媳婦哪裡坐得住？

何氏笑盈盈道：「好幾年沒向母親親口賀壽了，哪能錯過這個機會？就是老爺，要不是實在抽不開身，都想親自過來。臨行前還叮囑我，待您身子好一些就接您進京，他都和李御醫說好了。」

洛老夫人拍了拍她的手。「你們有心了。」

「這都是應當的。」說完，何氏就看向洛婉如，觸及女兒額上刺眼的紗布，心頭一刺。

洛婉如眼眶瞬間濕了，哽咽道：「娘！」說著就乳燕歸巢般撲進何氏懷裡。

洛老夫人嘆了一口氣。「妳也累了一路，趕緊去洗把臉，好歹精神些。」不打發走，怕是二孫女當著這些人的面哭起來。
何氏摟著洛婉如，歉然地掃一眼周圍的人。「這丫頭被我寵壞了，跟個孩子似的，讓你們見笑了。」
「孩子想娘，天經地義。」
何氏笑著對諸人點了點頭。「那我先下去收拾，收拾妥當了再來陪各位。」
眾人忙道不急，讓她慢慢來。
何氏一走，洛琳琅才有機會問洛婉兮。「好端端的，妳怎麼就落水了呢？」
洛婉兮含笑道：「一場意外，不要緊。」
看她模樣的確無礙，洛琳琅便有了心思揶揄。「幸好天氣回暖了，否則有妳罪受的，話說回來你們可真是親姊弟，出事都趕一塊兒了？」
洛婉兮暗忖人禍比天災更防不勝防，口中道：「看來改天得去廟裡一趟。」
「那敢情好。幾時去，咱們做個伴。」
洛婉兮道：「我得瞧瞧，現在定不了。」
「那妳決定後通知我一聲。」洛琳琅語氣一變，壓低了聲音。「我覺得大伯母比幾年前更有威嚴了，我都不敢看她的眼睛。」
洛婉兮頓了頓。之前對上何氏視線那一剎那，她沒來由地毛了下。
見洛婉兮不說話，洛琳琅馬上就後悔了。好端端的她提這個幹麼？洛婉兮以後少不得要與何氏打交道。

「大伯母管著偌大一個府邸，又要替伯父與各位誥命夫人應酬，自然氣勢過人。」

洛琳琅胡亂應了一聲後岔開話題。

洛婉兮配合她轉移話題，心裡卻忍不住想何氏和洛婉如在說什麼，會不會涉及她？

清芷院內，何氏略略梳洗後聽兒女說了近況，洛婉如淚流滿面，滿腹說不盡道不完的委屈。

洛郅既心疼妹妹又惱她不懂事，在母親面前也沒掩飾。

何氏眼看著兄妹倆要吵起來，趕緊打發了洛郅，又訓斥洛婉如。「妳就是這麼跟妳大哥說話的？」

洛婉如自知理虧，吸了吸鼻子沒說話。

見她如此，何氏再大的火也滅了，拉了她的手道：「妳大哥也是為了妳好，妳啊，就是被我慣壞了。」說著心疼地摸了摸她頭上的紗布。「遇上個不按牌理出牌的，可不就遭罪了。」

這話說得洛婉如又泛起淚來，她抓緊何氏的手，聲淚俱下。「娘，我以後可怎麼辦啊！」

何氏心裡一緊，眼眶微微泛紅。

洛婉如大哭起來，哭得何氏眼底泛起霧氣。

「別怕，有娘在。」何氏替她拭了拭淚。

洛婉如哭聲微斂，想起了被她遺忘的王婆子。「娘，王婆子被洛婉兮抓起來了。」

何氏不明所以。

洛婉如咬住唇，有些難以啟齒。

這時何嬤嬤向前走了一步，福了一福後，言簡意賅地將事情說了一遍。

聽罷，何氏面無表情。女兒和許清揚的事，她去年就發現了。

她並不贊成和堂妹的未婚夫攪和在一塊兒，她都不敢想被人知道後，女兒的下場。可任她怎麼說，洛婉如都不死心，她又不敢將動靜鬧得太大，唯恐被丈夫知曉。

於是兩人就這麼藕斷絲連著，這次洛婉如前來臨安，目的不純，她豈會不知？她倒是阻止了，可洛婉如纏著丈夫，丈夫同意了，自己又不能告訴他真相。

若早知這一趟南下，洛婉如會遭罪，自己說什麼也不會答應，可現在後悔也晚了。

何氏目光凝在洛婉如額頭的紗布上。何嬤嬤就是她放在洛婉如身邊看著她的，何嬤嬤臨陣變卦的原因她清楚。

有這麼一道疤在，洛婉如的婚事難了，許清揚不失為一個好人選，前提是運作得當。

何氏沈吟片刻，目光銳利如劍，直直射向何嬤嬤。「妳應該考慮過這種情況。」

洛婉如先驚後喜，目光期盼地望著何嬤嬤。

何嬤嬤看一眼何氏，有些事她並不想讓洛婉如知道，免得污了她的耳。

何氏淡淡道：「但說無妨。」

何嬤嬤低下頭道：「姑娘放心，王婆子不會說的。」

「萬一會呢？」洛婉如心急如焚。

「她開不了口。」何嬤嬤委婉道。

洛婉如愣了下。「什麼叫……」

突然一個激靈，她的臉色漸漸白了。

曲終人散，本想離去的三叔祖夫妻倆被洛婉兮攔住了。

洛婉兮斂膝一福，低眉順眼道：「三叔祖、三叔祖母，婉兮有事要請兩位老人家做個見證，煩請移步醉月廳一趟。」

三叔祖夫妻倆對視一眼，神情逐漸凝重。洛婉兮是個穩重的，這般定是出了大事。當下也不猶豫，調轉腳步前往醉月廳。

路上，三老夫人問洛婉兮。「妳祖母也在？」三叔祖和洛老爺子是嫡親兄弟，三老夫人和洛老夫人做了半輩子妯娌，兩人都沒紅過臉，三老夫人真心實意替洛老夫人擔心，她嫂子這身子骨可禁不起折騰了。

洛婉兮柔聲道：「祖母累了已然歇下，表姊在照顧著。」

三老夫人點點頭，放了心。

醉月廳內人不少。有何氏、洛郅和洛婉如母子三人，五房夫婦也在。

何氏對三叔祖夫婦歉然道：「也不知四姪女這葫蘆裡賣的是什麼藥，竟是連你們二老都驚動了。」

慈眉善目的三老夫人笑咪咪道：「且看看吧，婉兮丫頭不會無的放矢。」語氣頗為維護洛婉兮。

三老夫人是不大喜歡何氏的，覺得何氏太要強了，洛老夫人常年居住在老宅而不是隨著長子住在京城，泰半是因為與何氏合不來。

何氏看了洛婉兮一眼，笑了笑不說話。

自從母親到了之後就心下大定的洛婉如不自在地挪了挪身子，說不上來的心浮氣躁。見洛婉兮竟連三叔祖都請來了，瞳孔一縮。

不過何嬤嬤都安排好了，娘也在，絕對不會出事的。這麼想著，她臉色才恢復了一些。

待眾人都坐下後，洛婉兮福了福身才開口。「今日請各位長輩和兄姊前來，實在是有一樁事不得不說，若是不說出來，我怕自己哪一天就莫名其妙的沒了。」

三老夫人立刻就想到之前洛婉兮落水之事，照理來說，這丫頭不至於這麼不小心，難不成是有人害她的？

可一介孤女，誰會害她，又是為了什麼？

三老夫人掃向對面的洛婉如，自從這丫頭來了，祖宅就沒消停過。姊妹間爭風吃醋的戲碼，她不是沒見過。

被三老夫人了然的目光一掃，洛婉如眼皮微微一顫，別開了眼。

三老夫人瞇了瞇眼——果然是這丫頭！

何氏緩聲道：「四姪女是說這府裡有人要害妳不成？可有證據？」

迎著何氏銳利的目光，洛婉兮毫不猶豫道：「自然是有證據的。」

三老太爺放下茶杯，沈聲道：「那就拿出來。若是屬實，自然還妳一個公道，若是子虛烏有，妳也難逃罪責。咱們洛家絕不姑息養奸，也絕不容信口開河之人。」

洛婉兮肅身斂容，向柳枝使了個眼色。

柳枝躬身退下，片刻後返回，身後跟著三人。

認出其中一人後，洛婉如剎那褪盡了血色，驚慌失措地望向何氏。

何嬤嬤不是言之鑿鑿，王婆子會被滅口嗎？剛知道何嬤嬤打算那一瞬，洛婉如害怕過，畢竟那是一條人命，可娘說了，這世上只有死人才能保守秘密。

何氏自然不認得王婆子，但是看女兒神色就知道情況有異，心念電轉之間就猜到了八、九分。再看洛婉兮時，目光中便多了幾分慎重。

說實話，何氏一直沒把這個姪女放在眼裡。三房孤女，唯一的依靠就是洛老夫人，可洛老夫人身子不爭氣，她還有一個年幼的洛鄴要照顧。

「二姊，妳怎麼了？」洛婉兮突然揚聲問。

頓時所有人都看向了洛婉如，洛婉如臉色更白。

三老太爺目光驟然變得凌厲，直直射向洛婉如。他老人家從地方官到刑部再到大理寺，一輩子都在和刑獄案件打交道，若是還看不出洛婉如心裡有鬼就白活了。

被三老太爺這樣看著，洛婉如只覺得腦子裡一片空白，四肢冰涼。

何氏眸色一沈。「婉如身體不適，先下去休息吧！」

洛婉如如蒙大赦，連忙站了起來。

「二姊不能走，她還欠我一個公道。」洛婉兮攔住洛婉如的去路。

洛婉如又怒又心虛，喝道：「妳胡說八道什麼！」說著就要推開她。

順著這股力道，洛婉兮踉蹌了幾步後倒在三老太爺夫妻面前，兩位老人家臉色驟沈，不善地看著洛婉如，一臉的風雨欲來。

洛婉如手還伸著，怔了怔。

洛婉兮跪在二老面前，眼底漫起霧氣，漸漸匯聚成淚，一顆接一顆往下淌，毫不間斷。她朝著二人重重磕了三個頭，聲淚俱下。「叔祖、叔祖母救我！」

見她一張小臉滿是水光，神情無助，目光哀求，三老夫人心頭一刺。「好孩子，這是怎麼了？妳慢慢說，妳叔祖定會主持公道。」

憐貧惜弱，人之本性。何況她老人家眼睛又不瞎，洛婉如那反應要說沒做虧心事才是有鬼。欺負一介孤女，好不威風！

何氏袖中的手緊了緊，眼底閃過寒芒，稍縱即逝。

吳氏捏了捏帕子，看了驚詫莫名的洛齊翰一眼。

洛郅目光深深地看著洛婉如，不知道在想什麼。

洛婉兮悲聲道：「我落水並非意外，而是王婆子故意為之，她奉命看著我不許我立刻被人救起來。而白表哥被人引了過來，萬幸表哥才進了園子就被我的丫鬟攔住，否則……」說到這她已泣不成聲。

初夏女兒家衣衫單薄，若讓白暮霖瞧見洛婉兮濕身，清白就毀了，她可是訂了親的。

「好歹毒的心思！」三老夫人怒不可遏，只以為是姊妹間鬥氣，哪想竟如此惡毒，這是要毀人一輩子啊！

說話時，三老夫人一直看著洛婉如。

洛婉如瑟縮了下，情不自禁地後退了幾步。

何氏合了合眼，看向跪在地上、淚水潸然、我見猶憐的洛婉兮。比起四丫頭，女兒真的被寵壞了，哪裡鬥得過人家？

「妳可有證據？」三老太爺十分冷靜，心裡也有了方向，但是他得看證據。

洛婉兮道：「王婆子親口承認何嬤嬤給了她五百兩銀子，讓她如此害我。」

何氏拍案斥責。「荒謬！何嬤嬤與妳無冤無仇，何必大費周章害妳！」

三老夫人看著何氏道：「清者自清，濁者自濁，老大家的稍安勿躁，且聽婉兮丫頭說完。」

何氏抿了抿唇。

「柳枝。」洛婉兮喚道。

低眉順眼的柳枝趨步上前，奉上王婆子的口供。

洛婉兮又道：「要不是我事先做了防備，現下王婆子已經被滅了口。對方如此心狠手辣，竟是連人命都枉顧，叔祖、叔祖母，我實在是害怕，今天她們只是想毀我清白、謀害王婆子，有朝一日她們會不會想要我的性命！」

第一次摔倒可以說是大意，摔第二次那就是傻了。王婆子是個關鍵，為防萬一，她把人看守在陶然居裡，哪想這樣都差點被人在王婆子的藥裡摻了致人發熱的東西，到時候王婆子死於高熱，既滅了口又讓她背上了人命。

多麼周全的計劃，周全得讓人發寒。可更讓洛婉兮心驚的是對方的手眼通天，她這般嚴防死守都差點著了道，才來不久的洛婉如一行人會有這本事嗎？

第十四章

看完供詞的三老太爺，目光如電般射向適才被帶過來、跪在地上瑟瑟發抖的王婆子，似乎又成了當年嫉惡如仇的大理寺少卿。

他指了指供詞。「妳可認罪？」

何氏突然發聲，盯著王婆子道：「妳確定是何嬤嬤指使妳的？」

三老太爺冷冷地掃她一眼，冷笑一聲。

何氏面皮微微一抽，置若罔聞。

王婆子抖如篩糠，彷彿下一瞬整副身子骨都要散架。

洛婉兮目光沈沈地看著她，心知王婆子肯定在天人交戰，她想反悔，她不敢得罪大房。

洛老夫人到底老了，洛婉如能收買這些人，何嘗不是因為她們知道大房才是一家之主，尤其是洛老夫人這一場病下來，洛婉兮都能敏感察覺到下人態度的變化。

然王婆子反悔也無濟於事，三老太爺有的是手段讓她說真話。

王婆子腦子從來沒轉得這般快過，一會兒想自己得罪了大房會是個什麼下場，一會兒又想自己反悔了，大房為了永絕後患會不會再害了她？

她翻來覆去的琢磨，臉色一會兒紅一會兒白的。

三老太爺卻沒這麼好的耐性，一撂茶碗。「來人，帶下去審問！」

王婆子一個激靈，如夢初醒，對上三老太爺如炬的目光，又想起那差點能要了她命的藥，咬了咬舌尖終於有了決斷。「老奴認罪！都是何嬤嬤指使老奴的，老奴不想答應，可何嬤嬤拿老奴一家老小威脅，老奴不敢不答應。三老太爺饒命、四姑娘饒命！」說罷以頭觸地，砰砰砰直響。

三老太爺眼都不多眨一下，還是命人帶下去再審問一遍確保無疑。「傳何嬤嬤！」

何氏心沈了又沈。

吳氏面色也有些僵硬，洛齊翰心裡則咯噔一響，目光凝重起來。

傳喚何嬤嬤之際，洛婉兮指著噤若寒蟬的醫女對三老太爺道：「三叔祖，就是此人欲加害王婆子，幸好被及時制止。」

當時情急之下，她刺王婆子那一下頗為用力，遂傷口極深，洛婉兮也怕王婆子有個好歹便死無對證，故去請了謝府醫，哪想跟隨而來的醫女竟然暗下殺手。問她受何人指使，她閉嘴不言，洛婉兮也沒時間審問，索性讓三老太爺親審，畢竟有什麼比親自審問出來的結果更值得相信？

三老太爺目光一沈，聲若響雷。「妳受何人指使？」

吳氏臉色微不可見的一白。

醫女身體抖得不成樣，按在地上的雙手蜷縮成一團，冷汗如雨下。「我、我……」支支吾吾說不出話。

三老太爺重重一拍案几，冷笑道：「妳現在是泥菩薩過江自身難保，還想保妳背後的主子不成？實話實說，還能求得從寬處置，若是冥頑不靈，這等害主的刁奴，拖出去亂棍打死也不足惜。」醫女都是從家生子挑出來培養的，身家性命都捏在主家手裡。

醫女駭然變色，驚慌地磕頭求饒，大聲疾呼。「三老太爺饒命、三老太爺饒命！是涼月姑娘命奴婢這麼做的，奴婢什麼都不知道，奴婢真的不知道，奴婢只是奉命行事！」

涼月是吳氏跟前的大丫鬟。

吳氏腦海裡嗡的一響，只覺得全身血液都衝到了頭頂。她嘴唇劇烈地哆嗦著，似乎想解釋什麼，可又說不出話來，只能直愣著雙眼。

知妻甚深的洛齊翰一顆心直往下墜，難掩失望的質問吳氏。「妳為何如此？」他實在不明白，妻子和洛婉兮一直相處和睦，她怎麼會去害洛婉兮？情感上洛齊翰不願意相信，但是理智上不得不相信。

在王婆子和醫女被帶進來那一刻起，吳氏就知道這事瞞不住了，事到如今，她已然沒了僥倖心理。

三老太爺審了一輩子的案件，活生生的人證落在手裡，還怕他審不出真相？現在否認，到時候被審問出來，只會更丟人。

吳氏深吸一口氣後站起來，不敢看洛齊翰失望的臉，對著洛三老爺深深一鞠躬。「是我讓涼月做的。」

「妳！」洛齊翰指著吳氏，沈痛地問：「為什麼？」

吳氏滿嘴苦澀。「我娘家光景越來越差了，怕是過不了兩年後的遴選，保不住皇商資格。」士農工商，等級森嚴，皇商和商差了一個字，地位卻是千差萬別。再有錢的商人也只是商人，可皇商卻能算半個士族，所以皇商能與官宦人家聯姻，以此來鞏固自己的地位，確保自己可在每隔五年一次的遴選中留任。

如吳氏嫁進洛家，再譬如何氏庶妹嫁到皇商米家，都是利益的交換，一方出錢，另一方出權。然而與日漸沒落的吳家相反，米家蒸蒸日上。何氏兄弟在戶部風生水起，而皇商統由戶部籌理。

洛齊翰張了張嘴，說不出話來，就像是被人塞了一把冰塊，整個人都凍住了。

妻族的困境，洛齊翰也有所瞭解，然他愛莫能助。他無一官半職，說難聽點不過是洛家一個大管事，若是父親在世，他還能厚著臉皮開口，可對著素來嚴肅的嫡兄，他真的開不了口。

洛齊翰懊喪地垂下頭，不用妻子說他已經明白，妻子這麼做，肯定是長房的人許諾了她。都是他無能，才會害得妻子鑄下這等錯事。

羞愧難言的洛齊翰驀地起身，拉著吳氏雙雙跪在三老太爺面前。「三叔，吳氏如此都是我這個做丈夫的沒有盡到責任，是我們對不起四丫頭，請三叔責罰。」

三老太爺冷哼一聲。「還算你有自知之明，你們的錯，待會兒再算。吳氏，先把妳知道的都說出來。」

「一個字都不許隱瞞。」洛齊翰側身對吳氏道，神情凜然。「舉頭三尺有神明，三哥三嫂生前待妳我不薄。」

丈夫的話燒得吳氏滿臉通紅，眼眶也泛紅，幾個妯娌明裡暗裡瞧不起她商戶出身，唯有三嫂平易近人，還教她這深宅大院的規矩，帶著她見客融入圈子，想起當年點滴，吳氏只覺得無地自容，悔不當初，自己怎就豬油蒙了心，答應助紂為虐呢！

吳氏拭了拭淚，再抬頭時，面上一片堅定。

何氏暗嘆一聲。大勢已去，連吳氏都倒戈了，何嬤嬤脫身無望，她得想想怎麼把這件事的影響減到最小。

她不由慶幸還好自己及時趕到，否則女兒還不得被這些人生吞活剝了?!

吳氏開口：「七日前，何嬤嬤找到了我……」

何嬤嬤離開祖宅太久了，到底人生地不熟，有些事不是光憑銀子就能辦成的，她還需要一個助手，遂她挑中了吳氏。

知女莫若母，何氏知道女兒此去臨安怕是不肯安分，可大女兒懷相不穩，她分身乏術，只能吩咐何嬤嬤仔細看著她。怕小女兒鬧得厲害不好收場，何氏特地叮囑何嬤嬤，有事可以去找吳氏，必要時以利誘之。因吳氏曾硬著頭皮求過何氏，只是無功而返。

以娘家和兒女前途為誘惑，吳氏果然動搖了。有了吳氏搭手，洛鄴才能那麼巧的受傷，再到洛婉兮落水，一切都自然而然，不露一絲痕跡，只要王婆子死了。

原本她們打算讓王婆子發熱至死，令一落水之人死於發熱，對掌家多年的吳氏來說並不難。便是有所懷疑，沒有真憑實據又能如何？誰能想到是她們做的，她們和洛婉兮無仇又無怨不是嗎？

為了證明自己所言非虛，吳氏道：「我這兒有何嬤嬤留下的文書。」口說無憑，吳氏也怕大房翻臉不認帳，她都昧著良心辦事了，若是再得不到利益，自己豈不成了笑話，遂一定要何嬤嬤留下文書做憑證。

其實她更想洛婉如寫，畢竟何嬤嬤再得臉也只是個奴才，奈何何嬤嬤道洛婉如毫不知情，可眼下看洛婉如，哪是一無所知的模樣？

三老太爺立時命人去取來。

聽罷，三老夫人倒抽一口涼氣。要是王婆子死了，沒了這個證人，就真讓她們得逞了。如此步步為營就為了陷害洛婉兮，為的是什麼？

三老夫人心裡這麼想，也這麼問了，這個疑問在她心口盤桓已久。

她看著何氏和洛婉如母女倆直接問道：「婉兮到底哪裡礙著妳們了，要讓妳們如此費盡心機的陷害她？」害人總要有理由吧！這樣的大費周章，若說只是小姑娘之間的口角，三老夫人是萬萬不信的。

何氏雙唇抿成一條線，面容端凝，正要開口就聽見守在門口的下人稟報何嬤嬤到了。何氏合上嘴，目光幽深地望向從門口進來的何嬤嬤。

對上何氏的雙眼，何嬤嬤心頭一顫，身形晃了晃，她的視線在下跪的吳氏身上繞了繞，不待三老太爺質問就雙膝著地，重重跪在地上。「一切都是老奴做的，早年老奴因為三夫人的緣故挨過一頓板子，傷了身子，這才成婚多年只有一個女兒，還是個體弱多病、早早夭亡的。四姑娘和三夫人好似一個模子刻出來，老奴一見四姑娘就忍不住心中怒火，於是哄騙五夫人，是夫人難忘與三夫人的舊怨，又恨二姑奶奶三番五次和大老爺寫信要將表姑娘嫁給大少爺，所以要讓兩人永無寧日。」

何氏和故去的三夫人李氏不睦，在場好幾人都知道，原因是何氏一個要好的表妹思慕洛三老爺，何氏也樂見其成，幾番撮合，可最後洛三老爺娶的是李氏，那位表妹心灰意冷之下另嫁他人，婚後仍然對洛三老爺念念不忘，不出兩年就鬱鬱而終。

至於白洛氏想把白奚妍嫁給洛郅，三叔祖夫妻還是頭一回聽說，然聯想白洛氏的性子，還真是她能想得出來的。白奚妍沒有父親，談婚論嫁時難免被人挑剔，哪裡還有比嫁回娘家更好的選擇？

若白暮霖真的看了洛婉兮的身子，洛婉兮嫁給白暮霖的可能性極大。那樣嫁過去的洛婉兮少不得要飽受流言蜚語之苦，尤其是望子成龍的白洛氏更不會給她好臉色看，日後可想而知。

想想還怪有道理的！

「老奴對不起夫人、對不起姑娘！」說罷何嬤嬤竟是一頭撞向桌角。

洛婉兮一看她動作不對就猛然伸手抓住她的衣服，還有一人動作不比她慢，正是帶著何嬤嬤進來的丫鬟。

那丫鬟瞧著不起眼，不想力大無窮，硬生生把何嬤嬤扯了回來，被扯回來的何嬤嬤雖毫髮無傷，卻臉色慘白。

三老太爺重重一拍案几，震得上面的杯盞都顫了顫。他冷笑道：「想死還不容易？等查明真相，妳這惡奴想不死都難。」

「何嬤嬤的話他一個字都不信，當他是瞎子，沒發現洛婉如的反常？這惡奴不過是打算一死了之，事情就斷在她這處，自己也沒理由再去查洛婉如。

因著三老太爺的話，何嬤嬤抖了抖，聲嘶力竭道：「一切都是老奴做的——」

看著何嬤嬤嘶喊得臉都脹紅了，洛婉兮不得不承認，洛婉如命好，有這麼一位忠心耿耿的奶娘，拚了命也要護著她。可惜了，護不住就是護不住，死了也護不住。

沈默許久的洛婉兮又一次開口，一開口就嚇得好幾人險些魂飛魄散。「二姊這般處心積慮害我，只因我擋了她的路，因為她與許清揚有私情。」

何氏再也維持不住自己鎮定從容的貴夫人形象，拍案而起怒喝：「一派胡言！」

洛婉兮直視何氏雙眸，神情悽然而又決絕。「到底是誰在胡言，大伯母心知肚明。知女莫若母，大伯母您敢對著我父母在天之靈起誓，二姊和許清揚清清白白，而您毫不知情，若有一字不實就遭天打雷劈，不得好死！」

「放肆！」何氏一把掃掉面前的茶盞，臉色陰沈地指著洛婉兮。「妳不要得寸進尺！」

洛婉兮挺直脊背，抬頭望著何氏，淚水滾落而下。「到底是誰在得寸進尺？二姊喜歡許清揚，覺得我礙眼，就設計毀我清白、壞我婚事，二姊有沒有想過，她毀掉的還是我的一生？這次計策失敗了，下次二姊是不是打算直接取我性命了？若非攸關生命，大伯母覺得我一介孤女，願意得罪您、得罪大房嗎？可是我不得不如此，因為我知道倘若這次我選擇息事寧人，二姊也不會善罷甘休。我怕到時候就算我意外而亡了，外人也就唏噓一聲，道一句可惜罷了！」

飲泣吞聲，字字帶血，聽得三老夫人心頭又酸又澀。她清楚洛婉兮所言非聳人聽聞，所以她心裡更不好受。何氏再加一個吳氏，兩人聯手起來，這孩子躲得了第一次，躲不了下一次，還不如撕破臉，她們反倒不敢太過分。從此以後，但凡洛婉兮有個山高水低，大房就是最大嫌疑人。

三老太爺陰沈著一張臉，如同被潑了黑墨，嚴厲地看著洛婉兮。「妳可有證據？」

洛婉兮抹了一把眼淚，從懷裡掏出一個小人偶，質問如木雕般的洛婉如。「二姊，妳的寶貝找到了嗎？」

洛婉如只覺得血液直衝腦門，整個人都懵了。小人偶掉了，她找了好久，沒想到竟出現在洛婉兮手裡！

愣怔間，就見洛婉兮拿著人偶用力往地上砸，發出咚一聲脆響，這一下彷彿砸到自己心口之上，洛婉如腦中那根弦「啪」一聲徹底斷了。

眼看著洛婉兮還要再砸，洛婉如猛地撲過去從洛婉兮手裡一把奪過小人偶，並重重推開洛婉兮。「是妳偷的！妳怎麼能偷我東西？妳這個小偷！」

何氏心急如焚，顧不上許多，搶步上前按住不打自招的女兒，示意她別亂了分寸，心裡也是一團亂麻，萬萬想不到洛婉兮竟連這事都知道了，還早有準備。

被她推倒在地的洛婉兮坐起來，將亂髮捋到耳後，露出一雙灼灼的眼，冷笑道：「小偷？覬覦我的未婚夫，設計毀我清譽、壞我婚事，意圖取我而代之，二姊的所作所為才是偷！」

洛婉如就像是被人踩了尾巴，整個人都炸了。這一整天她都心驚膽戰、神經緊繃，醉月廳內發生的樁樁件件更是壓得她喘不過氣來。此刻被洛婉兮指著罵，還涉及她最在乎的許清揚，她只覺得滿腔的怒火在胸口橫衝直撞，激得她眼前發黑，太陽穴一突一突的跳。

她舉起小木偶，脫口反駁。「清揚根本不喜歡妳，他親口說的，他一點都不想娶妳，只想娶我！這小人偶就是他親手做來送給我的！」

洛婉兮吐出一口氣。她終於承認了。

何氏一把捂住女兒的嘴，可是已經晚了，不該說的她都說了，何氏一臉陰沈，冷冷看向洛婉兮，目光發涼。

洛婉兮身形微微一顫。

三老太爺看在眼裡，一把將杯子擲在地上，厲聲道：「妳好大的威風！真當自己能在我洛家為所欲為了！」

何氏面皮抽搐了兩下。「三叔息怒！」

「息什麼怒？我都要被妳這逆女氣死了！」三老太爺指著縮在何氏懷裡瑟瑟發抖的洛婉如，怒不可遏。「與堂妹的未婚夫暗通款曲，不知廉恥。竟然還敢為此害人，簡直喪心病狂！我洛家沒有這樣的女兒！」

三老太爺的話恍若一個又一個耳光打在何氏臉上，打得她臉色慘白。何氏乾澀道：「如兒不懂事，都是我這個做母親的失職。」

何嬤嬤痛哭道：「姑娘沒有要害四姑娘，都是老奴自作主張，姑娘事先毫不知情，她什麼都不知道！」

三老太爺指了指何氏，又指了指何嬤嬤，冷冷道：「就是妳們把她慣壞的！」

何氏抿唇不語，懷裡是抖如篩糠的女兒，耳邊是何嬤嬤痛哭流涕的喊聲，她活了半輩子，第一次這麼屈辱狼狽。

何氏緊了緊雙臂，將女兒抱得更緊。

三老太爺擺擺手，一指何嬤嬤。「把這刁奴拖出去，亂棍打死！」

何氏猛然收緊了雙臂。

「不要！」洛婉如霍然從何氏懷裡抬起頭來，驚慌失措地叫道：「不要！娘，娘！」洛婉如死死攥著何氏的胳膊，整個人抖得不像話，苦苦哀求。「娘，妳救救奶娘，救救她啊！」

「誰也救不了她！」

這一聲猶如巨雷，炸得廳內眾人臉色驟變。

第十五章

白了臉的洛婉兮轉頭，就見秋嬤嬤扶著滿面怒容的洛老夫人顫顫巍巍自門口進來。「祖母！」

坐在上首的三老夫人連忙起身迎上去。「大嫂妳怎麼來了！」

洛老夫人握著三老夫人的手，老淚縱橫。「我要是不來，怎麼知道家裡出了這等駭人聽聞的醜事?!」說著用力拄了拄枴杖。「家門不幸、家門不幸啊！」

三老夫人心下惻然，扶著洛老夫人落坐。「大嫂妳當心身子，勿要太過傷心。」

洛老夫人難掩心痛之色，看向洛婉如。後者瑟縮了下，往何氏懷裡鑽了鑽。

何氏臉色僵硬，聲音乾澀。「母親……」

「我十七歲嫁到洛家，從孫媳婦做起，迄今四十年了，從來沒見過這樣敗壞門風的事。老大媳婦，妳是最講規矩的，這就是妳教出來的女兒！」最後一句，洛老夫人幾乎是嘶吼出來的。

何氏的臉火辣辣般地疼起來。「千錯萬錯都是媳婦的錯，母親息怒。」

洛老夫人直勾勾地盯著何氏。「妳估量著我不敢罰妳是不是？今天我就讓妳知道我敢不敢！」

何氏心頭一悸，臉色由紅變白。

洛老夫人不再看她，而是轉頭看向三老太爺。「他三叔，依照家規，二丫頭該如何懲治？」

何氏的臉白得幾乎透明。

三老太爺捋了捋長鬚，沈吟片刻後道：「送家廟，終身不得出！」

「娘！救我！」洛婉如駭然驚叫，聲音淒厲。

何氏目眥欲裂，胸膛劇烈起伏。

洛老夫人握緊了沉香楞杖，沈聲道：「老大媳婦和二丫頭自請去廟裡為我祈福。」如此對外面也有了交代。

洛婉如還要叫嚷，何氏在她腰上不輕不重地掐了一把，示意她閉嘴。洛老夫人正在氣頭上，她們沒必要和她硬碰硬，何況還有三老太爺在。這家廟關得了她們一時，還真能關一世？真當她何家無人了？

「老五家的一塊兒去吧，妳們都去廟裡好生反省反省，什麼當做，什麼做不得。」瞥到戰戰兢兢的吳氏，洛老夫人暮氣沈沈道。原以為這媳婦是好的，可到底商賈出身，利字當頭。

羞愧不已的吳氏叩首道：「兒媳知錯，母親恕罪！」

洛老夫人疲憊地擺擺手。「妳們走吧，馬上就走，我不想看見妳們。」

何氏望了望臉色灰白的洛老夫人，帶著女兒向她磕了一個頭，便起身跟著秋嬤嬤往外走。

洛婉如六神無主，茫然地被何氏牽著走。她們真的要去家廟嗎？母親也要去？事情怎麼會變成這樣的！

「祖母，我想和許家退婚。」

洛婉如悚然一驚，抬起的腳直接磕在門檻上，踉蹌之下險些栽倒。不待站穩，便急忙旋身望向廳內的洛婉兮。

洛婉兮背對著她跪在洛老夫人跟前，洛婉如不知道她此刻是什麼表情，她也說不清自己此刻是何種心情，她只能這麼直愣著雙眼盯著洛婉兮。

對此，洛老夫人毫不意外，她瞭解這個孫女，出了這樣的事，洛婉兮是絕不肯嫁給許清揚的，便是洛婉兮願意，她也不依，這樣的男子豈是良配？

洛老夫人定了定心神，斬釘截鐵道：「好。」

三老夫人一驚。「大嫂，口說無憑，是不是要先確認一下，若是許家那小子真的……這婚自然要退，可若只是二丫頭一廂情願之下的信口開河，豈不耽擱了婉兮丫頭？」

這世道，女兒家退過婚就生生比人矮了一截，哪怕錯在男方。私心裡，三老夫人還是希望都是洛婉如的癡心妄想，許清揚清清白白。雖然這個可能性很小，可再小也是希望。

洛婉如脹紅了臉，彷彿受到了莫大的屈辱，嘴唇蠕動了兩下，似乎想開口，何氏卻一把扯過她，頭也不回地快步離開。今天要不是這丫頭沈不住氣，局面不會鬧得這般難堪。

留意到洛婉如神色的洛老夫人臉一黑。「去她屋裡搜，再把她身邊的丫鬟審問一遍，就什麼都明白了。」她是被洛婉如氣壞了，都沒想到這個可能，不過看洛婉如說話時言之鑿鑿的模樣，她和許清揚暗中往來的事九成九是真的。

找到往來憑證，正可與許家退婚，然私通一事兩家都丟人，洛家作為女方更吃虧。許家怕是不肯承擔退婚的責任，最後委屈的還是婉兮。想到此處，洛老夫人悲從中來，不禁淚流。

待從丫鬟口中得知洛婉如竟然在兩年前就和許清揚來往，洛老夫人拿著兩人暗中往來的信件，又氣又怒又失望。二人藉著許清玫的名義通信，好幾封信還過了她的手，她還打趣兩人比親姊妹還親近。

洛老夫人放聲大悲。「冤孽啊冤孽，家門不幸！」

洛婉兮撫著洛老夫人的背安慰道：「祖母，您別動氣。」

洛老夫人握緊洛婉兮的手，悲不自勝。「老三你怎麼就這麼狠心，撒手而去，留下他們姊弟倆任人欺凌，要是你還在，婉兮怎麼可能遭這種罪！」她是老了，可還沒糊塗，要是三兒子還在世，許清揚豈敢背信棄義，招惹洛婉如？洛婉如也不敢這樣肆無忌憚的設計洛婉兮，不過是欺負她無依無靠罷了。

「祖母沒用，祖母無能，護不住你們姊弟倆！」洛老夫人泣不成聲。

洛婉兮鼻子一酸，淚水再一次模糊了視線。「祖母說這話可不是叫我無地自容嗎？這些年要不是您照拂，我和鄴兒哪能平平安安、順順遂遂的長大。」

三老夫人拿著手帕替洛老夫人拭淚，勸道：「大嫂，妳可得保重身子，就是不為妳自己，妳也得替兩個小的保重妳自個兒啊！」

洛老夫人哭聲一頓，悲聲稍斂。是啊，她要是蹬腿去了，洛婉兮姊弟倆可怎麼辦？眼下洛婉兮已經和大房撕破臉了，長子倒是講道理，可何氏是他髮妻，洛婉如是他嫡親骨肉，還能指望長子大義滅親不成？

洛老夫人止住眼淚，問洛婉兮：「妳是怎麼想的？」

洛婉兮垂了垂眼。「我原本是想請三叔祖將此事告知幾位德高望重的族老並大伯父和四叔他們，與我做見證。想來大伯父會把二姊接走，此後二姊有了顧忌，也不敢再為難我。」

這話聽得洛老夫人又忍不住濕了眼眶。「妳這孩子就想瞞著我，就只瞞著我！」

三老太爺深深看了洛婉兮一眼，素日只知道這姪孫女乖巧懂事，經此一事，才發現這丫頭難得的明白。

她這是要把洛婉如釘在恥辱柱上，而大房不管心裡怎麼怨，明面上就不能薄待了他們姊弟倆，否則族人的唾沫星子就能淹死他們。

人心這東西看不見、摸不著，然至關重要，越是興旺的家族越在乎族人的支持。既報了仇又得了實惠，可比選擇息事寧人強多了。

家醜不可外揚，但這事要是只爛在鍋裡，只會助長何氏母女的氣焰，最後受委屈的就是洛婉兮姊弟倆了。

這是兩害相較取其輕啊！

洛老夫人思索片刻後對三老太爺道：「那就麻煩他三叔把這事和幾位族老說一說，也請幾位族老一塊兒看著，要是日後婉兮姊弟倆有個什麼，」洛老夫人聲音抖了抖，話裡含了幾分嗚咽。「一定要替他們主持公道！」

今天的事委實嚇到她了，毀人清白、殺人滅口，還有什麼是她們做不出來的，她得做好最壞的準備。

洛老夫人這交代後事一般的話讓三老夫人眼角酸澀，安慰道：「大嫂，妳別想太多，事情哪裡就到這般田地了？」

「我也希望是我想多了。」洛老夫人幽幽一嘆，想了想又道：「我想把這家分了。」

饒是洛婉兮都大吃一驚，怔怔地看著洛老夫人。

洛老夫人握了握她的手心。「我自己的身子骨自己清楚，撐不了許久，不如生前把家分了，省得我死後他們兄弟幾個鬧騰。」

洛婉兮豈不知道洛老夫人是怕他們姊弟倆吃虧，也是防著大房那邊。待洛老夫人百年後，洛鄴想必還未成年，不能獨立門戶，按照規矩，他們得跟著大房過。可一旦洛老夫人強行把他們這一房分出去，很多事大房就插不上手了。

三老太爺夫婦都猜到了洛老夫人的想法，雖然不符世情，卻也不是史無前例，遂並沒有出言制止，畢竟兩個孩子都不容易。

洛老夫人繼續道：「回去我就給他們兄弟幾個寫信，能抽出時間就親自來，不能就派個人來，不來也少不了他們那份，到時候再請他三叔和幾位族老做個見證。」

三老太爺一口應下，見洛老夫人滿臉掩不住彷彿從骨子裡透出來的疲憊，不忍道：「大嫂千萬保重身子！」

洛老夫人笑了笑，看一眼洛婉兮。「我且死不了，不把他們姊弟倆安排好了，我就是死了也不能瞑目。」

「祖母！」洛婉兮眼淚奪眶而出。

三老太爺深深嘆了一口氣。「有事，大嫂只管派人傳個話。」頓了頓。「婉兮丫頭和鄴兒那處妳也別太擔心，只要我這把老骨頭在一日，就會護他們一天。」

三老夫人也點頭附和。「我們兩把老骨頭沒多大本事，兩個孩子還是能護一護的。」

洛老夫人動容，趕緊推了洛婉兮一把。「還不快謝過妳叔祖和叔祖母！」

三老太爺夫妻倆輩分高，威望重，子孫也頗成器，為人更是端方，有他們這句話在，就是她不在了，姊弟倆也不至於沒個做主的人。

洛婉兮提起裙襬跪在三老太爺夫妻面前，鄭重叩首。「婉兮代鄴兒謝過三叔祖、三叔祖母大恩。」

三老夫人拉起她。「一家人說什麼見外話。」

接著三老太爺夫婦又寬慰了洛老夫人和洛婉兮幾句，之後便告辭了，洛老夫人命洛齊翰和洛婉兮送二老回去。

醉月廳內便只剩下洛老夫人和泥塑木雕般的洛郅。

望著被一連串事件打擊得滿臉恍惚的洛郅，洛老夫人幽幽一嘆。「這些事你知道嗎？在這之前？」

洛老夫人一字一頓地問，渾濁的雙眼透出一絲精光。

半晌，洛郅才搖了搖頭。這短短半個時辰內發生的事情，徹底顛覆了他的世界，不管是母親還是妹妹，洛郅都覺得陌生，陌生得可怕！

洛老夫人長嘆一聲。她願意相信洛郅，因為這孩子像他父親。「血濃於水，母親、妹妹和堂妹，自然是偏向母妹，這是人之常情。只是做人還得講良心和道理，祖母希望你莫要因為這事遷怒婉兮姊弟倆。」

洛郅面上發燒，深深一揖。「祖母放心，孫兒絕不會如此糊塗。是二妹對不起四妹，日後孫兒會盡自己所能照顧四妹和九弟，既是盡兄長的責任，也是替二妹贖罪。」至於何氏，子不言母過。

洛老夫人欣慰地點點頭。「你明白就好，不是祖母偏疼你四妹和九弟，而是他們爹娘走得早，要是我再不替他們考慮，這兩個孩子就太苦了。」

三房這對姊弟的確可憐，如此越發襯得洛婉如的過分，洛郅滿嘴苦澀，自己眼中活潑可愛、偶爾任性的妹妹怎麼會變成這副模樣？

洛老夫人壽宴上發生的是非，以何氏、洛婉如母女倆並吳氏去家廟為洛老夫人祈福，何嬤嬤、涼月、王婆子等一干涉事的下人死的死、發賣的發賣為結果落下帷幕，最後洛老夫人又派了心腹秋嬤嬤進京找洛大老爺處理退婚之事。

處理完這些事，洛老夫人已是筋疲力竭，在洛婉兮的建議下，去了景山腳下的別莊靜養，只帶了洛婉兮姊弟倆。

住了幾日後，洛老夫人精神顯而易見的好了許多，洛婉兮心裡那塊石頭才算是著了地，她怕洛老夫人憋著氣硬生生把自己憋壞了。

洛老夫人歪坐在羅漢床上，摸著洛鄴圓圓的腦袋，事無巨細都叮囑了一遍。

洛鄴眨巴著大眼睛乖巧地點頭，最後糯糯道：「祖母放心，孫兒會小心的。」

「乖！」洛老夫人笑咪咪道：「去吧，日頭大了就回來，別曬著了。」

洛婉兮脆脆地應了一聲，含笑道：「祖母放心，我們帶著護衛呢，況且也不走遠，就在景山上。」

洛老夫人嘆了一口氣，前兒那樁事弄得她草木皆兵，恨不能把兩個小的揣在懷裡才好，可洛鄴鬧著要去爬山，男孩兒不好拘著養，故她只能答應，然而到底擔心，遂千叮嚀萬囑咐。

辭別祖母，洛婉兮便帶著洛鄴出發，因距離不遠，遂他們步行前往。興奮的洛鄴蹦蹦跳跳，一會兒採路邊的野花，一會兒扔了花去抓蝴蝶。

洛婉兮由著他鬧，並不催促。今天出門就是為了哄他開心，這一陣家裡氣氛不對，連帶著這孩子也不敢玩鬧，洛鄴遠比同齡小孩敏感。

「阿姊，這裡的美人蕉好大，比家裡的大！」洛鄴一臉的驚嘆。

洛婉兮走近了才發現這幾株美人蕉的確大，濃綠的葉片都快比她高了，隨口道：「這裡的水土好，所以長得好，把你種在這兒，你也長得更快。」

洛鄴仰頭愣愣地看著一本正經的洛婉兮，狐疑問：「真的？」

洛婉兮鄭重點頭。「你試試就知道了。」

洛鄴眨了眨眼，圓嘟嘟的小臉皺成一團。「那我是不是不能跟著阿姊回家了？」頓時泫然欲泣。「我不要！」

眼見小主子要掉金豆子，桃枝趕緊哄道：「少爺莫急，姑娘逗您呢！人又不是花，哪能種啊！」

洛鄴長長的睫毛撲閃了兩下，眼淚要掉不掉的掛在上面。

洛婉兮忍俊不禁，彎腰給他擦眼淚，點了點他的鼻子。「小傻瓜！」

洛鄴癟癟嘴，正要控訴，就被洛婉兮塞了一嘴花。

「吸一下，甜不甜？」

洛鄴下意識吸了一口，頓時被嘴裡的甘甜吸引了注意力，再吸發現沒有了，意猶未盡地咂咂嘴。「還要！」說著跳起來，挑了一朵最大的，踮著腳往洛婉兮嘴裡送。「這個花好甜，阿姊吃。」

洛婉兮又不是小孩子，哪裡還喜歡這個，可對上洛鄴閃閃發亮的眼眸，盛情難卻，只得伸手接過，放在唇邊輕輕一吸，花中甘甜的汁液入喉，恍惚間讓她想起了小時候，那時她頂喜歡吃這花，還一定要別人也吃。

「姑娘？」柳枝輕輕推了下出神的洛婉兮。

洛婉兮回神就見柳枝使勁對她打眼色，循著她的示意望去，就見不遠處站著兩人。

江樅陽沒想到會在這兒遇見洛婉兮，還是在這樣的情形下。

色紅耀眼的花，如蔥似筍的手，雪肌玉顏的人，拈花入唇那一瞬的微笑，令人呼吸一滯。猝不及防間，那清淺怡然的微笑一點一點染上哀傷，恍惚間讓人覺得，似明媚春光下灼灼其華的桃花被一場毫無預兆的暴雨打落，留下滿地蕭瑟。

洛婉兮若無其事地拿走嘴邊的美人蕉，握緊，背在身後，然後微微一笑。心下卻是大窘，她真的不是貪吃！

「那個大哥哥！」洛鄴小臉一亮，燦若星辰。他還記得那回江樅陽咻一下就從高高的窗戶外飛進來，接著又從地下消失。

洛婉兮怕他說出什麼不合時宜的話來，按住洛鄴的肩膀，微微用力。

被這一打岔，洛鄴後面的話盡數嚥了回去，疑惑地仰頭看著洛婉兮。

「這是你江家大表哥。」說著，洛婉兮屈膝朝江樅陽遙遙一福。

洛鄴撓了撓臉，皺起眉頭也跟著洛婉兮行禮。

江樅陽略一頷首便徑直離去。

洛鄴扭頭眼巴巴的看著，表情有些受傷。他這年紀最愛幻想，江樅陽在他的腦海中已經成了十分了不得的人物，會上天入地那種。

洛婉兮摸了摸他的腦袋，溫聲道：「我們走吧！」

走出一段後，長庚鬼使神差地回頭，正對上洛鄴可憐兮兮的小眼神，忍俊不禁道：「少爺您是做了什麼，讓洛家小少爺這麼戀戀不捨？」

江樅陽置若罔聞。

長庚眼珠轉了轉，嘻嘻一笑。「說來上回長公主過壽，洛四姑娘前來搬救兵，還是少爺出手打發了那兩個婆子，才讓四姑娘進了園子。不知四姑娘能不能猜到是您做的？」

「知道又如何，不知道又如何？」江樅陽語氣淡淡。

長庚一愣，腳步一緩間被拋開了一段距離。望著前面修長挺拔的背影，長庚陷入沈思之中。幾次見到洛婉兮都是匆匆，不是時間不對就是場合不對，唯有這一次他才有工夫仔細打量，一看之下才驚覺，這位洛四姑娘不只心善，還是難得一見的姝色，冰雪之容、花月之貌。

尤其是方才她站在花叢之中，人比花嬌，賞心悅目，饒是他家少爺都看得愣了神，長庚敢保證，絕不是自己的錯覺。

只是洛四姑娘可是訂了親，還是京城許家的大少爺，青年才俊。長庚甩了甩頭，愛美之心人皆有之，走在路上看見一朵漂亮的花，正常人都會多看一眼，有什麼好大驚小怪的。

長庚抬頭，發現自己被甩出老大一截，哀叫了一聲，撒腿追上。「少爺，您等等我，等等我啊！」

第十六章

洛婉兮帶著洛鄴在山上轉了幾圈，約莫逛了兩個多時辰，見洛鄴滿頭細汗，氣喘吁吁，便道：「該回去了。」

洛鄴意猶未盡，央求道：「阿姊，我們再玩會兒，就再玩一會兒。」他還比了比手指，似乎要證明一會兒是多少。

洛婉兮搖頭，神情溫柔，語氣堅定。「下山。過幾天再帶你來。」

洛鄴耷下去的腦袋瞬間仰起，雙眼放光。「真的？」

「再不下山就是假的了。」

洛鄴火燒屁股似地跳起來，拉著洛婉兮的手拔腿就走。「阿姊，我們回家，回家。」

洛婉兮哭笑不得，伸手點點他。「好似我整天拘著你似的。」

說笑著，姊弟倆往山下走去，沿途洛鄴還摘了不少美人蕉，道是要給祖母吃。

其實等他回到家花汁所剩無幾，不過洛婉兮沒告訴他，反正他開心就好。

「阿姊，這花能做成糕嗎？」半路上，異想天開的洛鄴一臉期待地望著洛婉兮。

洛婉兮斬釘截鐵道：「這樣不好吃。」是不好吃而不是不能吃。她一臉「往事不堪回首」的表情。

洛鄴張了張嘴，彷彿感同身受般皺起了眉頭，可惜道：「不好吃啊……」

洛婉兮捏捏他的臉。「回去我給你做荷葉飯和荷葉雞。」

頓時，洛鄴轉悲為喜，還舉手叫：「我去摘荷葉！」

「你別把自己摔進池子裡就好。」洛婉兮糗他，話音剛落便聽見馬蹄聲，聽動靜人還不少，回頭一看，大路盡頭一大隊人馬踏著塵土而來。

柳枝等人立刻簇擁著洛婉兮和洛鄴退到路旁，片刻後，大隊人馬到了眼前。一馬當先的陸釗頂著一張比陽光還燦爛的笑臉，勒馬停在洛婉兮前方。

迎著陽光的洛婉兮不得不微瞇起眼看向他，鮮衣怒馬，意氣風發，這是個一眼就能看出家世良好、備受寵愛的少年，目光清澈，毫無陰霾。

陸釗摸了摸鼻子，他也不明白自己為何停下，等他反應過來時，馬已經停了，意識到自己的唐突可能給洛婉兮帶來麻煩，他不禁汗顏，瞥到洛鄴手裡的美人蕉，登時眼前一亮，輕咳了兩聲後翻身下馬，走到洛鄴面前，溫聲道：「洛小少爺，能麻煩你行個方便，分我一些這花嗎？」

想了想後，陸釗毫無顧忌地往自己嫡親姑父身上潑髒水。「我姑父喜歡這花，不過我們急著趕路，來不及採了。」說完後，陸釗覺得自己真是無比機智。

洛婉兮一行人安靜得詭異，最後還是見多識廣的洛婉兮打破了尷尬，對呆住的洛鄴道：「鄴兒，分陸少爺一些花可好？」

洛鄴雖然捨不得，但他向來聽姊姊的話，忍痛分出一大半遞給他。

看著明明心疼卻還是乖乖聽話的洛鄴，陸釗的臉可疑地紅了下，覺得自己就像個欺負小孩的惡人。他在身上摸了摸，只摸到一塊勉強還能拿得出手的和田祥雲玉珮。「我看小少爺就覺面善，這玉珮便送給你做見面禮。」

洛鄴沒接，而是看向洛婉兮。

若陸釗說這是謝禮，他們不會收下，可他說的是見面禮，洛鄴比他小了十歲，收他一份禮倒不為過，不收反倒不近人情了，遂洛婉兮對洛鄴點了點頭。「還不謝過陸公子？」

洛鄴雙手接過玉珮後道謝。

陸釗笑咪咪一擺手。「不必客氣，我還有事就先走了。」說著對洛婉兮拱了拱手。「告辭！」

洛婉兮斂膝一福，輕聲道：「陸公子一路順風。」

陸釗點了點頭，翻身上馬，絕塵而去，徒留下莫名其妙的洛府一行人。

「阿姊？」洛鄴抓了抓腦袋，納悶地看著洛婉兮，覺得這個哥哥有些奇怪。

洛婉兮對他笑了笑，說實話這樣的陸釗她也不熟悉，她離開時，這小子跟洛鄴一般大，比洛鄴還乖萌，她說種在土裡能快快長高，這小傢伙就真把自己種進去了，還不肯出來，害她被公主娘捶了一頓，兩個月沒敢回娘家。

柳枝望了望漸行漸遠的陸釗，一個沒忍住就想多了。這位陸六少，無論是人品、家世、樣貌還是前程都是頂頂好，可就是太好了。不是她妄自菲薄，而是眼下這世道，她家姑娘千好萬好，都及不上出身好。

想到這兒，柳枝望一眼洛婉兮，正對上她盈盈的眉眼，臉紅了下，知道自己那點心思沒逃過她家姑娘的眼睛，同時也鬆了一口氣，看來她家姑娘沒那份心思，如此便好。

顯然想太多的不只有柳枝，馬車內的凌淵隔窗望著陸釗，目光意味深長。

拿著一把美人蕉的陸釗頭皮一麻，不待他問就先發制人。「姑父您別想太多。」

凌淵手臂搭在窗口，敲著窗櫺問：「我想什麼了？」

陸釗一臉真誠。「真不是您想的那樣，我已經訂親了，怎麼可能胡來？您就算不相信我，難道也不相信您自個兒，我可是您教出來的。」

「這意思是你要是沒訂親，就可能胡來？」

被斷章取義的陸釗頓時悲憤。「怎麼可能！」

他對洛婉兮有一種莫名的親近感，無關風月，而是因為她總給他一種似曾相識的熟悉，就像……就像他姑姑。

這種熟悉並非源自於樣貌，他姑姑嬌豔明媚似玫瑰，美得讓旁人自慚形穢，而洛婉兮則是溫婉妍麗如桃花，觀之可親。

截然不同的容貌，卻在舉手投足間讓他覺得莫名熟悉。

陸釗煩躁地皺緊了眉頭，不知該怎麼向凌淵描述自己這種匪夷所思的感覺。其實他內心深處也不想說，怕他想起傷心事。早逝的姑姑是他們陸家難以言說的悲痛，更是他姑父心底不可觸碰的傷疤。

凌淵目光在陸釗布滿糾結的臉上繞了繞，淡淡道：「瓜田不納履，李下不整冠。」

陸釗神色一整，滿面羞色，低聲道：「姑父教訓得是，是我莽撞了。」

凌淵略略一頷首，目光在他手上的美人蕉上頓了頓。

陸釗就覺眼前一花，手心一涼，定睛看了看，也不確定手裡的花有沒有少，抬眼望了望被簾子擋住的車窗，他聳了聳肩。反正本來就是用他的名義要過來的。

行了幾步，陸釗不由自主地拿了一朵美人蕉塞到嘴裡，甘甜的滋味和記憶中一模一樣，那是很多年前的味道。

陸釗側過臉望著馬車，手伸出去又縮回來，如此反覆兩次，到底沒敢撩起車簾確認姑父是否和他做一樣的事。

放下簾子後，馬車內頓時變得幽暗，凌淵閉目靠在車壁上養神。

若非他手中還把玩著剛從陸釗手裡拿來的美人蕉，紅裳還以為他睡著了。鮮豔的紅花在修長的手指間輕旋，一下又一下，紅裳漸漸看迷了眼。

一聲若有似無的嘆息讓紅裳的三魂六魄歸位，她緊了緊心神，悄悄抬起眼皮，只見不知何時主子手上的動作已經停了，如血般紅的美人蕉靜靜躺在他手心裡。

她的視線沿著那隻骨節分明的手移到主子臉上。雙目緊閉，呼吸輕緩，似是睡著了。

紅裳小心翼翼地將小几上快要沸騰的水壺從紅泥小火爐上端下來，就怕驚動了小憩的主子，做完這一切，便躡手躡腳地跪坐在角落內。

馬車裡一片靜謐，耳邊只有轔轔車響和嘚嘚的馬蹄聲。百無聊賴的紅裳又忍不住抬眼悄悄打量睡著的主子，不由自主地想起了之前聽見的那一聲極輕極輕的嘆息。

兮子！

洛婉兮一行人回到別莊後，洛老夫人拿著洛鄴孝敬的美人蕉，笑得合不攏嘴，摟著孫兒心肝肉似的誇。

晚上洛婉兮親自下廚做了荷葉飯與荷葉雞，洛老夫人和洛鄴十分給面子，皆是多用了一碗飯。

吃完後，洛鄴頂著個小肚子，得隴望蜀地道：「我明天還要吃，後天也要，大後天也要！」

洛婉兮捏捏他的臉。「每天多練一張大字，我天天做好吃的給你。」

洛鄴頓時垮了小臉，逗得洛老夫人樂不可支。

日子就在吃吃喝喝、說說笑笑中溜走，轉眼六月就到了跟前，洛老夫人決定帶姊弟倆去珈藍寺上香。

一道去的還有三老夫人，三老夫人一行先到別莊與她們會合，再一同前往景山上的珈藍寺。

洛琳琅隨著三老夫人一塊兒來，一見到洛婉兮就小跑著上前拉住她的手輕嗔薄怨。「妳倒是逍遙，在別莊上過神仙日子，瞧瞧這氣色，白裡透紅！」

洛婉兮躲開她的「祿山之爪」。「妳別窩著不肯動彈，像我一樣每天走上一、兩個時辰的路，保管妳也氣色紅潤有光澤。」

洛琳琅一聽就蔫了，她最是懶散的，能坐著就不肯站著，這回要不是三老夫人下了令，她才不肯出門。進了六月，這天越發熱了，熱得能把人化了。

「那還是算了，」洛琳琅摸了摸自己的臉。「我氣色也挺好的，對吧！」

洛婉兮拍拍她的臉。「別人過夏都要瘦一圈，妳倒好！」輕嘖一聲，旋身而去。

洛琳琅佯怒，追上去。「我沒胖，我今年真的沒胖！」

三老夫人指了指洛琳琅對洛老夫人無奈道：「我家琳琅蠍蠍螫螫的，沒妳家婉兮穩重。」

坐在軟轎上的洛老夫人笑了笑。穩重？那也是被逼出來的。

三老夫人搖了搖頭，哪裡不知道她又心疼上了。「先苦後甜，我瞧著婉兮丫頭是福澤深厚的。」

「借妳吉言了。」洛老夫人笑道。

說話間，珈藍寺出現在視線之中。一行人先去大殿上了香，洛老夫人添了重重的香油錢，就盼著佛祖保佑姊弟倆平平安安。

上過香，洛老夫人並三老夫人等喜歡聽經的都去了禪房聽經，剩下幾人分作幾批各自去打發時間。

洛琳琅聽洛婉兮要去後山打泉水為洛老夫人熬藥，猶豫了下，心一橫。「我陪妳去！」

「那路可不好走。」洛婉兮挑眉。珈藍寺的聖泉久負盛名，僅一丈見方的小池，四季不涸，冬暖夏涼，甘冽澄澈，據傳用它來熬藥有事半功倍之效，故而引得無數善男信女前來。大抵是為了考驗誠心，路頗為崎嶇，但是依舊擋不住絡繹不絕前去打水的信徒。

洛琳琅一臉的視死如歸。「妳能走得，我自然也行。我打些回去給長輩泡茶也使得。」

既是一片孝心，洛婉兮便不再多言，選了一條略微平坦但路程更長一些的小路走。

饒是如此，才走一小半路，洛琳琅就開始抱怨。「這路怎這麼難走！」

洛婉兮停下來對她道：「要不妳在這兒等我？」

「說了陪妳來，哪能半途而廢，妳可別小瞧人。」洛琳琅咬牙表示決心。

洛婉兮無奈的搖了搖頭，牽著她道：「那就慢慢走吧，反正也不趕時間。」

洛琳琅諂笑，發自肺腑道：「婉兮妳真好！」

洛婉兮擰她臉一把。「沒大沒小，叫姊姊！」

「妳就只比我大了十天！」

洛婉兮揚眉。「就是只比妳大一個時辰，我也是妳姊姊。」

洛琳琅鬱悶地鼓了鼓腮幫子。

洛婉兮聳了聳肩。「誰讓妳不爭氣呢！」洛琳琅比預期晚出生半個月，而她早出來半個月。

洛琳琅登時洩了氣，像是被霜打過的茄子，這委實是她平生一大憾事。

洛婉兮見她耷拉著腦袋怪可憐的，正想摸摸她的頭安慰，手卻頓在了半空之中。

洛琳琅原本打算躲，見洛婉兮忽然不動了，且神色古怪，不由循著她的目光看過去，就見不遠處的大石旁站著三個人，看起來像主子的那人還戴著帷帽。

瞧洛婉兮的模樣，應該是她認識的人，洛琳琅滿腹狐疑，實在是因為洛婉兮的反常。她雖然笑著，但那笑冷冰冰的，似譏含諷，看得她心裡發慌，怯怯道：「婉兮姊，妳認得？」

「那是二姊，妳認不出嗎？」洛婉兮收斂異色，淡聲道。

「啊？」洛琳琅難以置信的驚呼一聲，瞪大眼睛看過去，那戴帷帽的女子身形還真有幾分像洛婉如。

她摸了摸鼻子，心想果然是嫡親堂姊妹，只靠身形就能認出來，她可沒這份眼力。正想著，洛婉兮冷笑的模樣冷不丁晃過眼前，洛琳琅悚然一驚，不對啊，既然是洛婉如，洛婉兮為何會是那副表情？

後知後覺的洛琳琅左看一眼洛婉如，右看一眼洛婉兮，越瞧越覺得兩人之間氣氛不對勁。

洛婉如也沒想會如此冤家路窄，發現洛婉兮後，丫鬟拉著她就想走，因為她們一行人是偷偷跑出來的。

何氏病了。她本就是日以繼夜的趕路，一到臨安就遇上那麼些事，心力交瘁之下一進家廟就病倒了。通知洛老夫人後也沒被允許回府養病，只是派了府醫過來。

幸好何氏不是什麼大病，吃了藥便好了許多，只是病來如山倒，病去如抽絲，好得不俐落。

洛婉如聽說這珈藍寺的聖泉之名，便買通了家廟內的幾個尼姑，順利出了門。為了不被人認出來報到洛老夫人那裡，她還特意戴上帷帽，誰想會在返程途中遇見洛婉兮。

陰魂不散！洛婉如在心裡狠狠啐了一口。

「婉如姊也來打泉水？」洛琳琅試圖緩和氣氛，她並不知道洛婉如和洛婉兮之間的糾葛，卻知道這位堂姊去家廟替伯祖母祈福，得訊時還向她母親嘀咕過幾句，被母親喝止了。

抬腳想走的洛婉如登時應也不是、不應也不是，下意識往下拉了拉帷帽，不知自己哪裡露出了破綻。

「姑娘認錯人了！」隨著她出來的黃芪面不改色道。

洛琳琅啊了一聲，茫然地回頭看洛婉兮，用眼神詢問——認錯人了？

洛婉兮輕嗤一聲，笑裡帶著毫不掩飾的譏諷。

終身不得出？果然是個笑話！之前她還想著怎麼著洛婉如也能在裡面待上一年半載，不想竟連一個月都不到。

見她如此，洛琳琅不由自主地打了個寒顫，吶吶道：「婉兮姊……」

這笑令洛琳琅發寒，而落在洛婉如眼裡，無異於挑釁。

出事以來她對洛婉兮積累了滿腹怨氣，母親說了，這一切都是洛婉兮使的苦肉計，她們都被她耍了。何氏的病更是火上澆油，要不是洛婉兮，母親怎麼會連病都不能好好休養。還有許清揚，自己和他再無可能了，父親絕不會同意的。

洛婉如越想，胸口那股惡氣越是洶湧，頂得她五臟六腑都脹疼起來。她一把推開拉她欲走的黃芪，惡狠狠地盯著洛婉兮質問道：「妳是不是早就知道，一切都是妳將計就計，故意落水的？妳設計害我！」

黃芪臉色大變，滿臉無奈地看著氣勢洶洶的洛婉如，實在不明白自家小主子現在爭論這個有什麼用。

洛琳琅懵了，這聲音分明就是洛婉如，那為何丫鬟要否認？故意落水？將計就計？她只覺得滿頭霧水。

洛婉兮嘴角勾起一絲冷笑。「我實在不明白二姊哪來的底氣質問我，難道椿椿件件虧心事是我逼妳做的？還是我沒逆來順受，讓妳稱心如意，便是我的錯？洛婉如，妳可真叫我大開眼界，遇見妳我算是明白了什麼叫厚顏無恥！」

第十七章

洛婉如惱羞成怒，恨恨地指著洛婉兮，咬牙切齒。「妳少得意，妳以為妳贏了？退了許家的婚事，我看妳一個退過婚的人能找到什麼好人家！」

退婚？洛琳琅驚得瞪大了眼，心急如焚地看著洛婉兮。就見她不以為意的笑了笑。「許清揚若是光明正大的提出與我解除婚約，我還高看一眼，覺他有魄力，可他敢嗎？一邊與妳暗通款曲，一邊與我維持婚約，這般背信棄義、毫無擔當的男子，也就妳當個寶貝。說來還得多謝妳救我逃離火坑，否則我就要嫁給這個偽君子了，想想就覺噁心。」說完，洛婉兮頓覺神清氣爽，這話她早就想說了。洛婉如腦子不好使，眼光也讓人不敢恭維。

洛婉如氣得七竅生煙，整個人都在打擺子，她想反駁，然腦子裡一片空白，一個字都擠不出來。

洛婉兮忽而一笑。「妳有沒有想過一個可能，許清揚不想履行父輩定下的婚約，但他又找不著理由退婚，於是勾引妳，攛掇妳出手，待婚約解除，他便可名正言順另娶他人。畢竟娶妳，少不得惹來流言蜚語，何必呢？京城貴女何其多！」若真如此那可就有趣了。

「閉嘴！不可能……清揚絕不可能這麼做！」洛婉如臉色大變，額上青筋暴露，要不是丫鬟拉著，就要衝上來撕了洛婉兮。「妳自己心懷叵測，就覺得所有人跟妳一樣險惡！」

「呵！」洛婉兮輕笑一聲，覺得聽見了今年最大的笑話。「不如二姊多矣，畢竟毀人清白、殺人滅口，這種事我可做不來。」
一直在旁聽的洛琳琅已經不知道該擺出什麼表情了，現在她整個人都是懵的。
洛婉如掙扎的動作突然停了，她寒著一張臉，用陰狠怨毒的目光瞪著洛婉兮，一字一字彷彿從齒縫中迸出來。「妳給我等著！」
洛婉兮冷冷回視。「我等著。」真把她逼急了，誰也別活了！
洛婉如走了好一會兒後，洛琳琅才從這些隻言片語中拼湊出幾分真相，她一把抓住洛婉兮的手，滿臉心疼和憤恨。「所以那次妳落水，是她害的，就為了搶妳親事？」
「差不多吧，實情如何我不好和妳說，我答應過長輩不與旁人言，妳要是想知道就自己回去問。」
聞言，洛琳琅便不追問，打定主意回去得和祖母好好說說，洛婉如簡直欺人太甚！
她轉而關心起另一件事。「伯祖母同意妳退婚了？」
這算不上秘密，到時大家也都會知道，遂洛婉兮點了點頭。「秋嬤嬤已經進京。」
洛琳琅想了想，擠出一句安慰的話。「這樣見異思遷的男子配不上妳！」可心裡卻為洛婉兮日後著急，有一句話洛婉如說得對，退了親後，洛婉兮婚事更艱難。
洛婉兮哪裡不知道她的擔心，安撫地拍了拍她的手。「船到橋頭自然直。」大不了終身不嫁。這並非氣言，而是她深思熟慮過。第一次婚姻就賠上了她的命，她對嫁人實在沒了期盼，眼下未嘗不是一個契機。
洛琳琅憂心忡忡地點了點頭。

洛婉兮環顧一圈，她們所在之地居高臨下，周圍情況一覽無遺，否則洛婉兮哪會說這些話，傳出去她洛婉如是罪有應得，旁的洛家姑娘就是那被殃及的池魚。再一次確認周遭無人，洛婉兮這才帶著洛琳琅離去。

而在她們離開後，東側三丈外的石壁後走出兩人。

長庚抓抓臉、望望天，萬里無雲豔陽天，被刺得眼疼的長庚趕緊低頭，覷著面無表情的江樅陽，哈哈乾笑兩聲。「可真是巧啊！」

江樅陽垂眸不語。

長庚眼珠子一轉，故作深沈地嘆道：「洛四姑娘無父無母，還要護著幼弟，在深宅大院裡，委實不易。瞧這位洛二姑娘，與堂妹的未婚夫私通，還能理直氣壯怪別人，可見有多跋扈，怕是平日沒少給洛四姑娘氣受。」

江樅陽眼皮微微一抬，平日如何不得而知，就這一次，分明是她差點把她那位二姊氣得暈厥過去。

見他有了動靜，長庚心下暗喜，再接再厲，喟嘆一聲。「聽著洛二姑娘不肯善罷甘休，還要伺機報復，洛四姑娘前途堪憂啊，明槍易躲，暗箭難防！」

江樅陽目不轉睛地盯著唱作俱佳的長庚。「有話就說。」

長庚清咳一聲，摸了摸嗓子，喜上眉梢。「洛四姑娘退親了！」

江樅陽波瀾不驚地掃了長庚一眼。「你很高興？」

「少爺不高興？」長庚反問。

江樅陽目光沈沈地盯著他不說話。
長庚被他盯得受不了，縮了縮脖子。
江樅陽這才收回目光，望著離去的一行人，若有所思。
黃曆上該是寫了「不宜出門」，而自己忘記看了，洛婉兮如是想著。去打泉水的路上撞見了洛婉如，打完泉水回來又遇上了江翎月，這一路可真是熱鬧！
江翎月也戴著帷帽，不同於洛婉如是怕人認出來，江翎月是因為她的臉實在見不得人了。這一陣子南寧侯府遍請名醫，都無濟於事。
南寧侯夫人拉了拉裹足不前的女兒，江翎月才抬了腳，一行人從洛婉兮等人面前緩緩走過。
待人走遠，洛琳琅往洛婉兮身邊湊了湊，摸著胳膊小聲道：「妳覺不覺得有點冷？」
洛婉兮彎彎嘴角，江翎月那視線著實瘆人，隔著帷幕都能感覺到，陰沈沈又冷冰冰，像鈎子似的要在人臉上勾下一塊肉。她們是被洛婉如連累了，幸好她沒發狂，拿她倆撒氣。
以防萬一，洛婉兮對洛琳琅道：「咱們去祖母那兒吧！」那兒人多。
被江翎月看得發毛的洛琳琅忙不迭點頭。
兩人便攜手去尋洛老夫人和三老夫人，見經會還在繼續，便輕手輕腳地坐在後面聆聽。以前，洛婉兮是不愛這個的，死過一回之後，她信了，時不時陪洛老夫人聽經。洛老夫人一開始還欣慰，逐漸變得擔心，深怕這孫女看破了紅塵，便不許她陪著她聽經了。

「……愚人除事不除心，智者除心不除事……」

洛婉兮正聽得入神，就覺肩膀被人拍了下，回頭便見柳枝對她使了個眼色。

她心下狐疑，朝好奇轉過來的洛琳琅點頭示意，躡手躡腳地站起來隨著她出了廂房。

帶著洛婉兮走出一段路，柳枝才道：「二姑娘滾下山坡，身受重傷。」

洛婉兮愣了下，突然一個激靈，問：「江翎月？」

柳枝點頭，努力不讓話裡帶著幸災樂禍。「兩方遇上了，二姑娘勢單力薄，逃跑之際踩空，滾下了山坡。」

洛婉兮的表情一言難盡。

無疑的，江翎月是個睚眥必報的人，否則不會因為幾句口角之爭就用巴豆捉弄人，最後一發不可收拾。

而毀容之仇，江翎月更不可能輕易放下，她只恨當初沒能乘機毀了洛婉如的臉，讓她嚐嚐自己的痛苦，這恨隨著她臉上傷勢治癒希望的渺茫而越深。自從凌淵離開，她就在尋找報仇的機會，否則等洛婉如回了京城，想報仇就難上加難。

不承想前腳在佛祖面前祈願，後腳機會就送到眼前，江翎月一聽洛婉如出現在山腳下，想也不想就帶著人追了上去。

南寧侯夫人並未阻止，她的女兒被洛婉如害得人不人、鬼不鬼，這輩子都毀了，洛婉如自然要付出代價。

就算是弄死了又如何，還能叫堂堂長公主的孫女為一個臣女償命不成？大不了受罰禁閉。反正女兒已經成這副模樣了，還在乎這些嗎？

茲事體大，洛婉兮和洛婉如有舊怨，因此她的事，洛婉兮能不摻和就不摻和，否則徒惹一身騷，遂洛婉兮找了個機會繞過洛老夫人告知三老夫人。

三老夫人駭道：「這、這叫什麼事呢？她人怎麼樣了？」因著那些事，她是厭了這個姪孫女，可乍聽她遭遇還是忍不住揪心。

「道是摔進了灌木叢裡，斷枝插進腹裡，情況頗為嚴重，正在送往這裡。」離得最近的大夫就是這珈藍寺的高僧。洛婉兮儘量用陳述的語氣說道。

三老夫人怔了怔。「作孽啊！」

等三老夫人消化得差不多了，洛婉兮又問：「那祖母那裡……」

「等那邊情況明瞭再說吧，免得她跟著牽腸掛肚，她那身子骨可熬不得。」三老夫人的意思是等那邊死活有個定論再告訴洛老夫人。

洛婉兮也是這個意思，但她立場尷尬，這話不能由她來說。

「通知妳大哥了嗎？」三老夫人又問。

「姑母都派人去通知了。」洛婉兮回道，不只通知了洛郅，就連家廟裡的何氏都通知了，現下兩人應該已經在趕來的路上。

三老夫人慶幸道：「幸好遇上妳姑母了！」

望著鮮血淋漓、出氣多進氣少的洛婉如，白洛氏也是一陣慶幸，虧得自己及時趕到，要不這姪女就凶多吉少了。

白大夫人張望著門口，心急如焚。洛家人怎麼還沒到，要是人在她們手裡沒了，她們也沒法交代。原本只是一家老小出門上個香，哪想會遇上這事？

忽見一行人疾步走來，白大夫人認出是洛府三老夫人，心下一鬆，連忙迎出來。不待走近，三老夫人便問：「如何了？」說著緊張地盯著白大夫人。

白大夫人面露難色。「圓寧道長正在救治，情況還不清楚。」

三老夫人搖了搖頭，不忘道謝。「這次多虧你們出手相助，要不這孩子……」

「這話可就見外了，兩家姻親，哪能見死不救？」白大夫人看了看，沒見到洛老夫人，遂問：「大老夫人呢？」

三老夫人道：「我那大嫂身子弱，等這兒脫離危險了再告訴她，省得她擔心。」

白大夫人理解地點點頭，這也是應該的。

「我們可方便進去看看？」三老夫人看了眼緊閉的廂房門，洛婉如應是在裡面。

白大夫人道：「自然，我見血就頭暈，便不進去了。」

三老夫人又嘆了一聲。「今兒可真是難為妳了。」

客套了兩句，三老夫人就帶著人進了廂房。洛家人來得不多，只有三老夫人、洛琳琅的母親霍氏還有洛婉兮。洛婉兮並不想來，但洛老夫人不能來，她再不來就說不過去了，畢竟是她們這一支的事，遂洛婉兮便陪著來走個過場。

屋內血氣沖天，白洛氏見了幾人，眼眶就是一酸，對三老夫人道：「三嬸妳瞧瞧，好好一個人都成什麼樣了，南寧侯府委實欺人太甚，要不是我過去了，還不定怎麼樣呢！」

望著床上血淋淋的人，三老夫人心裡緊了緊，聽說重傷和親見重傷，完全是兩回事。若說來之前，她還有些「誰讓洛婉如擅自離開家廟，否則哪來的禍事」的怨怪，眼下是丁點都沒有了，只剩下憐惜和憤怒。

饒是洛婉兮見著傷痕累累、呼吸微弱的洛婉如，心情都複雜了起來。

過了好一會兒，圓寧道長停下動作，三老夫人才敢開口。「有勞大師了，敢問我這侄孫女如何了？」

鬚髮皆白的圓寧道長打了個稽首，聲音慈悲。「阿彌陀佛。女施主的血已經止住，腹部傷口不深，並未傷及肺腑，若是之後沒有潰爛，便無大礙了。」

三老夫人顫了下，多少將士不是死於重傷而是死於傷口潰爛。她深吸了一口氣，平復好心情才道：「辛苦大師了！」

圓寧道長又打了一個稽首。「貧僧下去開藥方，煎來餵女施主喝下，對她傷勢大有裨益。」

三老夫人鄭重道謝，命霍氏親自送圓寧道長出去。

「江家沒人過來？」三老夫人突然問。

聞言，白洛氏就柳眉倒豎。「南寧侯夫人就派了個婆子過來，話裡話外都是要不是婉如傷了江翎月的臉，江翎月也不會報復。說得倒好聽，什麼她家夫人沒臉過來，已經回去教訓女兒了，一定給我們一個交代。誰不知道她護短不講理，江翎月敢這麼囂張，還不是她在背後撐腰？三嬸是沒瞧見那江翎月的囂張勁，我趕過去了，她還叫囂著讓我別管閒事，否則連我一起收拾。」

白洛氏氣得不行，繼續道：「簡直沒教養，好歹我也是她長輩不是？幸好我帶的人多，要不還真要被個小輩欺凌了。三嬸妳說，這南寧侯府怎生如此無禮，難道我們真不能討回公道了？」樹的影，人的名，可南寧侯府這母女倆完全是不要臉了，壓根兒不在乎名聲。白洛氏氣結。

三老夫人臉色難看，這公道還真不好討。江翎月和洛婉如之間本就是一筆糊塗帳，眼下添了一筆，還是筆糊塗帳。對方敢這麼做就是連名聲都不要了，一個人連名聲都不在乎，還能把她怎麼樣，真能殺了她不成？洛府沒這能力。

這個虧，洛婉如吃定了，誰叫她招惹來江翎月這個魔星呢！三老夫人餘光瞥見身旁低眉順眼的洛婉兮，善惡到頭終有報啊！

當初在南寧侯府，南寧侯夫人原要毀了洛婉如的臉替女兒報仇，是婉兮丫頭翻窗爬牆出去替她搬來救兵，可洛婉如恩將仇報，最後把自己折騰進了家廟。後來進了家廟也不安生，偷跑出來遇見了江翎月，落得這般下場，一切彷彿冥冥之中天注定。

三老夫人定了定神，不免有些意興闌珊。「眼下說這些又有何用，只盼著如丫頭能挺過這一劫！」

白洛氏悻悻地低下頭。

打發走了報信的人，長庚腳步輕快地走向書房，一路哼著小曲，進了書房後倒是不哼小曲了，然一臉的神采飛揚。

坐在書桌後擦刀的江樅陽抬起眼皮看了他一眼。

長庚笑吟吟地向前走一步，邀功道：「少爺，夫人那兒怕是又有一陣子不能操心您的婚事了。」

江樅陽想起之前他在珈藍寺後山失蹤了一盞茶的工夫。「你做了什麼？」

長庚得意地一揚眉。「小的就是讓人把洛家二姑娘的行蹤透露給了咱們府上的大姑娘。」他聳了聳肩，一臉的得了便宜還賣乖。「哪想大姑娘好生厲害，竟然把她逼得從山坡上滾下去，生死未卜。」

洛家哪能善罷甘休，南寧侯夫人也得頭疼一陣。又讓洛家二姑娘倒了楣，也算是替洛四姑娘出了口惡氣，哪怕不為別的，單單為她暗中幫助了他們這麼些年。

借刀殺人，一石二鳥。長庚忍不住給自己豎起大拇指，這麼聰明的手下上哪兒找啊！

想到這兒，長庚就想起另一件困擾他許久的事。「少爺，您說洛四姑娘怎麼不繼續給您送東西了？」每月一次，風雨無阻，都十年了，可兩個月前毫無徵兆地停了，長庚百思不得其解，猜測道：「難道是四姑娘手頭緊了？」

江樅陽擦拭著刀鋒的動作一頓，大抵是因為珈藍寺那次，讓洛婉兮發現他並沒有她想像中的可憐。

長庚與他一塊兒長大，哪裡會沒留意到他的變化，忙道：「少爺知道？」

「不知道。」江縱陽毫不猶豫道。

長庚不信，百爪撓心。「您知道就告訴我唄！」

江縱陽沒搭理他，還向他潑了一盆冷水。「洛二姑娘喬裝改扮出門，前腳遇上洛四姑娘還起了爭執，後腳就被江翎月發現了行蹤，你覺得洛家大房會怎麼想？」

長庚一怔，領會他言下之意後登時垮了臉，著急道：「不會這麼不講理吧！」

「能做出那些事，能養出這樣的女兒，就不會是講理之輩。」

發現自己好心辦了壞事的長庚哭喪著一張臉，打了自己一下。「這可怎麼辦，我這不是害了四姑娘！」

「不要再自作主張。」江縱陽冷聲道。

長庚點頭如搗蒜，氣弱道：「少爺，您看能挽救嗎？」

在長庚希冀的注視下，江縱陽搖頭。

長庚頓時如喪考妣，垂頭耷耳，一副愧疚不安的模樣。

「蝨多不癢，債多不愁，洛四姑娘沒你想像中那麼弱。為防萬一，你就留在這裡，若有什麼也好施以援手。」

長庚叫起來。「少爺您要自己一個人去？」

江縱陽緩緩將鋥亮的刀插入刀鞘。「你去了也無用。」他的眼神陡然變得鋒利，如刀出鞘，寒光凜凜。「養寇自重的證據被人劫走，這次我親自送他一份大禮。」

第十八章

幾經凶險，洛婉如終於從鬼門關前撿回一條命，人也被接回洛府調養，這已經是三天後的事情了。

至此，洛老夫人也知道了前因後果，又氣又怒又傷心。「都是我這身子不爭氣，出了這麼大的事，妳們都瞞著我。」

洛婉兮連忙拿錦帕替她擦淚，又一邊順著背安撫。「眼下二姊轉危為安，祖母不是該高興嗎？」

昨兒剛到，特意趕回來代表四房協商分家的四夫人施氏也道：「就是，如今如姐兒平安了，母親何必說那些。不告訴您，還不是擔心您，您說，回頭您要是因此急病了，大夥兒兩頭擔心，一根蠟燭兩頭燒，就是鐵打的人也熬不住，是不是這個理？」

洛老夫人被她說得沒了脾氣，這個四媳婦最是伶牙俐齒，再說這道理她哪裡不懂，她也不怪別人，只怪自己不爭氣。

洛老夫人收了收眼淚。「我得去瞧瞧，如丫頭怎麼樣了？」話音剛落，就不安地看一眼洛婉兮。

洛婉兮笑了笑。血濃於水，洛老夫人擔心洛婉如天經地義，便是洛老夫人心軟取消洛婉如的懲罰，她都不會太驚訝。

「我和二姊是有不睦，不過她已經得到了應有的懲罰，眼下她受了重傷，我也盼著她好起來。」

見她如此善解人意，洛老夫人心裡愧疚更甚，握住她的手捏了捏。

一行人便去了清芷院探視洛婉如。洛婉如躺在床上，整個人都瘦脫了形，顴骨突出，眼窩深陷，嘴唇乾裂，面色發青。

而守在床頭的何氏並不比她好多少，她本就生著病，這幾日又為了女兒牽腸掛肚，夜不能寐，食不下咽，渾身都透著憔悴，好似一陣風颳過就會暈倒。

聽得動靜，何氏緩緩轉過頭，眼底布滿血絲，眼珠子慢慢動了下。

被她目光一掃，洛婉兮頓覺腳下一涼，只覺那目光彷彿帶著刃，看一眼似刮一刀。她心沈了沈，看來何氏真把這筆帳算她頭上了。

在得知洛婉如是被江翎月追上而不是偶遇，她就設想過這可能，現下成真，洛婉兮不覺歡喜也不覺震驚。債多了不愁，反正就算沒這事，這母女倆也不會善罷甘休。

洛婉兮低了低頭，施氏注意到後看向何氏，當下冷笑。「如丫頭傷了，大嫂心情不好情有可原，可這麼嚇唬婉兮是不是有些過了，不知道的還當您是在遷怒婉兮呢！」

何氏冷冷看一眼施氏，這四弟妹自進了門就跟她不合拍，說話夾槍帶棍。

施氏毫不示弱地回視，她可不怕她。

洛老夫人全部心思都落在洛婉如身上，因此一開始並未留意到何氏，待施氏和她鬥起嘴來，這才看向何氏。

何氏已經收起表情，起身行禮。

可洛老夫人依舊氣不打一處來，逼視何氏。「我問妳，婉如她是怎麼出家廟的？」

何氏臉皮一抽，面上浮現懊悔之色。

她不止一次的後悔過，若自己不讓女兒出去，她怎麼會遇上江翎月？江翎月……每次想起這個名字，何氏都恨不能食其肉、飲其血。

洛老夫人卻沒有因此放過她，指著她氣急敗壞道：「妳就慣著她吧！妳以為妳是在寵孩子，殊不知這是在害她，溺之適足以害之，妳怎麼就不明白！看看她都成什麼樣了，如兒有今日，妳難辭其咎！」

何氏紅了眼眶，一言不發地任由洛老夫人數落。

「姑娘醒了！」

丫鬟的驚呼打斷了洛老夫人的話，兩人同時望向床榻，就見躺在床上的洛婉如睫毛顫了顫，雙眼慢慢睜開。

何氏驚喜交加，她這三天也就昨天醒了半個時辰，之後都是渾渾噩噩的，便是一路被抬回來都沒有清醒過。

「如兒、如兒！妳哪兒不舒服？」

過了好一會兒，洛婉如才從茫然中醒過神來，對上何氏關懷備至的目光，頓時鼻子一酸，眼淚就流了下來，虛弱道：「娘，我好疼，我難受……」就像是千百隻螞蟻在她身上爬，鑽進皮肉，又疼又癢。

一句話說得洛老夫人和何氏俱是濕了眼眶，忙不迭安慰她。

在兩人的柔聲安慰中，洛婉如止了淚意，頓覺眼皮沈，忍不住要睡過去，冷不丁瞄到不遠處的洛婉兮，睡意立刻飛走。

她霍然睜大了眼，也不知哪來的力氣，竟然撐坐起身，對著洛老夫人開始哭訴。「祖母，是洛婉兮，是她把我的行蹤透露給了江翎月。我戴著帷帽，別人哪會認得我？就洛婉兮認出了我，是她害我，她出賣我！」最後一句尾音尖利，其中的憤恨與怨毒一覽無遺。

洛婉兮最大的倚仗就是洛老夫人，待洛老夫人厭棄了她，看她怎麼蹦躂！

洛婉兮被洛婉如的理直氣壯氣笑了。「二姊有證據嗎？有證據儘管拿出來，我隨妳處置，若沒證據就別在這兒信口開河，受傷不是妳血口噴人的底氣。」

施氏亦皮笑肉不笑。「東西可以亂吃，話可不能亂說。畢竟往姊妹身上捅刀子這事，可不是一般人能做得出來的，婉兮不是那樣的人。」

何氏被施氏意有所指的話氣得臉色一黑，洛婉如更是差點被氣暈過去。

「夠了，一人少說一句！」洛老夫人臉色陰沈地呵斥。見幾人都安靜下來，視線定在洛婉如身上。「妳說這話有證據嗎？」

洛婉如身體一僵，不忿道：「不是她還能是——」

「婉如！」何氏打斷女兒的話，方才在女兒指證洛婉兮時，洛婉兮神情坦蕩，要麼真不是她做的，要麼就是這姪女養氣功夫到家了。不管哪一種，都不宜再讓洛婉如不依不饒下去，說一千道一萬，她們沒證據，而洛老夫人對洛婉兮深信不疑，多說無益。

母親喊她名字，這是生氣的預兆，洛婉如千不甘萬不願地把後面的話嚥了回去，覺得渾身又開始痛起來，痛得她冷汗直流，哀叫道：「娘，我好疼，好疼！」

但見她臉上毫無血色，冷汗滾滾而下，何氏心如刀絞，大聲喚道：「府醫快來！」立刻便有人去請一直在側屋待命的謝府醫。

謝府醫過來一看，傷口迸裂。頓時屋內一陣人仰馬翻，哀哭聲及喝罵聲交織在一塊兒。

心力交瘁的洛老夫人頹然地坐在椅子上，對屋內的嘈雜充耳不聞，耳邊迴響的是洛婉如言之鑿鑿的控訴，難掩痛心與失望。

都說從鬼門關前轉了一圈的人能大徹大悟，可這孩子分明就是不知悔改，反而更怨婉兮了。

望了望身旁低眉垂目的洛婉兮，洛老夫人一陣心疼。等她去了，可怎麼辦啊！

過了好一會兒，洛婉如吃過藥睡了過去，屋裡也恢復平靜。

洛老夫人看一眼洛婉兮。「妳先回去休息吧，我有事要和妳伯娘、嬸娘商議。」

洛婉兮屈膝福了福，便帶著人退下，心想洛老夫人該是要和人商量南寧侯府之事。能不能討回公道是一回事，討不討這公道又是另一回事，要是被欺負到這分上，洛家還一聲不吭，可就沒臉出去見人了。

洛老夫人帶著何氏與施氏去了花廳，第一句卻是問何氏。「老大家的，妳是不是怪上婉兮了？」

不防洛老夫人問得這般直白，何氏愣了下才扯了扯嘴角。「母親說的什麼話，如兒嚇壞了，才會胡言亂語，母親別和她一般見識。」

洛老夫人定定地盯著何氏，直把何氏看得渾身不自在。半晌洛老夫人幽幽開口：「別以為我老了，就老糊塗了！」

「兒媳不敢！」何氏忙道。

洛老夫人冷笑一聲，不理惶恐不安的何氏，徑直道：「我不糊塗，糊塗的是妳。婉如對婉兮做的那些事，妳隨便找個人問問，到底誰是誰非？」

何氏臉色一僵，吶吶道：「婉如已經知錯了。」

「我說了，我還沒老糊塗，她知沒知錯，我有眼睛看得出來。我實在不明白她哪裡來的底氣怨怪婉兮，婉兮的確用了一些心計，但她這都是為了自保，不是害人，否則早被妳們娘倆連皮帶骨拆了！」洛老夫人說得毫不客氣。

何氏只覺得臉龐火辣辣地燙，尤其施氏似笑非笑的眼神掃過來，就像火燒一般。

「她年紀小不懂事，妳也年紀小不懂事?!」說到這裡，洛老夫人語重心長。「護短不是妳這麼護的，妳這樣只會害了她。妳看看江家那丫頭，就是被她母親生生慣壞的，妳這麼不問是非黑白地護著婉如，是要把婉如養成下一個江翎月？妳去外面打聽打聽，大夥兒是怎麼評價那丫頭的。」

何氏張了張嘴，一時說不出話來。

洛老夫人深諳打一棍給顆甜棗的計策。「妳回去好好想想我說的對不對。婉如身受重傷需要靜養，暫時就在府裡養著，等她好全了，還是得回家廟。日常用度上我不會虧待她，那是我親孫女，只是我會給她安排兩個妥當人磨她性子，會吃點苦，但都是為了她好，現在吃苦，日後才能享甜，否則就她那性子，自家人都忍不了，更遑論外人？等她性子改了，我就把她從家廟裡接出來。」

到底是親孫女，洛老夫人哪裡真捨得讓她一輩子待在家廟裡。再有，洛婉如要是出不了家廟，何氏還不恨毒了洛婉兮？大房其他人也會心存芥蒂。

何氏既驚且喜，她把洛婉如弄出家廟和洛老夫人開恩，完全是兩回事，不禁真心實意道：「多謝母親開恩。」

洛老夫人擺了擺手。「別謝我，這都是婉兮的意思，她說了，她二姊大好年華，從此青燈古佛蹉跎一生太可惜了，有道是知錯能改，善莫大焉。」洛老夫人渾濁的雙眼透出一絲懾人的精光。「婉兮都做到這分上，妳們要是再咄咄逼人，別說我容不了，就是這天，」洛老夫人指了指天。「都容不下了！」

被洛老夫人這樣盯著，一股涼意順著腳底竄上心頭，六月的天，何氏生生打了個寒顫，垂首道：「四姪女的恩，兒媳記著了。」不管這真是洛婉兮的意思還是洛老夫人自己的意思，這人情都得記在洛婉兮身上。

「妳自己說的話自己記著。佛家有句話，人不可太盡，事不可太盡，凡是太盡，緣分勢必早盡。」洛老夫人盯著何氏，語調冰涼。「譬如這江家，如此欺人太甚，也就怪不得咱們家不顧情分了。」

何氏心下一驚，聽老太太這話像是有南寧侯府的把柄？

洛老夫人轉了轉腕上的佛珠，緩緩道：「韓氏這個女人不是善茬，婉如傷了她女兒，以她性子豈會善罷甘休？我把婉如送到家廟，一是懲戒，二是保護，可妳偏偏……」

洛老夫人恨鐵不成鋼的看著何氏，何氏瞬間面無人色，身子搖搖欲墜。

「罷了，事已至此，多說無益。」洛老夫人合了合眼，嘆了口氣，接著道：「出事後我就讓人盯著那邊，倒遇著了一樁事。那江翎月因為被個孩子多看了幾眼，說了句醜八怪，幾鞭子下去活活把人打死了，那孩子可是良民！」

何氏喜出望外，這種事民不告，官不究，可一旦追究起來，江翎月未滿十五，又是侯府千金，雖死不了，但也得脫一層皮。

驚喜過後，望著神情平和的洛老夫人，何氏突然一陣骨寒毛豎，老太太不聲不響的捏了南寧侯府一個把柄，那自己呢！

雞鳴報曉，晨光微曦，臨安城的百姓又開始了新一天的生活。上工的、開門做生意的、外出採買的……坊市內人來人往，好不熱鬧。

人聲鼎沸的東市內突然跑來一個十幾歲的少年，瘦黑的臉上滿是看熱鬧不嫌事大的興奮。「出大事了，三家村的人把侯府大姑娘告了！」

街上霎時一靜，繼而嗡嗡嗡亂響起來。

認得那少年的一個大娘開口，聲音洪亮。「劉小三，你把話說明白了，什麼叫三家村告侯府姑娘，他們哪來的膽子？」侯府姑娘，那是多矜貴的人物！

見所有人都巴巴望著他，滿足感油然而生的劉小三頓時眉飛色舞，就差沒有手舞足蹈了。「我哪知道他們吃了什麼才有這熊心豹子膽，反正我剛從知府大衙那兒經過，就見三家村的人抬著一口棺材在那兒擊鼓鳴冤呢，哭訴侯府大姑娘打死了他們家小孫兒。」

達官權貴向來不把他們這些平頭百姓放在眼裡，死個人在他們眼裡根本不是事，眼下見有人竟然敢狀告侯府，劉小三只覺得揚眉吐氣。

有這想法的不在少數，頓時買賣也不做了，抬腳就走。有一個人帶了頭，就有第二個，不一會兒呼啦啦一群人都去了。

等他們到了府衙一看，黑壓壓一片都是人頭，來看熱鬧的還真不少，畢竟是平民告侯府，這事一輩子都遇不上一茬，錯過這村就沒這店了。

大堂之上，如坐針氈的知府朱成全聽說百姓越聚越多，臉色陰沈得幾乎能滴下墨汁來。老百姓看的是熱鬧，他還不知道？這分明是神仙打架，凡人遭殃！要沒人撐腰，給三家村的人十個膽子也不敢狀告侯府。

朱成全低頭看向狀紙，頭疼欲裂。這份狀詞根本不是一般人寫得出來的，前腳江家大姑娘剛把人逼得滾下山坡，在鬼門關走了一遭，後腳三家村的人就來了，一個月前出的事，突然在這個節骨眼上事發，不是洛家還能是哪家？

城門失火，殃及魚池，朱成全一個頭兩個大，與焦頭爛額的師爺面面相覷，不約而同露出一個似哭非笑的表情。

「師爺可有良策？」

師爺擠出一個比哭還難看的笑。「證據確鑿！」幾乎半個村子的人都親眼目睹江翎月如何鞭打死者，上前求饒說情的也都挨了打。

朱成全苦笑著搖搖頭，得罪南寧侯府非他所願，但是他若執意為了討好南寧侯府而顛倒是非黑白，漫說這悠悠眾口難堵，便是洛家那頭也饒不了他。洛家上面是有人的，倘若他們把事情往上捅，自己這烏紗帽難保。

權衡片刻後，朱成全嘆息。「大勢所趨，侯府那管家還請師爺打發了吧！」

師爺當即綠了臉。南寧侯府在這臨安城橫行無阻慣了，得臉的下人譜擺得比知府還大。

朱成全不看師爺的臉，一本正經地清咳了兩聲。「來人，去侯府把江家大姑娘帶來。」

被朱成全點到的趙捕頭臉色瞬間比師爺更難看。

望著屬下雙雙在他眼前上演變臉，朱成全不由苦笑，南寧侯府之勢大可見一斑，然事到臨頭也由不得他退卻。「還不快去！」

趙捕頭不得不硬著頭皮向朱成全抱了抱拳，腳步沈重地離開，如赴刑場。

到了南寧侯府，一行人就見侯府大門和側門皆是緊閉，趙捕頭吩咐一人去敲門，半晌都無人應，顯然南寧侯府是不打算開這門了。

望著正紅朱漆的大門，趙捕頭低頭看著自己手中的文書犯了難，難道要強闖？

府內，南寧侯夫人得知那群人還站在那兒不走，氣得摔了骨瓷做的茶碗。「怎麼，不把月兒帶走他們還不甘休了！」

丫鬟和婆子霎時跪了一地，個個噤若寒蟬。

南寧侯夫人怒氣難消，發狠道：「一群刁民！明明收了好處，答應守口如瓶，竟敢出爾反爾，當初……當初就不該留他們！」

許嬤嬤忍不住心下寒了寒，哪怕知道這只是她氣急之言，可那件事有那麼多人親眼目睹，怎麼滅口？只能重金封口。

南寧侯夫人瞥到她的神色，怒上心頭，一拍桌子便要喝罵，就聽丫鬟掀起簾子進來稟報。「長公主來了！」

南寧侯夫人大吃一驚，沒想到自己這位滿心滿眼只有羽化成仙的的婆婆竟然來了，也不知是福是禍？

收斂怒色後，南寧侯夫人站起來出迎。

文陽長公主一身褐色道袍，半白的頭髮用一根白玉簪綰起，其餘再無一件飾物，若是在外頭遇上，絕不會相信她是堂堂長公主。

第十九章

「母親。」南寧侯夫人略有些侷促。

文陽長公主抬起眼皮看她一眼，命令道：「讓他們把翎月帶走，不許生事！」

南寧侯夫人臉色一白。「母親，月兒要是進了衙門，以後她怎麼見人！」

「不讓他們把人帶走，妳信不信過幾天就有人參我們家藐視王法！為了她，妳要賠上整個侯府不成?!」

南寧侯夫人僵住了，突然急急道：「母親，要不咱們就說是奴才做的！」

文陽長公主冷冷地直視她。「一群人指證是翎月親自動手的，此事已經鬧得人盡皆知，妳若一意孤行，只會鬧得民怨沸騰。防民之口甚於防川，妳還真以為咱們家能在臨安隻手遮天？聖駕就在蘇州府，妳要等陛下親自垂問嗎？」皇帝心血來潮下了江南，如今正在蘇州府拙政園內。這廂南寧侯夫人仗勢欺人，那廂正好借題發揮，洛家還巴不得她犯蠢呢。

南寧侯夫人臉色青一塊紅一塊，惶惶然地看著文陽長公主。「母親，那月兒、月兒以後可怎麼辦！」

文陽長公主冷聲道：「時至今日，妳覺得她還有以後?!」

南寧侯夫人瞬間血色褪盡，哆嗦著唇不敢置信地看著文陽長公主。

文陽長公主一甩衣袖。「早知今日，何必當初？」說罷揚聲道：「把大姑娘帶出去！」

南寧侯夫人勃然變色，撲通一聲跪在文陽長公主面前，拉著她的衣袖苦苦哀求。「母親，您不能這樣，月兒是您親孫女啊！」

文陽長公主拂開她的手，冷冷道：「除了孫女，我還有孫子，難道要為了她把整個家族都折了進去？要怪只怪妳縱得她小小年紀竟敢在光天化日之下草菅人命，簡直無法無天！來人，帶夫人回院子，沒我的命令，不許踏出半步！」說完直接甩袖離去，

「母親！」南寧侯夫人失聲大叫，撲過去就想攔住文陽長公主，卻被嬤嬤一把攔住，只能眼睜睜看著文陽長公主消失在眼前。

南寧侯夫人眼中光亮驟然黯淡，渾身無力地坐倒在地上，淚如雨下。南寧侯前去蘇州見駕，而文陽長公主袖手旁觀，她的月兒……是完了啊！

另一頭，朱成全得知趙捕頭成功帶回江翎月，著實鬆了一口氣，立刻火速審理，就怕夜長夢多。

這案子證據確鑿，又鬧得世人皆知，聖駕就在不遠之外的蘇州府，他萬萬不敢徇私枉法，一切都按律法行事。

最終因江翎月未滿十五從輕處理，加之南寧侯府交了贖金，故而江翎月挨了板子。眾目睽睽之下，打了四十大板。

行完刑，鮮血淋漓的江翎月立刻就被侯府下人匆匆抬走。這傷看著重，其實朱成全已是手下留情。掌刑的都是老手，雖然打得皮破血流，但骨肉不傷，不過對權貴而言，顏面之傷更甚於皮肉之苦。

臨。

至此，事情方告一段落。南寧侯夫人差點哭瞎一雙眼，殊不知更大的禍事正在悄悄來臨。

一陣涼風習習拂過，清澈的湖面上漾起層層漣漪，湖中荷花搖曳生姿，暗香浮動，如此美景卻無人欣賞。

林蔭匝地小島上的諸位文武大臣，皆聚精會神地看著陷入回憶中的皇帝。

當今聖上四十有六，鬚髮皆白，瘦骨嶙峋。被景泰帝囚禁的那七年熬垮了他的身子，以至於他一復辟便近乎走火入魔的求仙問道，就是為了多活幾年，不過顯然，收效甚微。

「亮程的外孫！」皇帝無限感慨地嘆息一聲，目露追憶。

楊華，字亮程，曾為吏部尚書，後因主張迎他回朝而被景泰帝抄了滿門。

現任戶部尚書兼華蓋殿大學士的楊炳義也是一臉的感慨，搖頭嘆息。「這孩子也是可憐，打出生就沒了娘，亮程走後沒多久又不慎墜馬，摔斷了腿。」

亮程走後沒多久又不慎墜馬——

準確抓到楊炳義口中重點的皇帝，渾濁的眼底倏爾閃過一道精光，抬眼找到人群之中的南寧侯。可真巧啊！

南寧侯眼皮微微一跳，神情自若道：「臣長子自從外家罹難便性情大變，遂臣送他去別莊休養，萬不想這孩子騎馬散心時不慎墜馬，臣遍請名醫都治不好他的腿。故而他性子沈鬱，不喜見人。」說著面上浮現痛惜之色。

在天順帝復辟之後，他就擔心這個問題，尤其和楊華交好的楊炳義又官復原位。然已成事實，無可更改，他原想把江縱陽從別莊接回侯府補救一二，不想妻兒反應激烈，家無寧日。不勝其擾之下他只能把江縱陽又送了回去，默許妻子將他養廢，卻不能傷及性命。

「那就讓御醫去瞧瞧可有挽救的機會，也是朕對亮程的一份心意。」皇帝頗有些愧疚。楊華一門滅族，連族中稚兒都沒逃過一劫，眼下就剩下這麼一個外孫，可自己卻從沒想起過。

「陛下仁慈。」眾臣不約而同地恭維。

楊炳義誠惶誠恐道：「臣該死，忘記稟報陛下，江縱陽腿疾已經痊癒。」

南寧侯悚然一驚，險些維持不住臉上的鎮定，轉頭盯著楊炳義。

心情愉悅的楊炳義道：「臣昨兒出門正偶遇他，陛下可知，他長得像極了亮程，臣一見之下大為驚奇，忍不住上前攀談，才得知他竟是亮程外孫。一問之下方得知，他的腿疾在月前已徹底康復，馬上就是南寧侯生辰，遂他悄悄前來，便是為了在生辰當天給侯爺一個驚喜。」

對南寧侯府家事略有耳聞的皆覷著南寧侯的臉，心想該是驚嚇吧！

「倒是個孝順的。」皇帝笑著說了一句。「既然人在蘇州，那就讓朕瞧瞧是否真的像亮程！」

楊炳義便道：「他就住在城內的藍雲客棧內。」

當下便有宮人離開了。

藍雲客棧離拙政園不遠，不一會兒，人就到了。

但見他面如冠玉、劍眉星目、目光灼灼，在這樣的場合依舊神態從容、步履穩健，覲見皇帝時聲音四平八穩，不少人紛紛高看了他幾分。

再看南寧侯的視線就摻雜說不清道不明的意味。被這麼多人用目光掃視的南寧侯臉皮不由自主地抽了抽，馬上又變為激動，雙目中緩緩溢出水光，恍若一個喜極而泣的慈父。

皇帝也有些激動，盯著江樅陽連連道：「像！與亮程年輕時有五分像！」說著情不自禁想起當年，楊華從小小的太子洗馬到一人之下萬人之上的內閣輔臣。彼時他意氣風發，他還沒有被瓦剌俘虜，沒有遭遇土木堡之變，更沒有像條狗一樣被景泰關在南宮。

「亮程兄若知道自己有此外孫，也要含笑九泉了。」楊炳義一臉動容。

皇帝便想起楊華一族絕了後，再看江樅陽眼神更溫和，於是對南寧侯道：「你府上可立世子了？」南寧侯府遠在江南，一心求道升仙的皇帝還真不清楚。

南寧侯心下一沈。果然來了。

「乃臣次子。」又解釋：「因長子有腿疾，故臣才不得不退而求其次，眼下既然他已經痊癒，世子之位自然該交給他。」

嫡長子繼承爵位天經地義。話說到這分上了，自己不主動提，皇帝也要開口，還不如自己開口，還能留下幾分顏面。

皇帝滿意地點了點頭。「長幼有序，合該如此！」他老人家身為嫡長子卻被庶出的弟弟篡了位，可以說廢長立幼是他的一片逆鱗。

見著了故人後，皇帝憶起了自己的崢嶸歲月，興致頗高，還考校了江樅陽，見他舉止恭謹，對答如流，心中大喜，令他留在拙政園陪駕，方下去休息。

諸人恭送了皇帝，也三三兩兩的離開，視線若有似無地在南寧侯父子倆身上繞過。

南寧侯第一次認認真真打量江樅陽，才發現長子竟然比他還高了小半個頭，這是他以前從沒發現過的。

南寧侯仔細回憶了下，心下恍然。從前在他面前，這兒子總是躬背低頭，不像這會兒抬頭挺胸。他的目光不由自主地定在江樅陽的右腿上，忽見他往前走了一步。

南寧侯猛然抬頭，就見江樅陽對他微微一笑。「父親，我的腿好了，您高興嗎？」

南寧侯緩緩笑了，拍了拍他的肩膀，盯著他的眼睛道：「為父自然高興！」到底年輕呢，以為攀上楊炳義就能揚眉吐氣了。

江樅陽眉峰不動，似乎沒有感覺到肩膀上傳來的疼痛，毫不避讓地回視南寧侯。「那我便安心了，在來之前生恐驚到您。」

南寧侯眯了眯眼，正想說什麼，餘光瞄見一人，收回手一拱，恭敬道：「凌大人！」

江樅陽回頭便見被大臣簇擁著一步步走近的凌淵，冷峻清雋，不怒自威，垂下眼行禮。

凌淵嘴角勾起一抹笑，饒有興致地看了江樅陽一眼，當初在南寧侯府他都看走眼了。

而看走眼的何止凌淵，南寧侯也是，他萬萬想不到會栽在江樅陽手上。

看了一場大戲的陸釗一回到屋裡終於忍不住了。「姑父您說，這次南寧侯是不是完了？」皇帝心血來潮跑去巡視河工，不料一個倭人跑了出來，把兩年前南寧侯副手趙芳昌私自扣下倭國求和國書、假傳聖意的事情揭露出來，眼下皇帝已經疑心上了主掌江南水軍的南寧侯，限楊炳義三日內找出行蹤不明的趙芳昌。

「至關重要的人證和物證都沒了，想一竿子打死江進很難。」凌淵在青鸞牡丹團刻紫檀椅上坐下。

「萬一還有漏網之魚呢，畢竟姑父也沒想到會冒出一個倭人來不是？」陸釗故意道。

凌淵抬眸睨他一眼。「你很高興？」

陸釗清咳兩聲，摸了摸喉嚨。「姑父想多了。」說著瞄到紫檀平角條桌上的茶壺，倒了一杯遞過去。「要是他來求您，姑父您會幫他嗎？」

凌淵往後靠了靠，淡淡道：「眼下之事與我何干，要怪就怪他的好兒子去吧！」

陸釗大吃一驚，不敢置信。「姑父您是說，那個倭人是江樅陽找來的？我就說他怎麼能如此順利的見到陛下……不對啊，姑父，您怎麼會這麼清楚？」

猛地，他倒抽一口涼氣，期期艾艾湊過去問：「您早就知道了！那您怎麼不幫他，您不是要用他嗎？」

凌淵劃了劃杯蓋。「你不是不喜歡他嗎？」

陸釗愣了下，頓時感動到不行，巴巴地看著凌淵。

凌淵看了他一眼，冷冷道：「我只是不想你天天在我耳邊唸叨。陸釗，外人知道你話這麼多嗎？」

陸釗氣結，滿腹的感動登時消失無蹤。順了順氣，他想起了另一件事。「那南寧侯會不會為了自保，把姑父拖下水？」

凌淵合上茶蓋，抬眸要笑不笑地看著陸釗。

陸釗打了個哆嗦。南寧侯要真敢攀扯姑父，絕對會後悔的。

三日後，楊炳義依舊沒有找到趙芳昌的下落，心知此人已是凶多吉少。大慶這麼大，隨便往哪個旮旯裡一埋，想找到除非神仙顯靈。

幸好兩年前的國書之事他有了眉目，起碼在皇帝面前有個交代。趙芳昌雖然失蹤了，但是他的副官和屬下還在，憑著一些蛛絲馬跡，楊炳義終於撬開這些人的嘴，確認兩年前確有國書一事，但想藉此定南寧侯的罪卻不能夠，因為事情都是趙芳昌出面，南寧侯根本沒有露面，加上文陽長公主從臨安趕來求情，最終皇帝以失察的罪名革了南寧侯的職，令他在家反省。

一波未平一波又起，臨安城上下還沈浸在南寧侯府世子之位更迭的不可思議中，冷不丁又聽聞南寧侯竟然被免職，一樁緊接一樁，應接不暇的眾人一時半會兒都反應不過來。好一陣子，街頭巷尾、茶寮飯館都在議論南寧侯府。

有南寧侯府的是非在前頭頂著，洛府分家之事便顯得不那麼引人注意了，洛家對此樂見其成，畢竟誰願意自家之事被別人放在嘴上說來說去？

洛氏宗族內德高望重的族老並三位姻親長者被洛老夫人請來旁觀分家，也作為見證。

祖宅祭田這些是必須要留給嫡長子的，洛老夫人便將其餘財產等分成八份標上記號，接著將寫了相應記號的紙投入錦盒之中，由各房上來抽取。嫡出的大房、三房、四房可取兩份，剩下的二房和五房各一份，之後若嫌自己的東西不好，只能怪自己手氣不好。

這都是事前就說好的，故進行得頗為順利，洛老夫人又留了前來旁觀分家的親友用膳，其樂融融。

洛府分家之事自此圓滿結束。

若說有誰不滿，那便只有二夫人葉氏了。她堅信洛老夫人藏了一部分家財給自己親生的那幾個，卻偏要做出一副公平的嘴臉。葉氏面上不敢顯露，私下回到屋裡好一通牢騷，可也只敢腹誹兩聲，人前一個字都不敢吐露。

她找了個藉口趕緊離開臨安，洛老夫人自然不會留她，到了七月，施氏也要離開。一改葉氏時的不以為意，洛老夫人萬分不捨，可兒子那處需要主母打點，幾個孫兒也需要母親照顧，遂洛老夫人不得不忍痛放行。

洛婉兮和洛鄴也依依不捨，尤其是小洛鄴，一聽施氏要走，抱著施氏的腰就哭了起來。他自襁褓中失去了母親，洛老夫人和洛婉兮再疼他，也彌補不了喪母的缺憾，而施氏在某種程度上滿足了他對母親的幻想。

「四嬸，妳能不能不走？」洛鄴抱著施氏，甕聲甕氣道。

洛婉兮柔聲道：「鄴兒聽話，四叔還等著四嬸回去呢！」她沒敢提四房兒女，就怕洛鄴吃醋。

施氏憐惜地摸了摸他的腦袋，一把將他抱到膝上，溫聲細語地哄道：「你在家乖乖聽祖母和姊姊的話，四嬸儘量在過年時回來看你好不好？」

洛鄴摟著她的脖子，眼淚汪汪的看著她，過了會兒才點了點頭，帶著哭腔道：「您一定要回來啊！」

施氏被他看得心都要化了，真恨不能把他也帶走，幸好理智還在，知道洛老夫人是不會捨得的。「好，四嬸一定回來看你。」去年他們沒回來，今年不出意外是要回祖宅過年的。

洛鄴這才破涕為笑，又不放心地抬起手要和她打勾勾。

施氏被他逗笑了，寵溺地與他打勾勾，又哄了他一會兒，把他哄睡了才交給奶娘。

施氏又與洛老夫人話別。說了幾句，洛老夫人看時辰不早了，怕她誤了行程，便催促道：「妳也該走了。」又道：「婉兮送妳四嬸一段。」

洛婉兮應了一聲，與洛老夫人行過禮後隨著施氏出了門，上了馬車。她打算送到郊外。

施氏倒也不阻止，坐在馬車內，拉著她的手語重心長道：「遇上難事，妳別憋在心裡，若不想驚到妳祖母，那就和隔壁三叔三嬸說，二老都是公道寬厚人。或寫信告訴我和妳四叔也是可以的，我回來一趟也方便，別吃了虧都不說，知道嗎？」

洛婉兮笑道：「四嬸放心，我是那種吃啞巴虧的人嗎？」

施氏自然知道她不是逆來順受的性子，可不怕一萬，就怕萬一。「大嫂那兒我瞧著她是想通了，應該不會再為難妳。但婉如那兒，我冷眼看著這丫頭心眼小，還不正，沒了大嫂幫襯，雖然不足為懼，但小心駛得萬年船，妳還是得當心些。」

洛婉兮心下感動，握了握施氏的手。「我明白。」

施氏嘆息一聲，瞧著她比枝頭初綻的花還要鮮嫩妍麗的臉，伸手摸了摸。「嬸娘到了山東會給妳留意著。」她就不信沒了許清揚那偽君子，就憑她姪女這品貌找不到比他更好的。

洛婉兮低了低頭，似在害羞。

施氏忍俊不禁，不再取笑她，拉著她絮絮叨叨地叮囑。

正說著，馬車忽然一晃，差點磕到腰的施氏沒好氣地呵斥：「怎麼回事？」

「回夫人，車軲轆壞了！」車外傳來小心翼翼的解釋。

施氏掀起簾子質問：「出發前不是叫你們檢查過？」

車夫只能唯唯諾諾賠不是。

見此，施氏氣都氣不起來，只板著臉問：「多久會修好？」

車夫覷著施氏不悅的臉色，忙道：「稟夫人，換個車輪，一盞茶的工夫便好了。」

如此施氏和洛婉兮便下了馬車，這兒前不著村，後不著店，兩人又不願意去其他馬車裡坐，索性在路邊的大樹下擺了兩張小椅，丫鬟又在茶几上放了涼茶和瓜果。

喝了一口涼茶，施氏怒氣稍減，搖著團扇道：「出門不利，這一路怕是不太平。」

洛婉兮也搖著扇子笑道：「這是老天知道我不想這麼快和四嬸分開，替我留人呢！」

施氏嗔她一眼。

「既然這麼捨不得我，不如和我一道走算了。」

「只要祖母答應就成。」洛婉兮把球踢了回去。

施氏笑著拿著扇子指了指她。「少在這兒和我貧嘴。」話音剛落，就聽見一陣急促的馬蹄聲，她循聲望去，只見大路盡頭一行人飛馳而來。

洛婉兮也旋身眺望，待來人靠近，不由驚訝。

第二十章

施氏見到她的模樣，便問：「妳認得？」

洛婉兮低聲道：「南寧侯府新世子。」

施氏挑眉，南寧侯府這位新世子可是近來的風雲人物，多年腿疾痊癒，重新奪回世子之位，還有救駕之功。

說起救駕這事，起因於天順帝聽聞蘇州城外有個老神仙，便帶著人微服拜訪，哪想這個老神仙是景泰餘孽特意為他準備的陷阱。

天順帝在南宮被幽禁了七年，都有人助他復辟。景泰帝倒臺不足五年，自然也有死忠之人難忘舊主。雖然景泰帝已經死了，但也沒妨礙他們刺殺天順帝為主報仇的心。

皇帝對江樅陽青眼有加，走到哪兒帶到哪兒，也幸虧他帶了江樅陽，否則這次怕是真要折在蘇州了。

自古功高莫過於救駕，這不一轉身，江樅陽就成了正四品錦衣衛指揮僉事，自此陪王伴駕，一步登天。

「聖駕返京，他不陪在陛下身邊，怎會出現在這裡？」施氏納悶。險些丟了性命的皇帝哪裡還有心思南巡，當即決定返京。

「許是回來收拾一下再進京吧！」洛婉兮道。

施氏想想也覺有理，感慨了聲。「十八歲的指揮僉事，後生可畏啊！」有救駕之功，還是皇帝外甥孫，憑這兩點，此子前途就不可限量。她忽然想到了南寧侯府那些傳聞。「侯府怕是要熱鬧了！」

剛說完就見江樅陽勒馬停在不遠處，施氏一驚，忍不住懷疑難道自己的話被他聽到了？驚疑不定間，就見江樅陽竟然翻身下馬，往她們這邊走來，施氏不由站了起來。

洛婉兮手上搖扇的動作一頓，望著一步步走來的江樅陽，一時間也猜不到他的來意。

江樅陽停在幾步之外，抬手朝施氏恭謹道：「表嬸！」

施氏微微一怔，不過很快就回過神來，和善地點了點頭。站在施氏身旁的洛婉兮則屈膝一福。

江樅陽看著她略一頷首，對施氏道：「表嬸的車壞了，可需要幫忙？」

施氏含笑道：「不用麻煩賢姪，家僕就能解決。」又關切問：「聽說賢姪救駕時受了傷，可是要緊？」

江樅陽道：「小傷不礙事，多謝表嬸掛念。」

「那就好。」施氏又笑。「還沒恭喜賢姪呢，年紀輕輕便是指揮僉事，前途無量呀！」

江樅陽謙虛道：「僥倖而已。」

又說了幾句，江樅陽才告辭。

望著他離去的背影，施氏收回目光，視線在洛婉兮臉上轉了轉。「他就是專門過來打個招呼？咱們兩家都鬧成這般田地了。」

洛婉兮沈吟了下道：「他和家裡的矛盾怕是比我們還大，說不定是覺得我們替他出了一口氣呢！」

施氏深深看她一眼，她留意到江樅陽與她說話時看了洛婉兮好幾眼，看得她心驚肉跳。不說南寧侯那個爛攤子，單看他入了錦衣衛，施氏就不會答應，本朝錦衣衛連同東、西廠的名聲實在一言難盡。

「可能吧！他也是個可憐的，只是錦衣衛啊，再好的人入了那地方也難獨善其身了。」

洛婉兮彎了彎嘴角。「選擇都是自己做的。」

施氏瞧她神色如常，便覺自己似乎是杞人憂天了。

目送施氏一行人消失在視線之中，洛婉兮方帶著人返回。

倚在榻上的洛老夫人見了洛婉兮便道：「妳也累了，下去歇著吧！」

洛婉兮溫聲道：「坐馬車呢，並不累。」又問：「鄴兒醒了嗎？」

洛老夫人無奈地搖了搖頭。「還睡著呢，醒來怕是得鬧。」

「那我在這兒等著，醒來也好哄哄他。」

洛老夫人看她氣色並不十分疲憊，便道：「也好，越大越不好哄，也就妳能制伏得了他。」

這時，蓮鶴打起簾子進了屋，手裡拿著一封信，福了福道：「老夫人，大老爺來信了！」

洛婉兮不由看向蓮鶴手裡的信，這當口來的信，十有八九與她的親事有關。

見此，洛老夫人便道：「妳替我看看，妳大伯寫了什麼？」她年紀大了眼睛不好，這兩年的信都是洛婉兮替她看並代她執筆。

蓮鶴便捧著信走到洛婉兮跟前交給她。

洛婉兮接過信，拆開一看，飛快掠過一遍，心中石頭落地，面色複雜地抬頭對洛老夫人道：「大伯信上說許清揚養了一個外室，大伯會以此為理由與許家退婚。」

洛老夫人愣住了，不敢相信自己的耳朵，坐直了身子。「外室?!」

洛婉兮面色赧然，輕輕地點了點頭。

洛老夫人這才反應過來，這等骯髒事哪裡能讓個未出閣的姑娘家知道，可她怎會知道信裡寫的是這些，眼下後悔也晚了，看都看了，再讓她避開也於事無補。

索性洛老夫人也不管了，只問：「到底怎麼回事，妳伯父信裡可有寫明白？」

洛婉兮看了看信，斟酌了下用詞。「伯父說那女子是一個歌女，為許清揚所救後安置在外頭。許清揚帶她出行時偶遇誠郡王府的二公子，雙方起了爭執，許清揚還打傷了郡王府的二公子。」

聽罷，洛老夫人久久回不了神。先是與洛婉如暗通款曲，再是與一歌女不清不楚，洛老夫人不禁一陣後怕，幸好看穿了他的真面目，否則真等婉兮嫁過去，可不就是進了火坑？

洛老夫人心有餘悸，看著洛婉兮道：「妳姨祖母信裡將他誇得天上有、地下無，就是我派了人調查，也說他是個好的，萬萬想不到，他竟然是這樣一個人，差一點……差一點就誤了妳的終身啊！」

洛婉兮寬慰道：「知人知面不知心，眼下知道了也不晚。」

洛老夫人連連點頭。「經此一事，妳和許清揚退婚之後，外人也不會過於苛責妳了。」因為許清揚之父許大老爺隨王伴駕，故留守京城的洛老大爺還沒有向許家提出解除婚約之事。這門親事是許大老爺親自定下的，且許大老爺為人頗為方正，遂洛大老爺想等許大老爺回京後再攤牌。

於這洛老夫人是同意的，她也希望許大老爺能看在故去的洛三老爺分上，退婚時儘量多擔點責任，畢竟退婚這事對女兒家傷害更大。哪想許大老爺沒等到，倒是等來了許清揚的外室，這可真是瞌睡送來了枕頭。

壓在心口多日的石頭總算是搬走了，洛老夫人露出笑容，伸手把洛婉兮招到身邊坐下，捋了捋她的額髮，感慨道：「逢凶化吉，我們婉兮是個有後福的。」這一樁樁看著凶險，可這孩子都有驚無險地度過了。

「都是菩薩保佑。」洛婉兮柔聲道。

她一說，洛老夫人就想起上次去珈藍寺許下的願望，其中一條就是關於她和許家的婚事，如今看來是實現了。遂洛老夫人點了點頭。「確是菩薩保佑，趕明兒咱們再去寺裡還願。」

「好。」洛婉兮應道。

過了幾日，洛婉兮和許清揚成功解除婚約的消息傳回來。落在不知情的人眼裡不免同情起洛婉兮，這樣的身世，又退過一次婚，怕是再難尋到比許家更好的親事了。

許家那公子是有些不檢點，可年少風流，一時被迷了眼也不是什麼十惡不赦的大罪，洛家就為此退了婚，似乎有些小題大做。

不過這只是一部分人的想法，另一部分卻覺得，這還沒成親呢，就置了外室，婚後還不知怎麼變本加厲，這樣的男子豈是良配？就是可惜了洛婉兮揹上退婚的名聲，哪怕錯不在她，可這世道對女子就是苛刻。

不管怎麼樣，洛婉兮都是被同情的那一個。

外頭的風言風語，洛婉兮自然清楚，她雖不想成為別人茶餘飯後的話題，但也好過被別人猜測是不是她哪裡不好，才會讓許家解除婚約，屆時就不是同情而是異樣的打量了。

明明是別人的錯，卻受到了牽累，洛婉兮不免鬱鬱。她覺得屋內燥熱，便去荷風涼亭避暑。

此亭位於湖心，四面環水，荷花亭亭玉立，縷縷湖風吹得人心曠神怡。洛婉兮坐在美人靠上有一下沒一下地扔著魚食，煩躁之感稍褪，突然被人輕輕推了下肩頭。

柳枝低聲提醒。「二姑娘來了！」

洛婉兮秀眉一揚，望向曲折長廊上被前呼後擁的洛婉如。

洛婉如並非衝著洛婉兮而來，因為受傷，府醫叮囑她不可用冰鑑，以免寒氣入侵。然屋裡悶熱，多少扇子都趕不走那股暑氣，洛婉如便想到了荷風涼亭。

誰知剛走到這裡，就看見亭中怡然自得的洛婉兮，她本就煩悶的心情更像是被人點了一把火。

緣分就是如此奇妙，有些人生來就不對盤。哪怕洛婉如心知肚明，自己有錯在先，可要不是洛婉兮咄咄逼人，自己絕不會落到這地步。

至今她都覺得是洛婉兮通風報信才會害自己被江翎月逼得滾下山坡，落下一身傷，因此她對洛婉兮的偏見之深，根本不是何氏幾句話就能化解的。

黃芪硬著頭皮道：「姑娘，咱們去別處吧！」瞧著小主子臉色，她怕兩人又鬧起來，何氏千叮嚀萬囑咐，不許她再惹事。

洛婉如陰沈沈地瞪著黃芪，她的丫鬟在那次事件中，打死的打死、發賣的發賣，所剩無幾，如今身邊都是何氏和洛老夫人派來的人。

三伏天裡，黃芪硬生生打了個冷顫，眼睜睜看著洛婉如推開她走向荷風涼亭。回過神後，黃芪命旁人在岸邊等著，只帶了一個心腹跟上。

「二姊。」洛婉兮站起來，福了一福。

洛婉如緊緊盯著洛婉兮白中透粉的臉蛋，回想鏡中面色蠟黃、憔悴不堪的自己，陰陽怪氣道：「恭喜四妹得償所願，怪不得如此好氣色！」

洛婉兮淺淺一笑。「二姊這話我可聽不明白。」

洛婉如嘲諷地一勾嘴角。「妳少在我跟前揣著明白裝糊塗。那外室難道不是妳的手筆？四妹可真是好手段，設計壞了清揚的名聲，自己便成了受害人。」說著臉色驟變，用一種恨不得將人抽皮扒骨的目光直視洛婉兮，咬牙切齒。「高，實在是高！我甘拜下風，怪不得我被妳害得這麼慘。」

洛婉兮臉上的笑意一點點收起來，看著洛婉如的目光憐憫而悲哀。「二姊覺得是我陷害許清揚？那妳有沒有想過，許清揚既然能在與我有婚約的情況下與妳暗中來往，如今妳一走就是好幾個月，寂寞之下他為什麼就不能再找別人？事情有一就能有二。」

洛婉如只覺得血液直衝頭頂，想也不想就掄起手掌揮向洛婉兮，尖聲道：「妳閉嘴！」

洛婉兮一把擒住她的手腕，望著額上青筋暴跳、眼睛都快瞪出來的洛婉如，並沒有動怒，而是幽幽一嘆，緩聲道：「二姊是真的懷疑我，還是難以接受自己喜歡多年並為之鑄下大錯的男子竟是如此不堪？」

洛婉如心頭一震，剎那間褪盡了血色。她全身哆嗦著瞪視洛婉兮，想反駁，可一個字都說不出來。

洛婉兮垂了垂眼簾，放開洛婉如，後者身子一軟，癱在了黃芪懷裡，瑟瑟發抖。

「二姊，他非良人，妳放下吧！」洛婉兮嘆息一聲。

洛婉如哆嗦著嘴唇，似乎想說話，可無名的恐懼壓著她、捆著她，讓她一聲都發不出，只能直愣著雙眼死死盯著洛婉兮。

黃芪心急如焚，一迭聲喚著她的名字。

洛婉如什麼都聽不到了，腦海裡只有洛婉兮那句「還是難以接受自己喜歡多年並為之鑄下大錯的男子竟是如此不堪」。

洛婉兮對黃芪道：「送二姊回去吧！」又嘆了一聲。「我知道我說的話不好聽，可二姊回去想想我說的話是否在理。一家子姊妹，打斷骨頭連著筋，我並不想和二姊鬧到水火不容的地步。」

黃芪如夢初醒，指揮人揹起洛婉如，神色複雜地看一眼洛婉兮。

瞧著這位四姑娘是好意，她說的那些話句句在理，要是洛婉如能就此想通，皆大歡喜。可往壞處想，洛婉兮的話一字一句恍若匕首，直插洛婉如軟肋，剜心刺骨，刀刀見血。

黃芪打了個哆嗦，恭敬地屈膝道：「二姑娘還在養傷中，胡言亂語，請四姑娘不要往心裡去。」

洛婉兮淡笑道：「我知道，妳快去照顧二姊吧。」

黃芪這才起身追上。

洛婉兮望著一行人漸行漸遠，嘴角一彎，眼底閃過一絲由衷的笑意。

稍晚一些，洛老夫人也知道了荷風涼亭之事。她拉著洛婉兮的手連連嘆氣，眼底滿是掩不住的失望，痛惜道：「許清揚到底給婉如灌了什麼迷魂藥，到了這地步還覺得他是好的，竟說出那樣的話來。」婉兮怎麼可能去設計許清揚，便是有心也無力啊，這麼淺顯的道理，她怎麼就不明白呢！

洛婉兮抿唇不語，她覺得洛婉如的事情她還是少插手為妙。

洛老夫人見她垂首不語，知道這孩子受委屈了，嘆了一聲道：「我看她傷養得也差不多了，可以動身去家廟了，希望在佛門清淨地，這孩子能把彎拐過來！」否則繼續如此冥頑不靈，這孩子就廢了。

洛老夫人拍了拍她的手，放柔了聲音道：「妳也早點回去休息，明兒還要去珈藍寺呢。」

「祖母也好生歇著，我先走了。」洛婉兮站起來道。

七月天，暑氣猶在，為了避開一天之中最熱的時辰，洛婉兮一行人在晨光中動身前往珈藍寺。除了洛老夫人和洛婉兮並洛鄴祖孫倆，一同前往的還有白洛氏和白奚妍。

在大殿上香還了願，洛婉兮還親手將厚厚的香油錢放入功德箱中。這是洛老夫人特意交代的，她老人家說一切都是菩薩保佑。

洛婉兮抬頭望著蓮台上寶相莊嚴的如來佛祖，突然笑了下，又飛快斂去，跪在蒲團上虔誠地磕了三個頭。

「婉兮要不要求個籤？」白洛氏問。

洛婉兮含笑搖頭。「我就不求了。」

這點洛婉兮隨了洛老夫人，信佛卻不好求籤。白洛氏也不強求，推了推白奚妍示意她去求。

白奚妍臉紅了下，咬著唇紋絲不動，白洛氏又推了推她。

洛婉兮忍住笑，撇過臉，哪裡不知道白洛氏這是要白奚妍去求姻緣籤。

說來白奚妍都有十四了，倒不是沒人求娶，而是白洛氏眼光高，於是高不成低不就，蹉跎至今。

白奚妍沒辦法，只好酡紅著臉抱住了籤筒，跪在蒲團上輕搖。

「啪嗒」一聲，一枝籤落地。

白洛氏比白奚妍動作還快，一把撿起來，對洛老夫人道：「母親，我們去解個籤文。」解籤處並不在大殿內。珈藍寺香火鼎盛，前來求籤者絡繹不絕，解籤處每次都大排長龍。

洛老夫人好笑道：「妳去吧，我有些乏了，先去廂房那兒歇歇。」

白洛氏便道：「那我們待會再過來。」說著便拉著白奚妍走了，好似怕晚了輪不著。

洛老夫人無奈地搖了搖頭。「妳這姑姑啊！」疼女兒是真心，卻好高騖遠，不切實際，不論是白奚妍還是白暮霖的婚事都被她耽擱了。

「表姊那樣好的人，佛祖絕不會虧待她的。」洛婉兮一邊扶著洛老夫人上軟轎，一邊柔聲道。

洛老夫人握了握她的手。「你們都是好孩子！」

洛婉兮柔柔一笑。

過了大半個時辰，前去解籤的白洛氏和白奚妍回來了，只見白洛氏滿面紅光，白奚妍含羞帶怯，顯然是好籤。

洛婉兮便有了調笑的心思。「表姊可是求到了上上籤，說來讓我們也高興一下！」

「高興一下！」坐在羅漢床上吃瓜的洛鄴百忙之中還不忘學嘴。

心情大好的白洛氏愛憐地擦了擦他嘴上的汁液。「的確是上上籤——風弄竹聲，只道金珮響；月移花影，疑是玉人來。」

第二十一章

洛婉兮低頭琢磨了下，笑道：「這是好事將近！」

白洛氏撫掌大笑，雙眼放光地看著白奚妍。「大師也是這麼說的。」

白奚妍被她看得發窘，頭都快低到胸口了。

洛老夫人心疼外孫女，遂道：「妳們剛從外頭回來，先喝口涼茶去去暑氣。」

白奚妍立刻如蒙大赦，而看出女兒窘迫的白洛氏也收斂了些，只嘴角忍不住往上咧。

洛鄴好奇地左看看右看看，天真無邪地問：「什麼好事——唔！」

洛婉兮將一塊香瓜塞進他嘴裡。「西瓜性涼，少吃些！」

這一打岔，洛鄴也忘了要問的問題，專心致志吃起瓜果來。

白奚妍悄悄鬆了一口氣，覺得臉還有些燙。

一時之間，屋裡只有洛鄴沒心沒肺吃水果的聲音，直到秋嬤嬤進來，頗有些古怪的開口。「老夫人，南寧侯府江世子前來向您請安。」

端著茶盞的洛老夫人手一頓。

白洛氏目光閃爍，這剛說到好事將近，江樅陽就來了。若是一個月前那會兒，她還不會多想，可眼下江樅陽今非昔比，貴為世襲罔替侯府的世子，還立下救駕之功，入了皇帝的眼，年紀輕輕就是正四品，前途不可限量。

然而一想到南寧侯府那堆糟心事，以及錦衣衛的風評，白洛氏到底心疼女兒，忍痛把心裡那點念頭拋了開來。

「阿姊！」洛鄴往後一仰抗議，阿姊把葡萄塞到他鼻子裡。

洛婉兮擦了擦他濕漉漉的鼻子。「不是和你說了，讓你當心些，你看你吃得滿臉都是。」

小洛鄴立刻懵住。

洛老夫人回神，詫異問道：「他怎麼在寺裡？」

秋嬤嬤道：「世子剛為亡母作完法事，聽說您在這兒，遂特意來請安。」

恍惚間，洛老夫人想起，前頭那位侯夫人楊氏似乎就是在七月裡走的。洛老夫人不由感慨，要不是楊氏兒子成了器，再過幾年，楊氏這個人都要被人遺忘在腦後了。

「這孩子倒是個孝順的。」孝子總是討人喜歡，尤其對老人家而言。

洛老夫人壓下心裡的疑惑，望了望屋內如花似玉的孫女和外孫女，終究沒讓兩人避開。畢竟江洛兩家是姻親，雖然如今兩府劍拔弩張，可既然江樅陽過來請安便是示好，若特地避開倒顯得刻意。

「請他進來吧！」洛老夫人吩咐道。

見到江樅陽本人後，白洛氏忍不住動搖了下。玉樹臨風，相貌堂堂，端的一表人才。再看他彬彬有禮，話雖不多，可也並不似她想像中那般因為無人教養而放蕩不羈，白洛氏這心裡就跟一百隻貓在撓似的，盯著江樅陽的臉色幾經變幻。

江樅陽說是來請安，還真是只來請安，向洛老夫人和白洛氏問了好便告辭了。

今兒來的也就洛鄴一個男丁，他年紀太小，遂洛老夫人只能讓秋嬤嬤親自送了出去。等人一走，沈甸甸的目光就往坐立不安的白洛氏望去。

白洛氏低了低頭，端起茶喝了一口，掩飾自己的尷尬。

洛老夫人壓了壓火，慈愛地看著洛鄴。「鄴兒，你不是要去後山看猴子？」來之前他就在嘮叨。

洛鄴興奮地站起來。「現在就去！」

洛老夫人和顏悅色道：「讓你表姊和姊姊帶你去，日頭大了，記得往蔭涼處去。」

洛鄴歡呼一聲，滋溜一下滑下來穿鞋。

白奚妍不安地看了看白洛氏。

白洛氏勉強笑了笑。「照顧好妳表弟、表妹。」

白奚妍這才應了一聲。

出了廂房，白奚妍抓著洛婉兮的手，怯怯地問：「外祖母和母親……」

「親母女倆有什麼可擔心的。」洛婉兮笑著安慰道。

方才白洛氏表現的確有些古怪，聯想之前的情況，洛婉兮也猜到了幾分。洛老夫人單獨留下白洛氏不外乎要把白洛氏罵醒。

一想也是，白奚妍放了心，不禁苦笑。

洛婉兮看明白的事，她也不糊塗。她母親向來如此，遇見個滿意的都想撮合他們，卻不看看是否合適，為此鬧了不少笑話。白奚妍有苦難言，可任她和哥哥怎麼說，白洛氏都聽不進去。

洛婉兮握了握她的手。「咱們可得走快點，鄴兒都快沒影了。」

白奚妍抬頭一看，洛鄴就像好不容易出了籠的小鳥，早飛遠了，幸好周圍跟著一群丫鬟和婆子。

白奚妍拋開煩心事，笑道：「那我們趕緊去吧！」

珈藍寺後山有兩絕，桃花海和獼猴。每年春天漫山遍野的桃花競相開放，恍若仙境。而這時節，正是果子成熟時，前來吃桃的獼猴便成了另一景。

這會兒日頭正烈，不怕曬而前來的都是些如洛鄴般的小孩子，指著樹上的獼猴嘻嘻哈哈，有那調皮的還拿著瓜果逗猴子。

這些猴兒受了珈藍寺佛光普照，似是知道在這佛門清淨地，無人會傷害牠們，故也不怕人。

成功投餵出兩塊香瓜的洛鄴小臉發光，洛婉兮和白奚妍可沒他這好興致，吩咐下人仔細看著，躲在樹蔭下有一搭沒一搭地閒聊。

直到跟著洛鄴的一小丫鬟急赤白臉的跑過來，洛婉兮眼皮一跳，猛地站了起來。

小丫鬟害怕得聲音都變調了。「九少爺不見了！」

洛婉兮霎時白了臉。「在哪兒不見的？」見小丫鬟杵在那兒不動，不禁怒道：「還不帶路！」

小丫鬟一個激靈回過神來，連忙站起來帶路，邊走邊道：「九少爺追著一隻小猴兒跑進西邊的林子裡，跑著跑著就沒了影，奴婢們找了會兒都沒找到。」

西邊那一片密林連著好幾個山頭，綿延不絕，洛鄴一個小孩進了那兒……洛婉兮捏了一手心的冷汗，吩咐桃枝。「回去多找些人來，與寺裡說一聲，請他們派些識路的僧侶幫忙。還有，暫時不要驚動祖母。」

桃枝見她再無吩咐，拔腿就跑。

白奚妍看她額頭都出了細汗，忙安慰道：「鄴兒一個小孩子能走多遠，妳別太擔心了。」

洛婉兮勉強對她笑了笑。以洛鄴的體力是走不遠，可山路崎嶇，她怕這孩子摔了，一想到渾身血淋淋的洛鄴躺在無人所知的角落裡……她不敢再往下想。

白奚妍見她一張臉因為擔憂和害怕而變得面無血色，只能拉緊她的手，無聲安慰。手中傳來的暖意讓洛婉兮緊繃的心神稍稍鬆弛了一些，到了洛鄴失蹤的地點，她把自己帶來的人分成幾批，讓她們分頭尋找，而她自己也帶人一頭鑽進林子裡。

可直到日頭漸漸偏西，落日餘暉籠罩山林，倦鳥開始歸巢，還是沒有洛鄴的行蹤，洛婉兮的心也如這山林中的氣溫般越來越涼。

「姑娘，天暗了。」柳枝硬著頭皮開口，再留在林子裡不安全。

洛婉兮抬手擦了一把汗，不知道是累的還是嚇的，臉色白得近乎透明。「再找！」

另一頭，弄得人仰馬翻的罪魁禍首此刻正趴在江樅陽肩上睡得香甜。

望著他家少爺肩頭那灘可疑的水漬，長庚不厚道地笑了。洛家這位小少爺可真是逗，小小一個人抱著顆桃子要哭不哭的坐在地上，一見他家少爺就嚎啕大哭，抹了少爺一身鼻涕眼淚，哭著哭著竟然睡著了。

長庚越看這流口水的小團子越愛，緣分天注定，那麼多人找，偏偏就叫他們找到了。洛四姑娘只有這麼個相依為命的弟弟，還不得感動得無以復加。

長庚忍不住咧了咧嘴，一抬頭就見遠處人影晃動。「可能是洛家的人。」說著就先躥了出去。

待看清來人，長庚只覺得喜從天降。「四姑娘好，小少爺在我們家少爺那兒呢！」

洛婉兮一愣，接著喜不自禁，甚至都來不及多問，三步併作兩步衝了過來，看得長庚心驚膽跳，唯恐她一個不小心摔了，還不敢大聲提醒。

見到趴在江樅陽懷裡一動不動的弟弟，洛婉兮瞳孔一縮。

「只是睡著了，毫髮無傷。」低沈有磁性的聲音裡含著安定人心的力量，讓洛婉兮心頭一鬆。

她如釋重負，這才留意到江樅陽，莫名之色在臉上稍縱即逝，屈膝一福，鄭重道：「多謝江世子救了我弟弟。」

江樅陽略略一頷首，見她上前幾步，伸手要接洛鄴，卻是沒有鬆手。

洛婉兮目露疑惑。

緊隨而來的柳枝見江樅陽看著自己，心裡一動，上前幾步。

江樅陽便將熟睡的洛鄴遞給她。

「……」被拒絕的洛婉兮微妙的情緒只停留了一瞬，接著便轉身在洛鄴身上打量了一遍，確定他除了一雙因哭泣而通紅的眼之外，丁點傷都沒有。

換了懷抱的洛鄴還不高興地嘬了嘬嘴，在柳枝懷裡鑽了鑽，找了個舒服的姿勢又不動了，看得洛婉兮恨不能搖醒他揍一頓才好！

她順了順氣，決定先放過他，回頭再算帳。

洛婉兮轉過身來，望著幾步外的江樅陽，心緒紛雜，斟酌了一番後開口。「先後承了世子兩次恩情，實在不知該如何感謝。雖然我人微言輕，但他日若有所求，必竭盡全力。」

一次是現在，他幫忙找回洛鄴。

還有一次恩情則是落在她自己身上。許清揚之事是江樅陽的手筆。長庚不經意中透露給柳老爹，洛婉兮自然知道了，可當她知道時，事情已經發生了。

洛婉兮感激江樅陽，可她受之有愧，這個忙背後動用的人力物力所費不小，人情債難還。

江樅陽垂目看著她，鴉羽般黑而濃密的睫毛輕輕顫動，低聲道：「十年恩情，沒齒難忘，這些都是我該做的，洛姑娘不必往心裡去。」

洛婉兮怔了下，道：「那是因為當年世子救過我，與救命之恩相比，我們做的並不算什麼。」不過是送些銀子和書，還是對方未必缺的。

江樅陽嘴角浮起一絲淡笑，冷峻的面龐頓顯柔和。「三月在往生殿，姑娘也救過我一次，所以說來還是我欠了姑娘十年恩情。」

說著他拱手對洛婉兮一揖，嚇得她連忙後退避開。

江樅陽繼續道：「銀子有價，書籍無價，書上還有令尊心得批注，令我獲益匪淺。我與令尊雖無師徒之名，卻有師徒之實，這份大恩，銘記於心。」

長庚驚得張大了嘴，同樣用一種不可思議的目光盯著江樅陽，想不到少爺竟然是這樣的少爺，這理由也是絕了，甘拜下風。

就是洛婉兮也沒想到他會說出這樣的話來，瞬間懵了。

江樅陽眼底笑意更濃。「日後姑娘若遇上難事不便解決，可派人給飛鶴山莊傳個信，江某定當竭盡全力。」

洛婉兮覺得氣氛說不出的古怪，江樅陽落在她臉上的目光更是讓她如坐針氈。此地不宜久留，遂揚起一抹客套中帶著疏離的微笑。「我能有何難事？不過還是謝過江世子一番好意。天色漸晚，我們該走了，否則家中長輩該擔心了。」自己是絕不會再和飛鶴山莊聯繫了，如今欠下的恩情已足夠她寢食難安。

江樅陽眼中笑意漸褪，眸光變暗，緩緩開口。「姑娘日後有何打算？」

洛婉兮心神一緊，垂了垂眼簾。「謝謝江世子關心，家中長輩已經安排妥當。」

江樅陽雙唇抿成一條薄線，恢復面無表情。

洛婉兮說家中長輩已經安排妥當自然是騙人的，江樅陽是聰明人，肯定能明白她的言下之意。

說完，洛婉兮就帶著洛鄴離開，而江樅陽也沒有追上來。第二日，便聽說他去了京城，洛婉兮心中一塊石頭終於落地。

轉眼就到了金秋八月，果實累累，是一個收穫的季節，三年一度的秋闈也在這個月裡舉行。

此次秋闈，洛老夫人是前所未有的關注，其一是因為洛郅和白暮霖都要下場，其二則是洛老夫人打算看看這屆學子中是否有合意之人。

放榜那日，洛老夫人早早就派了人出去，到了中午捷報傳回來，洛郅和白暮霖都榜上有名。洛郅中舉在眾人意料之中，畢竟他底子擺在那兒，倒是白暮霖出人意料，他可才十四，這次下場誰也沒指望他真能中舉，只想著讓他攢經驗，為下一次鄉試做準備。

以十四歲稚齡中舉，哪怕名次掛尾，也絕對夠光宗耀祖了。洛老夫人激動得難以自持，比洛郅中舉還高興。

有洛大老爺在，洛郅在功名上便是遜色一些也無妨，可白暮霖不同，他一出生就沒了爹，將來的路注定比別人難走一些。眼下他如此爭氣，洛老夫人如何不喜，白洛氏和白奚妍後半生都繫在他身上呢！

歡喜了好幾日，洛老夫人又把洛郅召到餘慶堂，讓他留心這屆學子中的幾人。她挑出來這幾人打聽起來都是極好的，只是耳聽為虛，眼見為實，許清揚的例子就在眼前，她不敢不小心。

洛郅一口應下。因為洛婉如，他對洛婉兮滿心愧疚，有心補償。如今洛老夫人有令，他十分上心，恨不能拿著放大鏡瞧一瞧。

這些事洛老夫人沒有特意告訴洛婉兮，可也沒刻意瞞著她，遂洛婉兮知道一二，卻是興趣缺缺，實在是嫁人這事她已經經歷過一次，還把命賠上了。

她十分想告訴洛老夫人這事算了，可她不敢，怕把洛老夫人氣得厥過去，索性由她老人家去，畢竟人選也不是這麼好找，尤其依照洛老夫人的性子，絕不會胡亂挑一個，而能被她挑中，必是不差的，但旁人也不是瞎子，她父母雙亡，又退過一次親，這可不是小瑕疵。

洛老夫人總說白洛氏在白暮霖和白奚妍的婚事上好高騖遠，輪到她時，她老人家可能不像白洛氏那般誇張，但要求也不會太低。

眼瞅著園子裡的桂花開得甚是熱鬧，洛婉兮帶著人摘了一些做桂花水晶糕。她做了兩份，一份少糖少油，是為洛老夫人做的，用的是常見的牡丹花模具；另一份則是用了動物模具，自然是替洛鄴準備的。

洛婉兮先去了餘慶堂，洛老夫人吃著孫女親手做的晶瑩剔透的水晶糕，再看眼前孫女如花似玉的臉龐，更加堅定要替孫女找個好孫女婿的決心。她就不信，偌大的大慶還找不到一個如意郎君了！

這時，珠簾碰撞的清脆聲響起。

洛婉兮循聲望去，就見蓮鶴笑吟吟地打起簾子進來。「表少爺過來給您請安。」

洛老夫人詫異。「就暮霖一人？」

道。

蓮鶴道：「只有表少爺，姑太太和表姑娘並未隨行。」

洛老夫人心下奇怪，忍不住胡思亂想。「別是出事了！」

「祖母先別自己嚇自己，讓表哥進來一問不就知道了。」洛婉兮見洛老夫人變了臉，忙道。

洛老夫人連連點頭。「快，讓暮霖進來。」

白暮霖生得十分俊秀，膚白如玉，襯得他越發唇紅齒白，風流韻致。但見他眉眼含笑，神色如常，洛老夫人便知是自己想多了，不由嗔道：「今兒你怎麼一個人過來了，你娘和妍兒呢？」

似是不防洛婉兮也在，白暮霖有些驚訝，又轉瞬即逝，行過禮回道：「是孫兒有事要請教外祖母。」說話間，看了一眼洛婉兮。

聞弦歌而知雅意，洛婉兮識趣地站起身。「我去看看鄴兒。」

見洛老夫人點了點頭，洛婉兮便對二人福了一福，旋身而去。

白暮霖便覺一道香風自鼻尖拂過，他聞了聞，是桂花香卻又不像。

洛老夫人坐在上頭，心下立時咯噔一響，神情微微一變。

白暮霖收回視線看向洛老夫人時，對上她若有所思的目光，心跳不可自抑地快了一拍。他低了低頭，再抬起頭來時，神情中多了一抹堅定。

他一撩衣襬跪在洛老夫人面前，白淨的面容上全是鄭重之色。「外祖母，我想求娶婉兮表妹。」

第二十二章

洛老夫人眼皮微微一顫。果然如此。

早兩年，她隱隱就覺得白暮霖對婉兮有些不同，只是兩人尋常碰不上，便是遇上了也恪守禮數避嫌，故她也沒細究。如今婉兮與許家解除了婚約，暮霖便蠢蠢欲動了。

一旦開了口，後面的話就更容易說了，白暮霖一鼓作氣道：「外祖母，之前表妹有婚約在身，孫兒不敢有非分之想。如今表妹退婚了，孫兒也有了功名，這才斗膽開口，請外祖母成全，孫兒會好好待表妹的。」

白暮霖的臉因為羞澀而通紅，明亮的雙眼卻直直看著洛老夫人，似乎想讓她老人家明白他的真心。

他也不知道自己是何時對表妹動心的，只是在同窗好友私下提及心儀女子時，他腦海裡瞬間就冒出洛婉兮的身影，險些嚇得他魂飛魄散。

從此以後，白暮霖便繞開洛婉兮走，能不見就不見，唯恐被好事之徒捕風捉影，害了洛婉兮。及至洛婉兮與許清揚解除婚約，痛恨許清揚之餘，他心裡冒出一股不可自抑的竊喜。

如此，自己是不是有機會？

待他中舉，再是忍不住，鼓足了勇氣前來懇請洛老夫人成全。他覺得自己若是不爭取，一輩子都會後悔。

望著忐忑不安又眼含期待的外孫，洛老夫人心底沈沈一嘆。

這孩子的眼睛告訴她，他是真心的。自己眼皮子底下長大的，知根知底，她是再放心不過的。如果沒有白洛氏，她樂見其成。

但是沒有如果，白洛氏是白暮霖的親娘，白暮霖的婚事不可能越過她。白洛氏一心要給白暮霖找個家世顯赫的高門貴女幫襯兒子，哪裡會中意婉兮？就算白洛氏待婉兮不錯，但僅限於當姪女看待，若是做兒媳婦，必是一千一萬個不願意。

「你可知你母親對你寄予厚望？她和我說了，過了重陽就帶你和妍兒去京城。」洛老夫人看著白暮霖，直白道：「一來為了讓你更安心準備來年的春闈；二來，想趁你中舉這股東風，替你兄妹倆尋門好親事。」在臨安，白洛氏找不到好的兒女親家，見洛郅要回京，便想和他一塊兒進京，讓洛大老爺幫把手。

瞬間，白暮霖白了臉。

洛老夫人心頭不忍，跟針扎似的，可還是得澆滅他那點心思。「便是我答應了，你母親也不會答應，哪怕我壓著她同意了，她心裡頭不願意，最後受委屈的是誰？是婉兮。」

白暮霖急切道：「孫兒會——」

「做婆婆的想拿捏兒媳婦輕而易舉，便是你也無能為力。」洛老夫人憐憫地看著大受打擊的白暮霖，年輕氣盛的小子哪裡知道後宅那些陰私。「最後三個人誰也沒好日子過，何必呢？」

跪在地上的白暮霖肩膀陡然一垮，彷彿被人抽走了賴以支撐的脊梁，整個人透出一股茫然。

見他如此，洛老夫人著實不好受，放緩了聲音道：「今兒之事，出自你口，入了我耳，出了這門，你就忘了吧，傳出去對你倆都不好。尤其是你娘那頭，你萬不要存著說服她的心思，她知道了，不捨得怪你，只會遷怒婉兮。你也不要怨你娘，她都是為了你們好。你爹走得早，她不容易，她……」說到後來，洛老夫人話裡也帶上了悲意。要是女婿還在，白洛氏也不會變成這副性子。

白暮霖只覺得心裡說不出的空落，可對上洛老夫人殷切的眼神，他擠了擠嘴角，強笑道：「孫兒明白，是孫兒胡鬧，讓外祖母操心了。」

洛老夫人搖了搖頭，慈愛道：「外祖母知道，你一直都是個好孩子，這事只能說你倆有緣無分。」

心思鬱悶的白暮霖鼻尖一酸，強忍住眼中澀意，垂下眼簾道：「外祖母好生歇著，孫兒不打擾您歇息了。」

洛老夫人點點頭。「去吧，路上當心。」

白暮霖起身告退。

望著外孫失魂落魄、透著黯然的背影，洛老夫人終是不放心，命秋嬤嬤派幾個人護送。

安排好人手的秋嬤嬤回來便見神情抑鬱的洛老夫人歪在軟枕上，盯著案几上四姑娘送來的桂花水晶糕出神。

秋嬤嬤斟酌了下用詞道：「您也別太擔心了，兒孫自有兒孫福，四姑娘和表少爺將來都會有好姻緣的。」

洛老夫人沈沈一嘆。「但願如此。」

餘慶堂內發生的事，洛婉兮一無所知，更不知道洛老夫人幫她擋了一朵桃花，她提著食盒到了無逸齋，等下課了才入內。

教洛鄴的先生是一位鬚髮皆白的老人家，年齡與洛老夫人差不多，故洛婉兮並不需要避嫌。

「一些小點心，黎先生不要嫌棄。」洛婉兮對黎先生客氣道。

黎先生含笑道：「四姑娘客氣了。」

洛婉兮便順勢問起洛鄴在學堂的表現。

洛鄴眼巴巴瞧著黎先生，期望他口下開恩。

黎先生忍俊不禁，鑑於他這一陣表現的確不錯，如了他的願，誇了他好幾句，喜得洛鄴眉開眼笑。

洛婉兮也心情大好，帶著洛鄴回了陶然居，將放涼的桂花水晶糕放在他眼前，一枚枚憨態可掬的動物形狀糕點瞬間點亮了洛鄴的雙眼。

洛婉兮乘機哄他。「你跟著先生好好上課，只要先生誇你一次，我就做一次好吃的給你，知道嗎？」

「好！」洛鄴想也不想地大聲應道，一手抓了塊兔子形狀的糕點，另一手捏著山羊狀的，陷入了左右為難，到底該先吃哪個呢？

千里之外的京城，容華坊內一座碧瓦飛甍、氣派非凡的府邸內，一名年約三十的婦人將一碟桂花水晶糕放進食盒中。

沿途的人見了她，紛紛客氣又恭敬的喚一聲。「碧璽嬤嬤！」

提著食盒的碧璽笑著頷首回應，沿著桂花夾道的逶迤小路前行。望著兩旁金燦燦的景色，碧璽眼裡流露出一抹懷念，卻又立刻被悲傷取代。

姑爺的官越做越大，府邸也越建越大，只有一些地方，十年都沒有變化，如這一片姑娘生前喜愛的桂花林。

書房內，凌淵負手立在窗前，望著窗外一簇簇的金色桂花。

在他身後說著沿海互市之事的陸釗突然消了音，懷疑凌淵根本沒在聽，頓時悲憤了，這可是他花了三天時間整理出來的。

「怎麼不說了，稅賦你打算如何制定？」凌淵開口。

陸釗瞪了瞪眼，脫口而出。「您不是沒在聽嗎？」

凌淵側過身掃了他一眼。

陸釗訕笑，摸了摸鼻子繼續，說完了眼巴巴等他評論，心裡七上八下。

凌淵旋身，正要開口，便聞篤篤敲門聲。

得到准許之後，碧璽推門入內，見是她，陸釗目光微微一閃，下意識看向凌淵，就見他神色不動，一如尋常。

行過禮後，碧璽笑吟吟地端出食盒中的桂花水晶糕，瓷白的圓碟上放著晶瑩剔透的糕點，散發著清淡的桂花甜香。然這一碟色香味形俱全的糕點卻沒有讓陸釗食指大動，而是心下無端發涼。

「奴婢瞧著外頭的桂花開得好，想著當年夫人每到這時節便要做上一些桂花水晶糕，便下廚做了一些給老爺和釗少爺送來。」

陸釗一臉的不出所料，碧璽是跟著他姑姑一塊兒長大的丫鬟，後來姑姑走了，她也沒回國公府，而是留在淩府守著姑姑的瑤華院。

她最愛做的事就是如今天這般，做一些他姑姑生前常做的事。陸釗看著總覺得她是故意在刺激姑父似的，偏姑父竟也容了她十年。

碧璽見陸釗不吃，笑咪咪地對他道：「奴婢記得夫人還是為了哄釗少爺才特地讓人打了這些模具。這一轉眼，少爺都這般大了，竟是不愛吃了。」

陸釗神情僵硬了下，類似的話他一年要聽上好幾遍，可不管幾次，每一次都覺瘆得慌。

碧璽似乎沒有發現他的不自在，兀自感慨著。「不過也是，釗少爺長大了，自然不愛這些甜食了。」她緩緩抬起頭看著淩淵，慢慢道：「小少爺若是還在，該是喜歡的。」

陸釗心跳漏了一拍，忐忑不安地看向淩淵，就見他臉上的線條一寸寸繃緊。

歲月似乎格外優待他，十年的時光只在他臉上添了成熟穩重，就連眼角多出的細紋也只令他多了幾分耐人尋味的魅力。

碧璽就這麼看著這張英挺臉龐上的淡然一點一點土崩瓦解，與此同時，快意一絲一絲填滿她的胸腔，她甚至彎了彎嘴角，露出一抹笑。

合該如此的，她家姑娘雙十年華便香消玉殞，而他功成名就，若是再花好月圓，她家姑娘豈不太悲涼了？

「碧璽姑姑，我還有朝事要向姑父請教。」望著滿臉暢快的碧璽，陸釗忍不住出聲道。

碧璽笑意稍稍一斂。「那奴婢就不打擾老爺和釗少爺了。」說著福了福身，提著空了的食盒告退。

吱一聲，書房的門又被闔上，陸釗悄悄鬆了一口氣，回頭卻見凌淵不知何時已經站在書案前，手上拿著半塊桂花水晶糕，眼睛霎時瞪大。

凌淵嚥下口中糕點，香甜軟糯，入口即化，只是味道終究不一樣。這麼多年了，碧璽依舊學不會她的手藝。

「姑父……」陸釗覺得喉嚨裡像是塞了團棉花，噎得他難受。

凌淵隨手扔了剩下的半塊糕點，拿帕子擦了擦手，聲音既平又穩。「倒也沒算白教你這幾年。」

陸釗愣了下才反應過來他是在說互市的事，又見他捏了捏眉心，似有些疲憊。「回頭寫成條文給我。」

陸釗呐呐地應了一聲。

「你回吧！」

陸釗瞪了瞪眼，自己這是被逐客了？然覷著凌淵冷淡的臉色，他摸了摸鼻子，行過禮憂心忡忡地走了。

凌淵望著眼前那碟已經涼透的桂花水晶糕，漸漸出了神，耳邊又響起清清脆脆如出谷黃鸝的嬌聲。

「我這桂花糕可是有講究的，採的是早上剛開的桂花，用的糖是桂花蜂蜜，知道你不愛吃甜的，我還特意少放了一些，你嚐嚐看怎麼樣？」說話時，她一臉「快來誇我」的得意。

凌淵的手伸到一半突然頓住，在他面前只有一盤黃澄澄的桂花水晶糕。

荒蕪之色自眼底瀰漫，漸漸籠罩整張臉，停在半空的手頹然落下。

碧璽離開後，回到瑤華院便去了後罩房，中間那間改成了小佛堂，裡面供奉著兩個牌位。她點了三炷香恭恭敬敬的插在香爐裡，望著邊上的那個牌位，她露出一個詭異的微笑。

她告訴所有人，姑娘可能有了一個月的身孕，只是不敢確定，故沒有說出來。這麼多年下來，她自己都分不清自己說的是真還是假，不過顯然，她的目的達到了。她就是要讓他們心疼——椎心刺骨的疼，撕心裂肺的疼。

越疼才越忘不了！

他們都說姑娘是不慎失足墜入未央湖，隨著姑娘進宮的玳瑁也跳湖殉了主。

主僕二人好端端進了宮，卻橫著出來，甚至連屍首都沒叫她看一眼，讓她怎麼相信這是一場意外。

她家姑娘就這麼不明不白的沒了，而他凌淵飛黃騰達，直至今日權傾朝野！若是再由著他忘了姑娘，娶一賢妻納上兩房美妾，生兒育女，那姑娘得有多可憐？姑娘那麼喜歡姑爺，若是泉下有知，怕是要死不瞑目了。

檀香裊裊的佛堂內，碧璽跪在蒲團上，望著陸婉兮的牌位，低聲道：「姑娘您放心，奴婢會替您看著姑爺的，他忘不了您，任誰也取代不了您的地位。」

正在臨安的洛婉兮忽地心頭一悸，一個不穩，手裡的桂花水晶糕便掉落在地，滾了幾圈正巧停在洛鄴腳邊。

洛鄴一臉心疼，再一看還是他最喜歡的老虎形狀，頓時一本正經道：「阿姊小心些，不能浪費食物。」

洛婉兮挑了挑眉，伸手捏了捏他的鼻子。「倒是教訓起我來了，中午是誰吃飯摔了碗，你不只浪費食物，還浪費碗。」

洛鄴發窘，躲開她的手，申明道：「我不是故意的！」

「我也不是故意的。」

「那好吧，我原諒妳了！」洛鄴勉為其難道。

洛婉兮噗哧一聲笑了，之前那點微妙的古怪之感頓消。

晚間，姊弟倆去洛老夫人那兒用膳。洛老夫人若無其事，一個字都沒提白暮霖，洛婉兮雖有些好奇白暮霖特意趕來所為何事，但洛老夫人不說，她也絕不會多嘴。

又過了幾日，白洛氏帶著一雙兒女出發前往京城，何氏及洛郅也要回去了，京城還需要人幫襯著。

因女眷不少，兼也不趕時間，故他們走水路。

出發那日，洛婉兮一直送到了船上，快要開船了，白奚妍還拉著她的手不放。

洛婉兮啼笑皆非。「怎麼，妳還想讓我陪你們一塊兒去京城？」她原是打算只送到門口的，就被她一路拉上了船。

白奚妍還是拉著她的手不放。「那敢情好！」

她十分捨不得洛婉兮，洛婉兮不只是她的表妹，還是她最好的朋友。尤其一想到要去人生地不熟的京城，也不知那裡是何光景，母親還想在那兒給她尋婆家，每每想來就寢食難安，恨不能直說自己不想去。

洛婉兮拍了拍她的手，柔聲安撫。「說什麼傻話呢，船要開了，我得走了。妳到了京城可別樂不思蜀，忘記給我寫信了。」

「怎麼可能！」白奚妍想也不想地否認，緊張的情緒似乎奇異地平復了一些。她依依不捨地看著洛婉兮。「我會給妳寫信的。」頓了頓，茫然而又不安地問：「妳說，京城是個什麼樣的地方？」

京城……洛婉兮恍了恍神，京城自然是個好地方，繁華鄉，名利塚。

「京城的人好相處嗎？」白奚妍咬了咬唇，她的家世在臨安勉強還行，聚會時不至於遭人冷落，可到了京城呢？大伯父為正三品侍郎，二表姊言行舉止中便隱隱帶著高人一等的睥睨，可三品之上還有二品、一品，公侯府第，王親貴族。

洛婉兮笑了笑。「京城的人難道有三頭六臂不成，還不是一雙眼、一張嘴。表姊初來乍到，凡事多看少說，總是差不了的。」
不想這茬還好，一想起來洛婉兮不免擔心。白洛氏既然存了在京城替白奚妍擇婿的心思，難免要帶著她參加各種宴會，不管哪兒，京城多多少少總有些排外，而白奚妍又是個柔順的……這會兒她倒是想起洛婉如了，她若在，好歹能帶著白奚妍，可洛婉如還在家廟呢！如此一來，京城也就沒有年齡相近的女孩給白奚妍作伴了，怪不得她如此忐忑不安。
聞言，白奚妍忍不住又道：「要是妳能和我們一塊兒去就好了。」大伯母和母親一直勸著洛老夫人一塊兒進京找御醫給她看看，奈何外祖母鐵了心不去，只說已經請了歸隱回鄉的謝御醫，還說她這把老骨頭受不了京城的天氣。
話都說到這分上了，母親她們也不好再勸。
「說不定過一陣我們就來了。」洛婉兮笑道。洛老夫人不肯進京，泰半怕她遭受流言蜚語，畢竟許家就在京城。只是京城到底名醫多，遂洛婉兮和洛老夫人說好了，若是她的身子在謝御醫手下沒有起色，那她們就進京。
思及京城，洛婉兮既期待又抗拒，那裡有她思念的人，亦有她憎惡之人。
「姑娘，咱們該上岸了。」一眼看著表姊妹倆難捨難分，柳枝不得不出聲提醒。
洛婉兮一笑，站起身。「好了，我真的該走了。」
白奚妍萬分不捨地跟著起身道：「我送妳。」
長輩那兒她已經道過別，遂洛婉兮徑直前往甲板，卻在走道上遇見了迎面而來的白暮霖。

「大哥！」

「表哥！」

白暮霖怔了下，沒想會在這兒遇見洛婉兮。

見他神情愣怔，洛婉兮心下奇怪，卻也沒多想，含笑道：「預祝表哥在來年春闈上一鳴驚人。」

白暮霖回過神。「借表妹吉言。」

洛婉兮微微一笑。「我該走了。」說著略略一福。

「表妹慢走。」

船上的走道狹窄，只能容三人並行，洛婉兮經過他身前時，白暮霖呼吸微不可見地窒了窒，一顆心幾從喉嚨口跳出來。他用盡全身力氣，才勉強維持住鎮定之色。

這是第一次，兩人之間如此近距離的接觸，近得他能看清她圓潤小巧的耳垂上戴了一枚白玉耳墜，只是不等他分辨出那墜子是桃花還是梅花，人已經飄然遠去。

白暮霖悵然若失，不由自主地回首，望著洛婉兮漸行漸遠的背影，一個轉彎徹底消失在視線之中。

他忍不住握緊了拳頭。母親如此在乎家世，只是為了給他尋一份助力，不捨得他日後苦累，可若是他只憑自身能力立足朝堂，那麼母親絕不會反對。

說一千道一萬，終究是自己無能！白暮霖心下一片黯然。

第二十三章

洛婉兮上岸後，看著船拔錨啟航，消失在眼簾之中，方帶著人返回。站在洛府大門前，她望著偌大的府邸，不可自抑地想，這家太冷清了。

五房在分家後便搬到了城西，現如今，祖宅只剩下洛老夫人並三房姊弟三人了。

秋去春來，不經意間，枝頭泛黃的枯葉又變得綠油油，湖邊的楊柳悄悄抽了芽，籬笆上的迎春花在不經意間已經綻放，陽春三月天又到了。

這一年的頭等大事兒春闈也落下帷幕，來自五湖四海的數千舉子，最終只有二百二十二人脫穎而出。一甲進士及第三人，二甲進士一百一十一人，三甲同進士一百零八人。

洛郅名列二甲四十九名，於他而言，有了進士出身，第一百一十名和第二名差別委實不大。

而與他一同下場的白暮霖名落孫山。這個結果，其實在眾人意料之中，他中舉已是出人意料，到底年幼，落榜並不為過，反倒不少人慶幸，幸好不是同進士。一個「同」字，意味著大大的不同。

另一頭的臨安，洛老夫人無可奈何地嘆了一口氣。「妳姑姑啊！」

連著三封信，白洛氏都在吐苦水，無外乎說白暮霖落榜是因為考官不公，見他年齡小，遂打壓他。

科舉採用糊名制，不到最後一刻，誰知道這卷子是誰的？白洛氏這話委實無理取鬧，洛老夫人能理解女兒滿腔希望化為泡影的失落，但不能接受她如此怨天尤人。

一旁的洛婉兮只能道：「過上一陣，姑姑也就想明白了。」

洛老夫人苦笑著搖了搖頭。知女莫如母，白洛氏沒那麼容易想明白，尤其是在京城這權貴雲集之地，他們母子三人迫切需要一個進士出身讓人高看一眼。

沈吟了會兒，洛老夫人開口：「雖然我知道她不願意，不過還是給她寫封信，讓她回來吧！」一去了大半年，也沒見她給兒女訂下親事，眼下春闈結束了，怕是仍沒眉目，還不如回來，安安分分在臨安找。

聞言，洛婉兮傳了筆墨紙硯，洛老夫人說一句，洛婉兮寫一句。寫完，洛婉兮請洛老夫人過目，確認無疑後，蓮鶴拿著信趕緊寄了出去。

結果猶如泥牛入海，接連半個月都沒收到白洛氏的回信，倒是洛婉兮收到了白奚妍的信。

原來是人生兩大喜事——金榜題名時，洞房花燭夜，洛郅都占全了。他與威武侯府蕭家嫡次女訂了親，威武侯還身居西軍都督僉事之位，手握重權。有了這麼一位岳父，再加上他背後的洛氏和何氏，洛郅前途一片光明。

洛婉兮想自己大概知道白洛氏不回信的原因，怕是氣狠了。

事實與洛婉兮猜測無異，貨比貨得扔，人比人氣死人。白洛氏就遇見了這樣的狀況，尤其那人還是她的親姪子。住在同一個屋簷下，這種感覺就更強烈了。

眼看洛郅得了這麼一門好親事，白洛氏覺得只要她兒子中了舉，肯定也有高門相中他。自來榜下捉婿，比起那些寒門學子，自己兒子可是官家子，又年少有為，面如美玉，豈不是乘龍快婿？

可她完全不知道，這門親事早在一年前便有了苗頭，待洛郅中了舉人，親事定了七分，直至他高中進士，最後那三分也落定了。

又過了半個月，白洛氏的信才到，果然是不願意回來的，字裡行間似乎堵著一口氣，不給兒女擇一門好親事她誓不甘休。

洛老夫人憂心忡忡，生怕白洛氏犯糊塗。只看她曾對江樅陽動過心思就知道，比起旁的，她更重身分。

洛婉兮看在眼裡，想了想道：「大哥婚期定在八月，走水路從臨安到京城，慢一些要一個月。若是六、七月出發，天氣酷熱，不如咱們早些出發，路上也涼快。」

洛老夫人為之一愣，心下湧出一股暖流。她哪裡不知道，這孩子是看出了她對白洛氏的擔心，故意這麼說的。

只是京城……洛老夫人望著孫女皎潔如玉的臉龐，欲言又止。

洛婉兮粲然一笑。「我知道祖母是怕我去了京城尷尬，只是那事都過去半年了，再說了，做虧心事的可不是我，他們許家都有臉待在京城，怎麼我就去不得了？」

洛郅身為嫡長孫，他的婚禮，洛老夫人無論如何都是要去參加的。反正要去京城，早去幾個月也沒什麼差別，況且她還想早些讓洛老夫人試試京城的名醫。

其實在謝御醫的調理下，洛老夫人身子略有好轉，但也只是略微而已。洛老夫人心想可不是這道理？當下便拍案決定，過了清明就前往京城。

雖然還有大半個月的時間，但要準備的事情委實不少。洛婉兮忙得團團轉，到了清明才算是萬事妥當，只等掃完墓便可出發。

到了清明那一天，洛老夫人因為思及亡人而輾轉難眠，早晨起來精神便有些不好，為了以防萬一，她並沒有跟著去祭拜，就怕觸景傷情，邪氣入體害了病。

洛婉兮這一支都葬在青雲山腰上，到的時候正遇上五房人在焚香燒紙，吳氏也在。分完家後，吳氏就被洛老夫人從家廟裡放了出來，逢一遇五或是年節才上門請安。

遇見洛婉兮，吳氏不免想起自己做的那些事，哪怕過去了半年依舊尷尬。在洛婉兮行禮時，不敢對上她的眼。

由於他們來得早，祭拜完便匆匆而去。

望著離去的吳氏，洛鄴有些微失落，以前五嬸是最疼他的。

洛婉兮摸了摸洛鄴的腦袋，讓他幫著擺放祭品，洛鄴頓時把自己那點小小的不開心拋到腦後。

在洛三老爺和李氏的墓前停留了一會兒，洛婉兮才帶著洛鄴下山。天色晦暗，陰沈沈的，似乎醞釀著一場大風暴，一行人不由加快了腳步。

洛鄴難得的沈默，他這年紀已經明白什麼是死亡，不是去了遠方，而是永遠都見不著了。

洛婉兮察覺到洛鄴握著她的手越來越緊，心下憐惜，正要蹲下身安慰，就見洛鄴雙眼一亮，抬手一指。「哥哥！」

不等洛婉兮反應，洛鄴就如離了弦的箭直衝出去，嚇得洛婉兮立刻追上前。「看路——看路！」

洛鄴如一陣風似的跑了，哪裡聽得進她的話，一把抱住對方的腿，仰著頭，一臉孺慕。「哥哥，你怎麼也在這兒！」

江樅陽低頭看著圓嘟嘟的小傢伙，抑鬱的心情不由好轉了些，勾起嘴角，抬手揉揉他的腦袋，目光卻是落在追來的洛婉兮身上。

洛婉兮十分佩服洛鄴，自己也是走近了一些才發現竟然是江樅陽，也不知他為何這般眼尖，隔得那麼遠都能一眼認出。

她平復了下呼吸，屈膝行禮。「江世子。」

半年不見，眼前之人氣勢越發肅殺凌厲，如若見了血的寶劍。

他人不在臨安，城內關於他的流言卻不少。新官上任三把火，江樅陽入了錦衣衛的第一把火就是捉拿景泰餘孽。這把火燒得朝廷文武百官人心惶惶，也在他的名聲蒙上一層血腥之色。

這半年折在他手裡的官員兩隻手都數不過來，其中就有南寧侯夫人韓氏的父親。

韓父在景泰年間還算風光，當年江樅陽親外祖楊閣老倒臺，韓父也出了一分力。後來天順帝復辟，韓父這些人也遭了難，不過韓父作惡有限，加上文陽長公主的面子，遂他只是被罷官。

去年在蘇州，天順帝險些喪命，龍顏大怒，誓要將景泰餘孽一網打盡，寧枉勿縱。

這當口，韓父與友人飲酒暢談當年往事時情不自禁感嘆了一句「若是先帝還在……」，當晚錦衣衛就拿著駕帖闖入韓家帶走了韓家人。半個月後，韓父被判斬首示眾，韓家的成年男丁流放，其餘人入教坊司。而與他共飲的幾個好友也受了杖刑，僥倖留下一條命。

因為這件事，私下有些人說江縱陽羅織罪名，公報私仇。

江縱陽略略一頷首。

「哥哥，你也是來掃墓的嗎？」不甘被忽視的洛鄴望著那座孤墳問。

洛婉兮這才留意到那座墳墓，一看才發現碑文抬頭竟是先師。

「這是我師父。」江縱陽解釋。

他師父徐刻是外祖心腹，當年天順帝被瓦剌俘虜後，張太后和還只是景王的景泰帝便蠢蠢欲動。

外祖派師父安排退路，然最後，楊家一個人都沒救下來。幾年後，師父才敢找上他，暗中教導他。他能如此迅速崛起，也是多虧外祖當年預留的人手。

好不容易他出人頭地，有能力為外家和亡母報仇，師父卻已經油盡燈枯，滿眼不甘的離開了人世。還沒看著他站穩朝堂，也沒等到他娶妻，更沒有等來他為楊家過繼的子嗣。

洛婉兮見石碑與土都是新的，顯然他師父剛走，遂低低道了一句：「節哀！」他家裡那情況，想必這師父在他心裡是父親一般的存在。

這時候長庚突然拿著一炷香走到洛婉兮跟前，江樅陽看他一眼並未阻止，只看著洛婉兮。

洛婉兮愣了下後硬著頭皮接過，他三番兩次幫她，自己拒絕似乎太忘恩負義了。她定了定神，對長庚道：「煩請也給家弟一炷香，江世子救過鄴兒，讓他給徐師父上一炷香也是應該的。」

洛鄴聞言，忙不迭點頭，於是長庚又給洛鄴準備一炷香。

姊弟倆走到墓前，恭恭敬敬地鞠躬。

望著她徐徐彎下的背影，江樅陽扯了扯嘴角，在心裡默默道：師父，她就是那位姑娘。

去年他派人進京處理許清揚之事，師父知曉後，不免問他，他說是為了報恩。當時師父靠在床上，用一種了然的目光看著他。「有機會，帶來看看。」

可惜已經沒機會了。

上完香，洛婉兮回身便見江樅陽望著墓碑出神，雖面無表情，然眼底的哀傷濃重得如化不開的墨。

失去之痛，洛婉兮也嚐過，很能感同身受，這種痛並不是「節哀順變」四個字能撫平的。

也許是她目光中的悲憫太過明顯，江樅陽很快便收回神，從旁邊撈起一罈酒，掀開泥封，沿著墓碑灑了一圈。

「我師父嗜酒如命，只是他身體不好，不敢多喝，最近幾年更是滴酒不沾。」只是為了多活幾日。

其實師父並不允他喚他師父，他說主僕有別，一聲「徐叔」都是無奈之下才肯應承的。眼下，他走了，再沒人會阻止，倒是可以無所顧忌地喚了。

洛婉兮張了張嘴，又覺得這種時刻任何安慰之詞都顯得蒼白無力。

饒是見到江樅陽就很激動的洛鄴，在這樣的氣氛下也默默蹭到洛婉兮身邊，拉著她的手不放。

天空越發陰沈，透出冷冷的鐵灰色，大片大片的烏雲壓得人心頭煩悶，山間吹來的風也越來越大了。

「阿姊，我冷……」洛鄴小心翼翼道。

洛婉兮凝了凝心神，低聲道：「江世子，我們要回去了。這天似乎要下雨了，你也早些回去吧。」

一片寂靜無聲，挺拔修長的男子專心致志地倒著手中的酒，似乎再沒有比這更重要的事了。

洛婉兮一陣尷尬，乾脆等著他灑完酒。

片刻後，才見他停了手，轉過身來，目光沈沈的看著她。

洛婉兮心頭一悸，不甚自在地別過視線。

江樅陽卻是笑了笑。「方同知貪墨過修築堤壩的銀子，現下無人查這事，可早晚會查到他。」

洛婉兮臉色瞬變。觀察了大半年，洛老夫人最中意的便是臨安府方同知家的嫡子方洹。

江樅陽再一次問道：「姑娘日後有何打算？」諸多情緒在他眼底翻湧，他緊了緊拳，若無其事地將手背在身後。

他的話令洛婉兮心頭一悸，定了定神後鄭重道謝。「多謝江世子提醒。」頓了下才緩緩開口。「至於日後，我這人胸無大志，只想安安穩穩過日子。」

上一次用家中長輩做了擋箭牌，如今卻不好用了，索性用了最直白的理由，只是不免傷人了些。

聞言，江樅陽苦澀一笑，手心的汗也在瞬間轉涼。

一入錦衣衛，從此與「安穩」二字無緣，朝野內外多少人恨不得扒了他的皮、抽了他的筋，可他若是離開錦衣衛，只會死得更快。因此他只能往前走，走到無人敢撼動的位置。

江樅陽望著幾步外桃花人面的少女，她合該叫人捧在手心裡賞花弄月、無憂無慮，自己真的要把她拉進泥沼，從此以後讓她擔驚受怕嗎？

他垂了垂眼，再抬眸時，所有的喜怒哀樂都已消逝，只沈聲道：「我明白了。」

烏雲密布的天空倏爾響起一道驚雷，轟隆乍響，令洛婉兮輕輕一顫。

「要下雨了，你們快走吧！」江樅陽開口。

洛婉兮抿了抿唇，一福身，牽著洛鄴轉身而去，竭力忽略落在背上的視線。

望著她漸漸遠去的背影，江樅陽扯了扯嘴角。

見他雖是面無表情，但眼底淒清，長庚心裡十分不是滋味，可搜腸刮肚都尋不到一句安慰之詞。

少爺這棵萬年鐵樹好不容易開了花，偏是襄王有意，神女無心。而洛四姑娘的擔憂並非杞人憂天，這半年他家少爺已經遭到大大小小三次刺殺。

忽而，一陣涼意傳來，長庚抬頭一看，竟是下雨了。他一把抹掉臉上的雨花，硬著頭皮對還佇立在原地的江樅陽道：「少爺，咱們也走吧！」

半晌，才等來他應了一聲，抬腳往另一邊頭也不回的離開。

尚未回到馬車上，天空就飄下細雨，不一會兒滂沱而下，便是打著傘，洛婉兮也少不得濕了鞋襪。

回到洛府匆匆沐浴更衣後，洛婉兮便去了餘慶堂。一路上她都在斟酌，該如何向洛老夫人開口說方家之事。

洛老夫人正歪在榻上閉目養神，聞得動靜睜開眼，伸手將她招到身邊，眉眼自然而然地舒展開來。「可是淋到雨了？」

「就濕了鞋襪，衣裳還好，一回來就喝了一碗薑茶。」

洛老夫人這才放了心。

洛婉兮端詳了下洛老夫人的氣色。「祖母瞧著是好些了。」

「原就只是沒睡好，又不是什麼大事。」洛老夫人笑道。

覷著洛老夫人的臉，洛婉兮慢慢開口。「下山時，湊巧遇見了江世子，鄴兒一見他就撲了過去。」

「鄴兒著實喜歡他，到底救過他一回。」說著洛老夫人聲音越來越低。「我記得江家陵墓不在青雲山啊？」

洛婉兮回道：「是世子的師父，像是剛離世。」

洛老夫人怔了怔，不無憐惜。「這孩子也不容易！」

洛婉兮點了點頭，又道：「我和鄴兒都上了一炷香，臨走之時，世子好心提醒了一句，道是方同知貪墨了修築河堤的銀子。」

洛老夫人雙眼睜開，瞳孔一縮，第一反應是深信不疑。

錦衣衛最讓人忌憚之處就在於他們能夠無孔不入的監視文武百官，遂他能夠輕而易舉知道方同知不法之事。接著她又疑惑，江樅陽會提醒婉兮此事，必是知道兩家在互相相看，但這事十分隱秘，且又不是什麼涉及軍政的大事，江樅陽如何會知道？

心念電轉之間，洛老夫人看向低垂著眉眼的洛婉兮。「妳說他為何如此好心？當初鄴兒那次我就有些奇怪，他明明在前頭作法事，怎麼會出現在後山，還正巧救了鄴兒。」

洛婉兮濃密的睫毛輕輕一顫，顫得洛老夫人的心也跟著抖了抖。

洛婉兮抬起頭來，神情中帶著愧色。

洛老夫人的心不可自抑地漏了一拍，這孩子肯定有事瞞著她。

「祖母還記得我四歲那年去別莊玩耍，不慎落水吧？」

這事洛老夫人怎麼可能忘記？孫女差一點就丟了小命。「說來，還是江世子救了妳。」這也是洛老夫人對江樅陽有好感的由來。

洛婉兮點了點頭。「父親當年想收他為弟子以作報答，然而南寧侯作梗，這事便不了了之。父親於心難安，怕他被耽擱了，便暗中送他一些批注過的書和銀兩。父親走後，我才從柳叔那裡知道這回事，遂讓柳叔別斷了那邊的聯繫。

「祖母可還記得去年我在往生殿作法事那次，官差闖入捉拿逃犯，其實那人就是江樅陽，他就藏在往生殿的密道內。大抵是因為這些事，江世子便覺得欠了我們，故而一有機會便想報答。」

第二十四章

洛老夫人簡直不知道該怎麼說她才好，不禁道：「這麼大的事，妳怎麼都不和我說一聲？」

洛婉兮心虛地摸了摸鼻子，因為她不確定家裡是否會同意。據說當初洛三老爺想收江樅陽為弟子，洛老爺子就略有不滿，畢竟當時在位的是景泰帝，雖然江樅陽只是個孩子，景泰帝未必在意這個楊家外孫，但君心難測。

至於洛老夫人，洛婉兮其實一直跟父母在任上生活，對洛老夫人並不瞭解。後來知道洛老夫人不會反對，可再想說已經沒機會開口，這事便這麼擱著。

而往生殿之事，她覺得反正已經過去了，說出來徒惹洛老夫人擔心，要不是為了讓洛老夫人相信江樅陽是為了還人情，她壓根兒不會告訴洛老夫人。

被孫女隱瞞了這麼大的事，洛老夫人氣又氣不起來，只能不輕不重的捶了她兩下。「妳一個姑娘家，哪來這樣的膽子，妳有沒有想過後果？」

自然想過，可很多事並不能因為害怕就不去做，否則良心難安。

洛婉兮好聲好氣地賠罪。「眼下事情都過去了，祖母就饒過我這一回吧，我下次再也不敢了。」

「妳還想有下次！」洛老夫人皺起眉頭。

洛婉兮賠笑道：「絕對沒有下次了。」

一拳打在棉花上，洛老夫人無奈至極，沈沈嘆出一口氣。「竟不想你們與他還有此淵源，日後若是有機會，讓妳叔伯他們還他一份人情。至於妳，還是別和他聯絡了，於妳閨譽有損。」接著又問：「眼下妳還往那邊送東西嗎？」

「自從往生殿那次事件後，我覺得他是不差我們這點東西了，故去年便停了。」洛婉兮道：「祖母放心，我一個閨閣女子，哪裡會和他一個外男聯繫，便是這次也只是偶然碰上而已。」

洛老夫人心裡一鬆，起碼說明孫女對江樅陽沒什麼念頭，否則哪裡會放棄這個親近的機會。那江樅陽長得一表人才，身分貴重，還手握實權，說實話，洛老夫人還真有點怕孫女被迷了心竅。

想了想，她還是不放心，試探道：「方家那兒自然是不成了，只是沒了這家，眼下我手裡也沒了好的人選。妳心裡可有中意的？只要身家清白、人品端莊，祖母總是依妳的。」

洛婉兮微微咬住下唇。

洛老夫人心神一緊。

洛婉兮垂首，用一種「世上男兒皆薄倖」的語氣道：「祖母，孫女是真的不想嫁人，與其日後與人爭風吃醋、勾心鬥角，夜深人靜時飲泣吞聲，孫女寧願這般留在家裡，孝順祖母，照顧鄴兒，起碼過得自由自在，無憂無慮。」

嫁人真不如做姑娘來得自在，這點洛婉兮深有體會。尤其她這情況，洛老夫人身子不好，誰也不知道能撐到幾時，而洛鄴又太小，她若是嫁出去，總不能把弟弟當嫁妝帶過去吧！留他一人在家，她是萬萬放心不下的。

這話並不是洛老夫人第一次聽她說了，她有這想法，洛老夫人也不奇怪。洛三老爺這輩子就守著李氏一人，未納二色。洛婉兮自小看著父母如何恩愛，有這樣的想法不足為奇，加上她又遭逢許清揚之事，怕更是懼了三心二意的男人。

想起許清揚，洛老夫人就滿心鬱憤。當年洛三老爺與許大老爺發現兒女名字正合了句「清揚婉兮」，許大老爺玩笑著不如做兒女親家，洛三老爺半真半假道做他女婿可不容易，第一條就是不能左擁右抱，那時許大老爺可是親口應下了的。

這門親事解除得這般順利，就是因為抬出了這段話，滿心愧疚的許大老爺當下便同意了。

洛老夫人中意方洹，很大一個原因便是方家為書香門第，有一條家規就是「男子三十無子方可納妾」。

她沈聲道：「大慶這般大，我就不信找不到一個合妳意之人。妳莫要這般灰心喪氣，妳放心，祖母絕不會逼妳嫁不喜之人的。」

聞言，洛婉兮眼角發酸。「孫女不孝，讓祖母為我操心了。」家風清正，不許子孫三妻四妾的人家還是有的，只是這樣的人家往往讓疼愛女兒的人家趨之若鶩，甚至願意低嫁。如那方家，洛老夫人相中了在試探，方家也在掂量她，最後便是沒了方同知這事，兩家也未必能訂親，因為方家很有可能看不上她。

洛老夫人慈愛一笑。「說什麼傻話呢！」

清明後第三天，洛婉兮一行人坐船出發前往京城，一道去的人除了洛老夫人祖孫三人，還有五房一家子。因洛五老爺並沒有差事在身，故應邀前去喝姪兒一杯喜酒。

洛鄴長這麼大第一次坐船，原本興奮得不行，可半天後就吐得小臉都青了，誰也不知道他竟然暈船得這般厲害，隨行的謝府醫道過幾天習慣了便會好許多。

可洛婉兮依舊心疼得不行，特地下廚做了一堆好吃的哄他。

桃枝提著食盒，笑道：「小少爺見了好吃的，沒準就好了。」

洛婉兮失笑。「我倒是想呢，可我做的又不是仙丹妙……」最後一個字消失在唇舌之間，她的雙眼因為驚訝而微微睜大。

桃枝疑惑，一扭頭就見對面那艘船的甲板上立著一人，紅紵絲紗羅衣，高大挺拔，可不正是江樅陽。

安葬好師父，頭七過後，江樅陽便啟程返京。正巧與洛家定在同一日出發，這完全是意外，但遇見洛婉兮，卻是人為。

被江樅陽眼風淡淡掃過的長庚嘻嘻一笑。他拐彎抹角將江樅陽引到甲板之上，正是因為無意間發現了對面船上的洛四姑娘。

按理來說，洛四姑娘已經委婉拒絕，那二人自然是少見為妙，省得觸景傷情，然而長庚不死心啊！萬一他家少爺看著看著，越看越愛，不願意放手了呢？私心裡，長庚自然是希望自家少爺能夠如願以償抱得美人歸，誰教這些年他家少爺太苦了！

長庚那點心思，江樅陽豈會不瞭解？但凡洛婉兮對他有一絲好感，露出一分猶豫，他都願意試一試。然而並沒有，洛婉兮拒絕他時委婉而堅定，他不想強人所難。

另一頭的洛婉兮見江樅陽微微一頷首，便也彎了彎嘴角，回以一抹微笑，旋即繼續前行。

江樅陽便這麼看著她緩緩消失在眼簾之中，眸光逐漸黯淡，在船頭佇立片刻後便轉身邁向船艙。

長庚猶不死心，當即追上去，苦口婆心道：「自古烈女怕纏郎，少爺怎麼能輕言放棄呢？這好姑娘總是要多費些心思的。再說了，女兒家驕矜些也是常理，總不能您一問，洛四姑娘就點頭，那她面子往哪兒擱！」

江樅陽搖了搖頭，眉峰微蹙。「她要的生活我給不了。」

聞言，長庚卻是不以為然。「安安穩穩？那方洹瞧著是安穩，可就他老子做的事，一旦被人揭發出來，輕則罷官免職，重則抄家流放，哪裡安穩了？身在官場上，哪個敢說自己一輩子安穩，難不成洛四姑娘要嫁個白身？不是小的不盼著她好，只是以洛四姑娘容色，若真嫁個沒能耐的，小的怕是福不是禍。且不說這個，就說她那堂姊，一看就不是個心胸豁達的，洛四姑娘要是低嫁了，少不得要受氣。」

「你無須強詞奪理。」江樅陽淡淡瞥一眼越說越激動的長庚。「尋常官員的風險與錦衣衛豈能相提並論？」

長庚不禁氣結。「要按您說的，錦衣衛都不用娶妻成家了！您看那周同知與周夫人不就過得挺好？」他說的是現任錦衣衛指揮同知周敦與他的妻子容氏。

周敦以手段奸佞殘暴著稱，卻是出了名的疼愛妻子。容夫人體弱，至今無所出，多少人盯著這一點往周府送美人皆鎩羽而歸。

「容夫人體弱是因為誤服毒湯，那湯原本該是周同知喝的。」江樅陽語氣沈沈。

長庚一梗，彷彿被人兜頭澆了一盆冷水，還是摻了冰塊的。

見他這模樣，江樅陽笑了笑，倏地又斂下，眼神銳利。「通知船夫，加快行程。」錦衣衛內多方勢力角逐，稍有差池便是萬劫不復，不容他有失。

船在江上足足航行了四十多天，途中還接了從山東趕來會合的施氏和四房嫡長子洛鄂。

拉著半年不見長高了不少、越發有大人模樣的三孫兒，洛老夫人滿心滿眼的歡喜。此次施氏跟著他們一塊兒提早進京，還有一個重要的原因，便是想乘機看看京城是否有合適的姑娘，畢竟洛鄂年十四，也該說親了。

自從施氏來了後，船上頓時熱鬧不少，她十分會帶動氣氛。其實吳氏也是個能來事的，只是自從出了去年那事，還因此被分了家，吳氏在洛老夫人跟前總是放不開，成了鋸嘴葫蘆。

說笑間，時間一晃而過，京城也到了。

前來迎接的是洛郅和白暮霖，洛郅明顯比去年成熟穩重不少，到底是入了官場快要成家的人。如今他已經進了吏部，雖只是一個小小的筆帖式，但洛大老爺就是吏部侍郎，升遷指日可待。

便是白暮霖也沈穩了許多，他落第之後，在洛大老爺的幫助下，入了京城有名的十方書院。

見到兩個孫兒，洛老夫人喜形於色，迫不及待地問起二人近況。

回著話的白暮霖忍不住抬眼悄悄打量站在洛老夫人身後的洛婉兮，大半年不見，她出落得越發婉約動人，及笄之年，正是女子最好的年華。

留意到他的走神，洛老夫人心下一嘆。「瞧瞧我都高興壞了，有什麼話咱們回府去說，可別在這兒擋了別人的道。」

白暮霖臉色一僵，不自在地低了低頭。

洛郅便道：「祖母一路辛苦，到家就能好生休息了。」

一行人紛紛上了馬車，洛婉兮帶著洛鄴和施氏乘坐同一輛馬車，洛鄂則是與洛郅一道騎馬。一眨眼的工夫，堂兄弟二人已經相談甚歡。

洛鄴趴在馬車的窗戶上看著沿途景色，小嘴微張，一臉驚嘆。「京城人好多！」

天子腳下，欣欣向榮，自然人流如織，來往百姓身上的穿戴也明顯好於臨安。

饒是施氏也不得不感慨。「到底是京城呢！」說著揉揉洛鄴的腦袋道：「這條是朱雀街，是京城最熱鬧的幾條街之一，回頭空閒了，四嬸帶你和你四姊來玩可好？」施氏在京城待過幾年。

頓時，洛鄴整張小臉都亮了，熱鬧也不瞧了，撲進施氏懷裡眼巴巴地確認道：「真的嗎？」

施氏一把摟住他。「四嬸何時騙過你？不只朱雀街，四嬸還要帶你去天橋那兒看戲法呢！」

聽著一個個熟悉的地名在施氏口中出現，洛婉兮不由自主地出了神。看來過去了十年，京城也沒有太大的變化，最熱鬧的還是那幾個地方；朱雀街的吃食、天橋下的戲法、香山的楓葉……

恍惚間，洛婉兮突然想起就在這條街上，拐角處有一家滷煮鋪子，他們家的滷煮火燒十分有名，她隔三差五就換了裝出來吃，這玩意兒不當場吃就不好吃了。

思及此，她立刻聚精會神看著窗外，若這家鋪子還在，倒是能故地重遊一回，她還真有些思念那味道，她自己做過，可怎麼都做不出那味。

行至路口，果見「徐記滷煮」的旗幟迎風飄揚，洛婉兮心下一喜，看過去，店鋪已經不是她記憶中的模樣，擴大了不少，畢竟已經過去十年，只這名字未改。門口不少人排著隊，還有些直接捧著碗蹲在旁邊吃，生意這般好，想來還是原來那家。

洛婉兮心滿意足，正想收回目光，餘光瞥到一人，不禁怔住了。

同樣心滿意足的陸釗正從店裡出來，不經意間一抬頭，正對上馬車內洛婉兮的眼，愣了愣，臉上便綻放出一抹燦笑。

瞧他笑得像朵花兒似的，洛婉兮也忍不住笑起來。當年她偷跑過來，可沒少帶著他，別看他小小一個人，吃得不比她少，有一回還吃撐了，撐得直哭，然後她就被公主娘罵了。

公主娘十分不理解兩人特立獨行的品味，山珍海味不愛，偏愛這些骯髒物。滷煮火燒是將燉好的豬腸和豬肺放在一起煮，輔以血豆腐等，食材雖有些難登大雅之堂，可在喜歡吃的人眼裡，不亞於人間美味。

便是凌淵對這道吃食也敬謝不敏，每回陪她出來，也只是坐在旁邊看她吃。自己塞他一片，他眉心能皺出褶子來，滿臉的無可奈何。

陸釗便見馬車上笑顏如花的人突然間顏色如雪，沒來由心頭一驚，再看馬車已經從他面前駛過，再也見不著了。

洛婉兮閉了閉眼，壓下翻湧而起的千頭萬緒，片刻後才緩緩睜開眼，輕輕吐出一口氣。

果然，一回到京城，就免不了想起一些不好的回憶，只是終究物是人非了。

大房的府邸座落在西邊的尚雲坊內，一座五進的大宅院，紅牆綠瓦，朱紅色大門，氣派威嚴。在京城這寸土寸金的地段，能有這麼一座宅院，著實不差了。

洛大老爺親自帶著妻兒等在大門外，白洛氏與白奚妍也跟隨在側。一見路口緩緩駛來的馬車，洛大老爺不由激動，快步迎上前去。

母子闊別多年，再次相見，饒是洛大老爺都忍不住紅了眼眶，尤其見老母親一頭白髮，滿臉皺紋，頓生淒涼。

洛老夫人亦是情不自禁，淚濕了眼。

見如此景象，旁人莫不淚水潸然，還是何氏擦了擦眼淚勸道：「母親顛簸一路，老爺還不快請母親進去歇歇腳。人都到了，老爺還怕沒機會敘舊嗎？」

洛大老爺這才笑道：「倒是兒子糊塗了。」說著親自扶著洛老夫人上了軟轎，一路護送到榮安院，這是專門為洛老夫人收拾的院落。

坐北朝南，占地廣闊，院內遍植草木，欣欣向榮。入了屋，紅木雕雲紋嵌理石羅漢床、紫檀邊嵌牙五百羅漢插屏……雕紅漆戲嬰博古架上皆是奇珍異寶，牆角還有一盆寶光珍珠珊瑚樹，便是對何氏不滿的施氏見了也暗暗點頭，這院子收拾得讓人無可挑剔。

何氏又說了四房和五房的安排，待說到專門為洛婉兮安排了一個院落，卻見洛老夫人揮了揮手。「婉兮和鄴兒就跟著我住吧，不必大費周章，喝了郅兒媳婦的茶，我們便要走的。」之前的事到底令她心有餘悸，她覺得把人安排在自己眼皮子底下更放心。

何氏悻悻然住了嘴，拿眼看洛大老爺，他是想把洛老夫人留在京城養老的。私心裡何氏自然不願意，誰願意上面壓一個婆婆，還是個不喜她的婆婆，可何氏心裡再不願意，面上還得歡喜地替洛老夫人準備院落。

而洛老夫人留下，三房姊弟倆自然要留下，遂她連二人的院子也準備了。反正一句話的工夫，還能在丈夫面前得一句賢慧。

洛大老爺心裡有數，不指望一下子就讓洛老夫人改變主意，反正來日方長，便道：「母親剛來，怎麼就要提走了，可是嫌兒子哪裡做得不好？」

洛老夫人約莫猜到長子幾分心思，心裡欣慰，卻還是道：「不關你的事，我只是習慣住在老宅。」又搖了搖頭。「今兒個是團圓的日子，且不說這些了。」

施氏緩和氣氛道：「可不是，咱們是來吃喜酒的，眼看著沒幾個月了，大嫂可都準備妥當了？若是哪兒需要我們搭把手，儘管開口。」

一直很安靜的吳氏也點了點頭。

「你們千里迢迢趕來，哪能讓你們操勞？事情都準備得差不多了，你們好不容易來一趟，只管散心便是。」何氏笑意融融道。

第二十五章

略說了一陣，瞧洛老夫人掩不住疲態，一行人方退下。

白奚妍瞧著是想和洛婉兮敘舊，卻被白洛氏拉住了。「人都來了，妳們還怕沒機會說話？且讓妳表妹回去歇一歇再說。」

白奚妍這才點了點頭，對洛婉兮柔聲道：「等妳養好精神，我再來尋妳。」

施氏打趣道：「瞧這姊妹倆感情好的，見了面就捨不得分開了。」

白奚妍不好意思地低下頭。

白洛氏瞧一眼洛婉兮。「我們妍兒是拿婉兮當親妹妹疼的。」

施氏笑了笑，兩人之間雖是白奚妍大了一個月，但這外甥女性子柔弱，一直以來都是洛婉兮照顧她居多。

洛婉兮便也笑，握著白奚妍的手道：「我也是拿表姊當親姊姊看的。」

這話說得諸人都笑起來，說話間就到了院門口，一行人各自分開。

洛婉兮拉著洛鄴站在門口目送諸人離開，望向白奚妍的目光中不由浮現幾分憂慮，總覺得白奚妍欲言又止，似乎有煩心事。

白洛氏帶著白奚妍住在離榮安院不遠的芳華閣內，一回屋，白洛氏打發了下人，臉色瞬間沈了下來，恨鐵不成鋼地瞪著女兒，氣急敗壞地質問。「我要是不拉著妳，妳是不是就要留在那兒將事情都告訴婉兮了？」

白奚妍滿臉通紅，嘴唇開開合合。

還真叫她猜對了！白洛氏氣結，恨恨一戳白奚妍的額頭。「我怎麼就生了妳這麼個傻女兒，妳告訴她又能如何，把婚事讓給她還是怎麼的？」

「這門婚事原該是她的，陳大人之所以答應，不過是以為當年那人是我。」被母親戳得後退了幾步的白奚妍猛然提聲。

白洛氏大驚失色，搶步奔過去捂住她的嘴。「妳喊什麼！妳想鬧得人盡皆知是不是！」她一張臉嚇得毫無血色，顯然是怕到了極致。

白奚妍再也忍不住，癱軟在白洛氏懷裡，緊緊攥住她的手，痛哭流涕。「娘，算了吧，我們把事情說出來吧，紙是包不住火的，娘，我受不了了，我每每想起來，晚上都睡不著！」

見女兒哭成淚人兒，白洛氏心頭絞痛，只是對於女兒說的話，白洛氏便是死也不會鬆口。「怎麼算了？你二人庚帖已換，全京城都知道妳和陳鉉訂了親。難道妳要退婚不成？妳有沒有想過，退了婚妳還能嫁給誰？有沒有想過陳家會怎麼報復我們？妳哥哥的前程又該怎麼辦？」

白奚妍啞口無言，霎時淚如雨下。

白洛氏摟著女兒，神情中透出孤注一擲的決絕。「妍兒，妳聽娘的話，這事妳別往外說，說了也是徒惹是非。妳也別覺得自己搶了婉兮什麼，我還不知道妳外祖母的性子？妳外祖母清高，看不上錦衣衛，她是決計不會讓婉兮和錦衣衛扯上關係的。她喜歡書香門第的子弟，日後等妳嫁過去了，正可替妳表妹找一戶好人家。

「娘這也是沒辦法了，娘也不想妳這般辛苦，可妍兒妳要明白，娘這都是無奈之舉。妳失了清白，若是陳鉉不肯娶妳，就沒人肯娶妳，妳這輩子就毀了！」

白洛氏尾音陡然揚高，直刺白奚妍鼓膜，刺得她整個人都抖了起來。

那是端午節時的事，瓦剌細作逃出詔獄，一路逃竄至鏡月湖畔。正與一干閨秀嬉戲的白奚妍不幸被逃犯擄為人質，而前來捉拿逃犯的錦衣衛指揮僉事陳鉉在打鬥過程中，不慎割破了白奚妍背上的衣裳，雖馬上被陳鉉用外袍遮住，可到底叫他本人看了去。

這事發生在眾目睽睽之下，哪裡瞞得住？

白洛氏聞訊之後差點沒暈過去，又得知那陳鉉竟是當朝東廠督主陳忠賢的嫡親姪兒，一口氣沒上來，直接閉過氣去。

若是旁人興許還能求洛大老爺想法子讓對方負責，可對方乃陳忠賢姪兒。那陳忠賢雖是個太監，可他是天順帝復辟的功臣，是皇帝的心腹，司禮監掌印太監，權勢滔天。

未想峰迴路轉，白奚妍跟前的文竹突然道陳鉉這個名字似曾相識。

原來七年前，李氏病入膏肓，鄰縣仁和有一位趙郎中聲名遠播，只是這郎中脾性古怪，洛府多次派人前去都無功而返，遂洛婉兮便親自去請。

當時家裡抽不出人陪她，且一日便可往返，故只讓她帶了僕從前往，當時白奚妍也在，姊妹倆便做了個伴。

只是到了才發現，這位趙郎中竟然雲遊去了，歸期不定。二人只得失望返回，途中遇到一對病倒在車前的母子，洛婉兮當即命人送去醫館。

當時文竹就跟在馬車旁，親眼見那單薄的少年撐著一口氣，跪在馬車前磕了三個頭。「姑娘救命之恩，陳鉉來日必報。」

文竹之所以記得這麼清楚，實在是因為對方那胸有成竹的神情讓人難以忽視，明明落魄得險些連命都保不住了。

名字和年齡都對上了，白洛氏心底湧出一絲希望，立刻讓文竹去衛所守著。等了三天，文竹才遠遠瞧到了人，一眼就認出正是當年那落魄少年。

白洛氏欣喜若狂，完全不顧白奚妍解釋當時都是洛婉兮吩咐的，出面的也是她的人。白洛氏直接攔了陳鉉的馬，問他可還記得仁和故人？

陳鉉不只記得，得勢之後，他還派人去仁和找過，只是那家下人將他們母子送到就近的醫館，留下二十兩銀子後便匆匆離去，哪怕他詢問了也不肯留下名號。他只記得那輛馬車上的名牌是一個「白」字，下令的該是個小姑娘，可光憑這些並不足以讓他找到人。

搜尋無果後，陳鉉只能無奈放棄。

直到白洛氏跑來，他回憶著鏡月湖畔所救那女子的容顏，依稀與當年他回頭時看見的那個梳著雙掛髻、隔著車窗與他對視的女孩有幾分相似。

「是陳鉉主動提出要娶妳的，我並沒有隱瞞當時在車裡除了妳還有婉兮。」這種謊沒必要撒，不提洛婉兮，如何解釋白奚妍一個小姑娘無端端出現在仁和？對方是錦衣衛，她到底不敢扯謊，她只是隱瞞了部分事實。當時洛府的馬車壞了，遂她們乘坐白奚妍的馬車去了仁和，陳鉉自然會認為隨行的下人都是白家的，這件事是白奚妍占了主導地位。

白洛氏打從心底就沒覺得這是洛婉兮一個人的功勞。「的確是婉兮率先開了口，可娘知道我們妍兒最是心善，若婉兮不吩咐救人，妳也會救的，不是嗎？妳見著一隻受傷的流浪貓都要救，怎麼會對兩個大活人見死不救呢！」

白洛氏捧著女兒的臉，近乎神經質地盯著她的眼睛。「妍兒，妳記住，人是妳們倆一起救的！」

第二天早上去請安時，白洛氏故意沒帶上白奚妍，在洛老夫人問起時只說她晚上沒睡好，有些頭暈。

洛老夫人不免擔憂了幾句，白洛氏覷著洛老夫人氣色不錯，又見嫂子弟妹都在，故而清了清嗓子。「我這兒倒還有一樁喜事要告訴母親。」

白洛氏是這麼想的。洛老夫人都來了，早晚會叫她知道的，眼下人多，就算洛老夫人生氣也會悠著點，

聞言，何氏瞥她一眼。前陣子這小姑還如喪考妣、痛不欲生的模樣，誰知訂了親之後，下巴都快抬到天上去了，只是洛老夫人怕是未必歡喜這門「好親」。

一無所知的洛老夫人好奇地問：「那妳倒是說說。」

「妍兒訂親了，」白洛氏一鼓作氣道：「男方是錦衣衛指揮僉事陳鉉。」說話時，白洛氏不動聲色地看著洛老夫人身旁的洛婉兮，看她對這個名字可有印象。

見她面色平靜，眼都不多眨一下，懸在白洛氏心上好一陣的石頭悄然落地。就說嘛，這麼多年前的事，那會兒她才多大，哪裡還會記得。

若是之前，洛老夫人不一定知道陳鉉是誰，可因為江樅陽的緣故，她不免打聽了一些關於錦衣衛的消息，豈會不知道陳鉉是什麼來歷？臭名昭彰的廠衛，這種人敬而遠之都來不及，她怎麼敢去招惹?!

「妳、妳……！」洛老夫人指著白洛氏，氣得直哆嗦，嘴唇開開合合，竟是說不出話來。

這模樣嚇得一干人等大驚失色，連忙撲過去撫背順氣。白洛氏也嚇得白了臉，一陣後悔，自己不該這麼著急的。

過了好一會兒，洛老夫人才算是緩過氣來，有氣無力地看著白洛氏。「怎麼回事？妳給我說清楚！」

白洛氏咬了咬牙，便把鏡月湖畔的事說了，末了一臉慶幸。「幸好陳大人仁義，肯給我們妍兒一個名分。」

何氏心下一哂。出事後，白洛氏一臉天崩地裂，跪在她家老爺面前哭求他給外甥女做主，洛大老爺只得硬著頭皮請長女的公爹左都御史凌洋去陳府打探口風。

而陳督主的意思是：貴妾。

這結果在洛大老爺意料之中，當時那樣的情況，便是白奚妍被誤殺，他們也無可奈何。眼下好歹把人全鬚全尾救了回來，還得賠上一個正妻之位，陳家哪肯吃這個虧？

消息傳回來，白洛氏哭暈好幾次，也不知她怎麼想的，竟然跑去找陳鉉。何氏以為她是自取其辱，哪想她回來時神采飛揚。

過了幾天，陳府的冰人便上了門，頓時全城譁然。

這門親事，何氏至今還雲裡霧裡，可她壓根兒不信是陳鉉良心發現的緣故。

別說知道些內情的何氏，便是洛老夫人都不肯信。「妳跟我說實話，這門親事到底怎麼回事？兩家非親非故，陳鉉便是不肯負責，那樣的情況下也沒人會指責他。」不是她低看自己的外孫女，而是白奚妍確實身世單薄，以陳鉉伯父陳忠賢當下的勢頭，便是王侯貴女都娶得，為何要娶白奚妍？總要有個理由吧！

白洛氏眼皮跳了跳，不高興地拉下臉。「母親這話說的，妍兒正值及笄，又生得花容月貌，陳大人知她名譽受損，心下不忍，故而給她一個名分，難道不是天經地義？」她是打定主意能瞞一天是一天，洛老夫人本就不滿這門婚事，倘若她知道陳鉉是為了報恩，難保不在陳鉉那兒拆穿她。以洛老夫人的脾性還真沒個準，她可不敢冒險。

洛老夫人喉間一梗，瞪著胡攪蠻纏的白洛氏說不出話來。想那陳鉉弱冠之年，正是血氣方剛的年紀，見白奚妍後動了凡心，勉強說得過去。然那陳忠賢可不是毛頭小子，豈容唯一的嫡親姪兒娶個門第不顯的姑娘？

人老成精，洛老夫人認定白洛氏在這門婚事上對她有所隱瞞，直覺還告訴她是不得了的大事。無奈白洛氏打定主意不肯說，而洛老夫人也瞭解自己的女兒，她既然做了決定，自己怎麼逼都是沒用的。

洛老夫人壓了壓火，冷哼一聲。「妳且好自為之，日後別來找我哭。」

白洛氏拿著帕子的手一顫，強笑道：「瞧母親說的，我有什麼好哭的。」

她只知道，若是陳鉉不肯明媒正娶女兒，妍兒這一生就毀了。妍兒叫他在眾目睽睽之下看了身子，陳鉉若是不娶她，即便想遠遠低嫁，可礙著陳鉉的名聲，怕是也尋不到好人家。無奈之下說不定只能出家，抑或自我了斷以示清白。

洛老夫人瞇起眼盯著神情不自然的白洛氏，後者被她瞧得如同芒刺在背，唰地扭過臉。

洛老夫人一顆心不住往下沈，疲憊萬分地合上眼。「你們都下去吧，老大媳婦留下來。」這女兒嘴裡沒一句實話，她只能問何氏，可一些話不好當著眾人的面說，就算不顧白洛氏，她也得顧惜白奚妍的顏面。

白洛氏豈會不知洛老夫人的打算，只是何氏也不知內情，這事就她們母女二人知道，就連文竹都被她打發回臨安了。只要她們不說，誰也不會知道。

眾人魚貫而出，到了院門口，洛婉兮對白洛氏道：「表姊不適，我隨姑母一道回去瞧瞧。」

「不用！」脫口而出之後，白洛氏才意識到自己反應過度了，趕緊掩飾地用帕子按了按嘴角，擠出一抹笑。「妍兒恐怕還在歇息，眼下妳過去也見不到她，等她好了我再派人通知妳。」

昨兒自己軟硬兼施甚至以死相逼才算是把這傻丫頭勸住了，現下洛婉兮一去，保不准自己的功夫就白費了，她還得回去再好好勸勸，確保萬無一失。

洛婉兮抿唇一笑，道了聲好。白洛氏這反應，看來白奚妍應該知道內情。

白洛氏扶了扶頭上的金釵。「我還要回去照顧妍兒，就先走了。」

施氏笑道：「二姊快去吧！」

白洛氏一走，施氏和吳氏也準備離開。臨走前，施氏叮囑洛婉兮。「妳祖母那兒當心些，若有什麼趕緊通知我們。」今兒洛老夫人可是氣得不輕，她老人家對廠衛向來避之唯恐不及。

洛婉兮溫聲道：「四嬸、五嬸放心，我知道。」

送走人後，洛婉兮才往回走，望一眼正屋，又抬腳進了西廂房。她住在西廂，洛鄴則住在東廂。

正屋內，何氏把自己知道的一五一十全盤托出。

洛老夫人一聽陳家那邊一開始只肯納白奚妍為妾，是白洛氏出去一趟才變為妻的，心頭亂跳，喃喃道：「她到底做了什麼，竟能讓陳家改變主意？」妾變妻可不是小事。

「我家老爺也覺事關重大，問了二妹，二妹只說她去求了那陳鉉，聲淚俱下哭訴了一番，那陳鉉於心不忍，便改了主意。」

「妳信嗎？」洛老夫人苦笑。

何氏當然不信，白洛氏那是把大夥兒當傻子糊弄呢！陳鉉執掌錦衣衛麾下北鎮撫司，下轄詔獄，專理偵緝刑事。這些年為他伯父剷除異己，死於他酷刑之人不計其數，整個京城誰不知道他心狠手辣，說他心軟，實在是滑天下之大稽。

只是白洛氏不肯說，還能撬開她的嘴不成？

忽而，洛老夫人問道：「你們可問過妍兒？」

何氏點頭。「問過。可一問，外甥女就哭，哭得險些背過氣去，幾次下來我們也不敢問了。」

洛老夫人轉著手中的紫檀木佛珠，若有所思，沈吟片刻後道：「妳瞧瞧，若是妍兒真的不舒服便罷，若她無事，便讓她過來一趟，我親自問她。」

何氏猶豫了下，為難道：「二妹恐怕不肯放人。」若是強行帶來，場面可就難看了，也怕嚇著白奚妍。

洛老夫人瞥她一眼，嘴角下沈。「讓她喝盞安神茶，睡一會兒。」

何氏心領神會，她不是沒想到，而是把小姑子放倒這事若是她自作主張，難免事後被人說嘴，眼下有了洛老夫人的命令，她自然沒了心中負擔。「那兒媳這就去辦。」

洛老夫人揉了揉太陽穴，滿心疲憊。「去吧！」

何氏屈膝一福，轉身而去。她也迫切想知道是怎麼一回事，就怕白洛氏闖了禍。這母女倆可是住在他們府上的，屆時自家也跑不了。

白洛氏回到芳華閣後，第一句便問：「姑娘可是起了？」昨兒娘兒倆說了半宿的話，女兒就哭了半宿，白洛氏實在心疼，怕她後半夜也睡不好，便點了安神香。

「姑娘還沒起。」侍書福了福身道。

白洛氏喝了口茶潤潤嗓子，道：「讓她睡，妳們都別去擾她，不管誰來都說姑娘睡熟了。」她帶著兒女上京，寄居在洛大老爺這裡，厚著臉皮隨著何氏參加各種宴會，遭受那些貴婦的白眼，就是為了給兒女謀一個好前程。

眼下，女兒因禍得福，得了這麼一門她想都不敢想的貴親，無論如何她都不會放棄……絕不會放棄！

瞥見白洛氏抓著茶盞的手指泛白，侍書心下一頓，慌忙低下頭應是。

白洛氏幽幽嘆出一口氣，疲憊地按了按額頭，一大早她也被洛老夫人弄得筋疲力竭。想了想，站起身，打算回房歇一會兒。昨兒她也沒睡好，起來眼底都青了，抹了不少脂粉才勉強蓋住。

侍書便回去守在白奚妍屋外，百無聊賴間做起了針線活兒，忽然聽到一陣動靜，抬頭便見何氏跟前的黃芪帶著兩個丫鬟站在門口。

侍書心頭一跳，陪著笑站起身。「黃芪姊姊怎麼來了？」

第二十六章

榮安院內，秋嬤嬤輕輕推了下歪在炕上閉目養神的洛老夫人。「老夫人，表姑娘來了。」

洛老夫人緩緩睜開眼，茫然了一瞬才道：「讓她進來吧。」

形容憔悴的白奚妍深吸一口氣，捏緊拳頭入內，一見到上首慈眉善目的洛老夫人，眼底忍不住一酸。

「妍兒過來。」洛老夫人對白奚妍招了招手。

白奚妍強忍著眼底酸澀，走到洛老夫人身前。

洛老夫人拉著她坐在自己身旁，見她小臉煞白，眼眶紅腫，眸底更是水濛濛一片，心下一痛。

她握著外孫女的手，放柔了聲音。「今早我才從妳娘口中得知妳訂了親事。」

白奚妍整個人一顫，淚珠便這麼順著腮邊滑下，一顆顆不間斷。

洛老夫人抹著她臉上的淚，也忍不住老淚縱橫，顫聲道：「妳怎生這般命苦，不過是出門玩耍，竟是惹上這等禍事，招來那等煞星。那陳鉉豈是好相與的？不說別的，只說他素有風流之名，此後妳入了那門，便是受了什麼委屈，咱們家也沒法替妳做主啊！」

聞言，白奚妍再是忍不住，撲進洛老夫人懷裡嚎啕大哭。

洛老夫人摟著外孫女，悲聲道：「也不知妳娘對陳家說了什麼，才使得他家改變了主意。妳娘被權勢富貴迷了眼，我怕她胡言亂語，最後受苦的還不是妳，只要一想到這，外祖母這心就像是被人揪著，疼得慌！」

洛老夫人就覺懷裡的外孫女全身僵硬得像塊石頭，連哭聲都停了，便知外孫女果然知道白洛氏如何說服了陳家。

洛老夫人收起悲意，扶起懷裡的白奚妍，看著她的眼睛柔聲道：「妍兒，妳娘到底向陳家說了什麼？妳娘苦苦隱瞞，定是十分要緊，我怕那是禍端。以陳家伯姪之心狠手毒，外祖母深怕哪一日這就成了妳們娘兒幾個的催命符。」

「催命符」三個字重重敲在白奚妍心上，她已經不止一次地夢見一臉陰鷙的陳鉉掐著她的脖子，陰森森道：「妳竟敢騙我！」

母親說只要她們不說，別人便不會知道，可這世上沒有不透風的牆。

「外祖母！」白奚妍驚慌失措地抓住洛老夫人的手，淚如決堤。她眼底深入骨髓的恐懼令洛老夫人心頭狂跳，不祥之感頓生。

洛老夫人穩了穩心神，反握住她的手。「別怕，外祖母在這兒，妳慢慢說，外祖母會幫妳的。」

不住抽噎的白奚妍緊緊握住洛老夫人乾癟的雙手，手上傳來的暖意讓她一顆六神無主的心稍稍安定。

「七年前，我和表妹從仁和回來時……」

一口氣說完之後，白奚妍如脫力一般趴在洛老夫人懷裡啜泣，既害怕又羞愧。

洛老夫人一時難以回神，她原還猜想難道是白洛氏手裡有陳家把柄，雖然可能性微乎其微，但是除了這個，她實在想不到有什麼能讓陳家讓出主母之位，可她萬萬想不到竟是攜恩求報，還是李代桃僵！

洛老夫人低頭看著懷裡哭成淚人兒的外孫女，只覺白洛氏好生糊塗！她真以為這破綻百出的謊言能瞞天過海？不說旁人，就說白奚妍，一旦嫁過去，她自己恐怕就會露出破綻，到時讓她如何自處？

洛老夫人只覺得太陽穴一突一突的疼，眼前一陣陣發黑，她狠狠一掐自己的手心，讓自己清醒過來。

她還不能垮，女兒糊塗，外孫女柔弱，外孫還未長大，自己若是垮了，她們一家可怎麼辦？洛老夫人深深吸了一口氣，輕輕拍了拍白奚妍的背。「莫哭，眼淚於事無補，妳且起來，外祖母問妳幾句話。」

洛老夫人的聲音有不同尋常的鄭重，帶著安定人心的力量，剛好撫平白奚妍那顆紊亂不安的心。

她緩緩從洛老夫人懷裡抬起頭，就聽洛老夫人一臉正色的開口。「對這門親事，妳有何想法？」

見白奚妍淚水盈盈的臉上一片茫然，洛老夫人索性放開了講。「暫且撇開妳母親欺瞞這事，只說陳鉉這個人，他心狠手辣，風流成性，在外祖母看來實非良配，這樣的人妳願意嫁嗎？」

白奚妍身體一震，淚水奪眶而出。「外祖母，我若是不嫁他還能如何？」

「另嫁他人！」

白奚妍怔住了，呆呆地看著神情端凝的洛老夫人。

洛老夫人看著她的眼睛，沈聲道：「反正原就是為報恩才答應的婚事，倘若好聲好氣去退婚，只說齊大非偶，想來陳家答應的可能性不小。」況且陳家本就不是心甘情願。

「礙著那份因果，應該不至於刁難妳們。只是妳遇上了這樣的事，又退了一次婚，再想嫁給官家子弟難，倒可在鄉紳富戶中尋一良人。」

這一瞬，白奚妍眼前浮光掠影般出現很多畫面。

人前母親做小伏低的討好其他夫人，人後母親含羞帶辱的哭泣……大哥身上的暗傷，少年舉人只會讓那些跋扈的少爺變本加厲地排斥他……還有燈下母親淚水漣漣的苦苦哀求。

忽而畫面一轉，變成了聚會時京中閨秀聚在一塊兒談論陳鉉。

「前一陣子宋御史不是彈劾陳督主車輦逾制嘛，沒幾天宋御史家的奴僕便告發主家隱占良田。宋御史當即被關進了詔獄，就是陳鉉主審，據說他親手將人剝了皮！」

接著又來到端午那一日，陳鉉手起刀落，那逃犯屍首分離，濺了她一身一臉的血。

恍惚間，白奚妍又想起了那個夢境。

洛婉兮漆黑的眼眸直直看著她，開口質問。「表姊，妳對得起我嗎？」斜刺裡冒出來的陳鉉抬手一刀斬下她的頭，語氣森森。「這就是欺騙我的下場！」

白奚妍悚然一驚，猛然回神，額頭上布滿細汗，她急促地喘息著，猶如缺氧的魚。

洛老夫人嚇了一跳，趕緊順著她的背安撫，後悔自己語氣太重，緩了緩臉色，正想開口，卻見白奚妍一把抓住她的手，啞聲道：「外祖母，我想退婚，這門親事本就不該是我得的。」

她的手涼得嚇人，整個身子都在顫抖，驚得洛老夫人變了神色，一把摟住她，迭聲安慰。「妍兒，別怕，外祖母在這兒，別怕！」

過了好一會兒，瑟瑟發抖的白奚妍才逐漸平靜下來，揪著洛老夫人的衣袖發洩般痛聲大哭，似是要把連日來的擔驚受怕與愧疚不安全部釋放出來。

抱著哭得幾近痙攣的白奚妍，洛老夫人心疼不已，更恨白洛氏。看她把女兒逼成什麼樣了？就為了滿足她對權勢的慾望，竟是把女兒生生往火坑裡推，這世上哪有這般狠心的娘！

「妳且在我這院裡住著，妳娘那兒由我來說。退婚之事宜早不宜遲，我會和妳大舅盡快處理。」

一聽不用回芳華閣，白奚妍心頭忍不住一鬆，她不敢想像母親知道後會是何反應。

這模樣落在洛老夫人眼裡又是一陣心疼。

恰在此時，外頭響起一陣喧譁，白奚妍的臉刹那褪盡了血色。

洛老夫人心下一沈。她怎麼來了？

洛婉兮原在西廂房看書，突然聽見白洛氏大吵大鬧的聲音，見她氣勢洶洶的推開下人衝進正屋，慌了一跳，到底不放心洛老夫人，立即起身往正屋趕。

沒攔住人的秋嬤嬤一臉訕訕的看著洛老夫人，但見洛老夫人一揮手，雖是不放心也只得退下。

望著氣急敗壞的母親，白奚妍忍不住瑟縮了下，不由自主的往洛老夫人後面躲。

這一幕深深刺痛了白洛氏，她不過睡了一小會兒，醒來女兒就不見了，嚇得她三魂六魄都顫抖起來。如今再看白奚妍這心虛模樣，頓生不祥。

白洛氏竭力讓自己聲音聽起來更平和，強笑道：「妍兒，妳身體不好，還不趕緊隨娘回去歇著？」

白奚妍慌得低下頭，根本不敢看她。

白洛氏如墜冰窖，雙手不可自抑的抖起來。她是不是都說了！

洛老夫人見她如此又氣又怒，指著她道：「妳就是不來，我也要去找妳。妳看看妳最近做的事，妳覺得妳像一個母親嗎？」

洛老夫人肯定都知道了。白洛氏只覺得腦子裡最後一根弦斷了，她赤紅著雙眼低吼：「我哪裡做錯了？妍兒失了清白，除了嫁給陳鉉，還能怎麼辦？難道要我眼睜睜看著她被人從角門抬進去做個妾，或是遠遠地嫁給一個平庸之輩，蹉跎一生？我知道妳看不上錦衣衛，寧願讓妍兒嫁個平頭百姓也不願意她嫁給錦衣衛，可那是妳的想法，憑什麼要我們都按照妳的想法來，難道妳的想法就一定是最好的？

「想當年妳還覺得白天啟好呢！可妳看看我現在活成什麼樣了，我十八歲就守寡，整日要受白家那老太婆刁難，被她指著鼻子罵掃把星，妯娌和小姑都欺負我沒男人撐腰，就是暮霖和妍兒也因為沒爹，從小被人怠慢！」

洛老夫人直愣著雙眼，不敢置信地瞪著歇斯底里的白洛氏，忽覺胸口一陣絞痛，眼前一黑，一口氣上不來，登時往後栽去。

「外祖母！」白奚妍失聲驚叫。

跟到簾外正進也不是退也不是的洛婉兮猛然一驚，飛奔入內，就見洛老夫人仰面躺在炕上，整張臉透著不詳的青色。

洛婉兮幾欲魂飛魄散，聲音都變了調。「府醫……快去請府醫！」

白洛氏的腿一下子軟了，踉蹌幾步後癱軟在地，嘴唇劇烈地哆嗦起來，似乎想說話，可什麼話都說不出來，一張臉白得丁點血色都無。

可沒有一個人注意到她，所有人都心急如焚地圍著洛老夫人。

一會兒，府醫來了，何氏也來了，瞥一眼失魂落魄的白洛氏，何氏目光一閃，讓人扶著她到一旁，這麼癱在那兒成何體統？

施氏過來後，見兩位府醫圍著洛老夫人轉，也沒自己插手的餘地，便急急問洛婉兮。「到底怎麼回事，母親怎麼會暈過去？」

心慌意亂的洛婉兮看一眼坐在一旁、如泥塑木雕似的白洛氏。

施氏心領神會，想來是為了白奚妍那樁婚事，白洛氏說了什麼話刺激了洛老夫人。

大半個時辰後，何氏命人拿著洛大老爺名帖請來的御醫也到了，片刻後，兩位府醫和一位御醫俱是神情凝重地對匆匆趕回來的洛大老爺點了點頭，四人便出了屋。

洛婉兮見狀，一顆心瞬間墜落至谷底，一抹冰寒順著脊椎爬上心頭。

望著滿園翠色，洛大老爺身子晃了晃，眼疾手快的葉御醫一把扶住他，不無同情。「洛侍郎保重。」

洛大老爺苦笑。母親未至花甲，竟已是思慮太甚，油盡燈枯。

葉御醫道：「若好生調養，許是能熬過這個冬天。如今萬萬不可再讓老夫人動氣，否則……」

洛老大爺在他未盡的話語中打了個寒噤，抹了一把臉，抬手一拱，誠懇道：「家母的身子有勞葉御醫費神了。」

「洛侍郎客氣了，這都是下官分內之事。」

客氣了幾句，洛大老爺便命人帶著葉御醫下去開藥方。

他在屋外待了片刻，定了定神後方入內，一踏進屋裡便受到所有人注目。

望著那一張張或擔憂或緊張的臉，洛大老爺如炬的目光定在角落裡的白洛氏身上。

白洛氏悚然一驚，心跳漏了一拍，眼見洛大老爺一步步走來，她心跳如擂鼓，只覺那顆心幾乎要不受控制地從喉嚨裡跳出來。

洛大老爺停在三步外，冷冷質問：「妳到底說了什麼，把母親氣到中風？」

白洛氏的頭越垂越低，支支吾吾。「我……我……為著妍兒的婚事，和母親拌了幾句嘴，大哥，我真不是故意的，如果知道會這樣，我肯定不會——」

「我問妳到底說了什麼！」臉色鐵青的洛大老爺打斷白洛氏無用的解釋。

惶恐不安的白洛氏張了張嘴，只能淚流滿面。那些話叫她怎麼開口，至今她都不敢相信自己竟然說了那樣的話。

「當著母親的面就敢說，對著我怎麼就不敢了？」洛大老爺見她不說話，譏諷道。

白洛氏眼淚流得更凶。

滿心失望的洛大老爺轉過身，看一眼跪在床頭、茫茫無措的白奚妍後，看向顏色如雪的洛婉兮，放緩了聲音。「婉兮，到底怎麼一回事？」

聞言，白洛氏倏地一顫，猛然抬頭看向洛婉兮。

白奚妍亦是抖了抖，淚珠一串串往下淌。

洛婉兮轉過頭，面無表情的將白洛氏那段抱怨重複了一遍。

白洛氏腦門上盡是汗，嚇得她不住往椅子裡縮。來自眾人譴責的目光彷彿刀子般銳利，一寸寸割著她的臉。

聽罷，洛大老爺握緊了拳頭，額上青筋暴跳，壓了壓火氣道：「當年那白家難道不是妳親自點頭的，是母親逼著妳嫁過去的？天降橫禍，誰又能預料得到？我竟不知原來妳把這都算到了母親身上，還記恨這麼多年！」

「沒有！」白洛氏猛然站起，激動地搖手否認，她全身哆嗦著，連牙齒也在打顫。「我不是故意的……這是話趕話，我不是故意要氣母親的！」

洛大老爺卻根本不信她了，那分明是肺腑之言。他冷著臉開口。「我不知道陳家這門婚事妳是用什麼法子定下的，想來是走了旁門左道。」

見白洛氏要反駁，洛大老爺冷笑一聲，根本不給她插話的機會。「妳別自作聰明，大家都不是傻子，滿城私下都在議論到底陳家為何會答應這門親事，要是只因為那事陳鉉便娶外甥女，陳家少奶奶的位置上早有人了。」

白洛氏呼吸一滯，瞳孔縮了縮。

洛大老爺聲若冷雨。「我問妳妳不肯說，如今母親也因為這門親事被妳氣得病倒了，可見著實是禍不是福。陳家手眼通天，我惹不起，卻躲得起，我給妳三天時間，妳搬出去吧。」

當初他出面請親家去陳府問話，那是為了堵白洛氏的嘴，貴妾這個結果在他意料之中，他也知道白洛氏不可能答應。

哪想她出去一趟，妾就變成了妻，白洛氏給出的理由更是荒謬。可白洛氏這個當娘的都答應了，他這個舅父若是執意反對，不免得罪陳家，遂他只能眼睜睜看著兩家訂了親，然他謹慎慣了，直覺這事不簡單，再看白洛氏一字不漏，更令他心有疑竇。

這一陣子，他越想越不安，又出了洛老夫人這事，實在是厭煩了白洛氏，也不想受她連累，索性逐客。反正本就是兩家，白家在京城也有宅院，白洛氏是想留在京城還是回臨安，他悉聽尊便。

白洛氏不敢置信地瞪大了眼，哆哆嗦嗦道：「大哥，你要趕我們走？」

「妳愛怎麼想就怎麼想！」洛大老爺眼皮一撩，便不再管她，直奔洛老夫人床頭。

第二十七章

頂著針扎似的目光，白洛氏腳步踉蹌地回到芳華閣，癱軟在椅子上。

她哆哆嗦嗦端起案几上的茶杯，勃然怒起，抬手就將茶杯砸向地面。砰一聲，屋內眾人嚇了一大跳，驚疑不定地看過去。

「滾滾滾，都給我滾出去！」白洛氏怒不可遏，拍著桌子大吼。

屋內眾人如蒙大赦，連忙行禮告退，屋內只剩下白洛氏和隨後回來的白奚妍母女倆。一個暴跳如雷，滿臉陰沈；另一個悲不自勝，雙目空洞。

瞥見女兒這模樣，白洛氏心疼之餘更恨，口不擇言道：「妳是不是傻？我跟妳說的話妳都當耳旁風。我是不是說了這種事說出來只會徒惹是非，我是不是告訴過妳，妳外祖母身子不好，別驚動她，可妳都做了什麼！」

白奚妍腦子裡嗡地一響，只覺天旋地轉。她咬了咬舌尖，勉強保留一絲清明，似乎不認識母親一般盯著白洛氏。

被她這麼看著，白洛氏不由瘮得慌，截了話頭，軟下語氣，流著淚哀求。「妍兒，算娘求妳了，妳就聽娘的話吧，別再往外說了，到此為止好嗎？」

眼淚不受控制地順著白奚妍的眼角往下淌，一滴又一滴。「娘，我們去退婚吧！退了婚，外祖母便高興了，興許她的病就能好了。」

白洛氏就像是被火燒到似的一個箭步躥到她跟前，抓著她的肩膀喝問：「退婚？她竟然讓妳退婚，她想害了妳一輩子嗎！」

「不是的，嫁給陳鉉才是害了我一輩子。我想起他就害怕，他殺人不眨眼，要是讓他知道我們騙了他，他會殺了我的。」白奚妍痛哭流涕，哀哀地看著白洛氏。「娘，他們本來就不想娶我，我硬嫁過去哪有好日子過？我們退了婚，回臨安吧！」

「回去後嫁個平頭百姓，是不是？」白洛氏使勁抓著白奚妍的肩膀，五官猙獰。「可妳有沒有想過，妳要是嫁個平民，日後妳祖母、伯母、嬸嬸、堂姊妹她們會怎麼嘲笑妳、我和妳哥哥？就是妳夫家背後也會笑話妳，在京城失了清白，人家不肯娶妳，所以妳只能低嫁，一輩子都要被人指指點點，妳真的要過這種日子？」

白奚妍哆嗦了下，不知是因白洛氏口中所描繪的未來還是她扭曲的面容。她顫聲道：「可是娘，我更怕嫁到陳家。妳有沒有想過，陳家知道我們騙了他們之後，會怎麼報復我們？」

「妳不說、我不說，陳家如何得知？」白洛氏放在白奚妍肩膀上的手越來越緊，手背上青筋畢露。「只要妳守口如瓶，他們不會知道的，就是妳祖母，她也不敢告訴陳家。妍兒，妳聽娘的話，沒什麼好怕的，妳別被外面的流言蜚語嚇到了，那陳鉉既然知恩圖報，本性就不會壞到哪兒去，那些都是以訛傳訛，只要他記著那份恩情，就會對妳好的。妳聽娘的話，娘絕不會害妳，等妳嫁過去、生了孩子，就會明白娘做的都是對的，娘都是為了你們兄妹倆好，為了讓你們能夠抬頭挺胸的做人，再也不用仰人鼻息。」

說著，白洛氏突然哭起來。「妳看今天，妳大舅一個不高興，就能把咱們娘兒幾個轟出去，不就是欺負咱們無依無靠嗎？娘這輩子都在受窩囊氣，不想妳再像我一樣一輩子抬不起頭來，說話都不敢大聲。」

「娘，妳別這樣……」看著歇斯底里的白洛氏，白奚妍哭得渾身哆嗦。

白洛氏悲聲道：「妍兒，就當是為了娘好不好，別再說什麼退婚，也別把這事說出去，多一個人知道就多一分凶險，妳想看著娘被陳鉉抓進詔獄，剝皮抽骨嗎？」

白奚妍渾身一顫，雙眼因為恐懼而陡然睜大。

白洛氏腦中閃過一道靈光，放開白奚妍的肩膀，抓著她的右手舉過頭頂。「妳發誓，妳絕不會再把這件事告訴別人，尤其是洛婉兮和妳大哥，且妳一定會履行婚約嫁給陳鉉。如違誓言，為娘我就腸穿肚爛，不得好死！」

霎時，一陣寒意自腳底升起，蔓延至四肢百骸，白奚妍覺得連渾身的血都凍住了，不敢置信地看著狀若癲狂的白洛氏。

白洛氏眼底瘋狂湧動，急不可待的催促道：「妳快發誓，快啊！」

白奚妍驚恐地看著母親，使勁抽著自己的手。「娘，妳別這樣！」

眼見她不肯，白洛氏氣急敗壞，餘光瞥見地上一塊碎瓷片，一把衝過去撿起來就抵住手腕。

被驟然放開的白奚妍跌倒在地，一抬頭就見白洛氏自絕的架勢，駭得面無人色，手腳並用的爬起來就要阻止。「娘！」

「妳別過來！」白洛氏後退兩步，直勾勾地看著女兒。「妳快發誓，否則我就死在妳面前。」

白奚妍的臉白得近乎透明，整個人虛弱得彷彿一陣風就能吹倒。

白洛氏見她毫無動作，眼底閃過狠絕之色。「與其日後被人嘲笑，一生讓人輕賤，我還不如現在就死，一了百了。」話音未落，鮮血就從她手腕迸濺，當下血流如注。

白洛氏揮手就想割第二下，白奚妍已經撲上去死死抓住她的手，泣不成聲。「娘不要！」她哭得上氣不接下氣，似乎要把這輩子的眼淚都在這一天流盡。「娘，我答應妳，妳不要這樣！」

「妳快說！」白洛氏依舊死死抓著手裡被鮮血染紅的碎瓷片，目光灼灼，彷彿不覺疼似的。

她眼底閃爍著奇異的光彩，只要白奚妍不想退婚，洛老夫人再生氣又能如何，還能跑到陳家去揭穿她們不成？洛老夫人不敢的！為了以策萬全，她甚至不會把這事告訴旁人，何況以如今洛老夫人的情形，能不能開口說話都是兩說。

白奚妍身上泛起一層又一層的疙瘩，她頹然跪倒在地，只覺得右手猶如千斤重，可在白洛氏逼視之下還是緩緩舉起，她聽見自己破碎不堪的聲音在空氣中迴蕩，待說完最後一個字，她幾近崩潰，摀住臉大哭起來。

白洛氏鬆手，「嘩啦」一聲，掌心的瓷片落在一片血跡裡，接著再支撐不住，一個趔趄栽倒在地。

「娘！」尚在大哭的白奚妍爬到她身邊，淒聲喊道：「來人——」

「不要驚動外人……」白洛氏不忘叮囑。

望著臉色煞白的母親臉上依稀可辨的欣慰，白奚妍忽然覺得一陣陰寒深入骨髓，冷得她整個人都顫抖起來。

三天後，白洛氏帶著白暮霖和白奚妍搬到了城東一座三進的宅院裡，這是早年白父進京趕考時置下的，對外說是為白奚妍備嫁，總不能在舅父家出閣。

如今洛老夫人醒了，神智還算清明，卻無法說話，連吞嚥都有些困難。其間白洛氏來過幾回，都被洛大老爺派來的人攔在院外。

搬走那天，白洛氏帶著兒女來榮安院辭行，白洛氏依舊被攔住了，她訕訕的看著兒女。

「你們去吧。」洛大老爺並沒有遷怒外甥。

洛婉兮正在屋內餵洛老夫人喝水，聽聞白暮霖和白奚妍來了，低聲對洛老夫人道：「祖母，表哥和表姊過來辭行。」

在洛老夫人醒來那天，她們就委婉說了白洛氏搬走之事，這事沒法瞞，洛老夫人也十分平靜的接受了。

洛老夫人眼珠子動了動，眼底浮現一抹悲意，洛婉兮知道那是為了白奚妍。

門口的珠簾輕輕晃動，發出清脆悅耳的聲音。

洛婉兮回頭，便見白家兄妹倆一前一後進了屋，兩人臉色都不好，尤其是白奚妍，整個人都透出一股憔悴。

洛婉兮起身與二人見過禮後便退開幾步，將床頭的位置讓出來。

白奚妍坐在床頭拉著洛老夫人乾枯的手，話一出口就帶上了嗚咽。「外祖母，您好好養病，我們會時常回來看您的，您別擔心我們，我們會好好的。」

洛老夫人眨了眨眼，悲從中來。自己都這樣了，白洛氏也沒改變主意，看來她是吃了秤砣鐵了心，要把白奚妍嫁進陳家。

她渾濁的眼裡湧出大顆大顆的眼淚。

白奚妍忙用帕子替她拭淚，自己也忍不住淚流滿面，哽咽得說不出話來。

「外祖母您莫要傷心，要是再傷了身子就是我們不孝了。」白暮霖忍著心中蕭瑟開口。他接了洛老夫人當天晚上就回了書院，可第二天又被人匆忙叫回來，被告知母親將外祖母氣到中風，大舅限他們三日內離開。

白暮霖整個人都是茫然的，他知道是因為妹妹的婚事，他也覺古怪，可母親不說，妹妹也不說，自己問得緊了，兩個人就哭，哭得他什麼話都問不出來了。

洛老夫人悲意稍斂，吃力地反握住白奚妍的手，眼中的擔憂濃得化不開。

白奚妍摀住嘴，竭力不讓自己哭出聲來，她不敢再待下去，怕自己忍不住崩潰大哭。這幾日她總是忍不住想，若自己聽了母親的話，不告訴外祖母，那麼外祖母也不會那麼生氣，母親就不會情急之下口不擇言，外祖母也就不會被氣得中風了。

「外祖母，我下次再來看您。」說著她抽出手，起身胡亂一福就往外走。

洛婉兮雙眼倏地睜大，白奚妍經過她身邊時說了一句「對不起」，雖然很快很輕，但是她絕沒有聽錯。

白暮霖也匆匆說了幾句話就告辭，臨走前神情難辨地看了洛婉兮一眼。

背對著他正在安撫洛老夫人的洛婉兮並沒有看見，洛老夫人卻看見了，她忍不住老淚縱橫。

「祖母，兒孫自有兒孫福，您就別操心了，咱們安心把身體養好，好嗎？」望著眼角不斷沁出淚水的洛老夫人，洛婉兮話裡不由帶上哽咽。祖母的身子生生就是為了兒孫操勞壞的。

洛老夫人看她眼裡水盈盈一片，秀麗的臉龐上滿是擔憂與哀求，心裡一抽。

從頭至尾最無辜、最可憐的都是這個孫女，去年被洛婉如毀了自小定下的婚事，還攤上了退婚的名聲，如今又被白洛氏李代桃僵。

她不喜廠衛可也得承認，陳家手眼通天，倘若婉兮日後遇上過不去的坎，陳鉉那份恩情也許就是她的保命符，可就在她本人一無所知時，這道保命符就被人奪走了，而自己卻不能替她主持公道。

思及此，洛老夫人只覺得心揪成一團，她吃力地點了點頭。自己還在呢，他們就如此欺負她，自己若是蹬腿去了，婉兮姊弟倆還不得被她們生吞活剝了？

她得安頓好了姊弟倆才能死。

洛老夫人放寬了心，再不去想那些糟心事，又有葉御醫以及兩位府醫精心調養，每日針灸按摩不斷，靈芝和人參如流水似的送進榮安院，孝子賢孫在床頭侍奉。

經過一個多月的調理，洛老夫人的身體明顯好了許多，雖然依舊不能說話，但不再吞嚥困難，且右手已經能抓住東西。

就連葉御醫都私下對洛大老爺說老夫人康復情況出人意料的好，這樣下去，熬到來年不成問題。

洛老夫人好轉，洛婉兮自然是最高興的一個，接連幾日都是笑靨如花，讓人看了也不由得高興起來。

「這麼漂亮的小姑娘就該如此歡歡喜喜的，也叫我們賞心悅目不是！」施氏捏了捏洛婉兮的臉打趣道。

靠在床上的洛老夫人彎了彎嘴角，滿目寵愛地看著正為她按摩右腿的孫女。這丫頭跟醫女學了按摩，每日都要為她按上半個時辰。

洛婉兮頭一扭，躲開施氏的祿山之爪，嗔道：「四嬸剛吃過荔枝的手，竟然直接捏我臉。」

施氏摸了摸手指，覺得小姑娘的臉比剛剝好的荔枝都滑嫩，年輕就是好啊！她倏地想到一樁事。「今兒有七夕廟會，婉兮不妨帶著鄴兒出去湊湊熱鬧，再帶上小三，也好有個使喚的。」洛鄂十四，能當半個大人用了，就姊弟倆出去，她們也不放心。

洛婉兮忍俊不禁，也就施氏會這麼說自己的親兒子，卻是道：「廟會到處都是人，我還是不去湊這熱鬧了。」

「妳不湊熱鬧，好歹讓鄴兒去開開眼界，這孩子自從來了京城就沒出門玩過呢！」施氏還會找不到法子制洛婉兮？她也著實心疼姪女兒，洛老夫人這一病，生生叫她瘦了一圈。風華正茂的小姑娘，整天和那些湯藥打交道，哪有個年輕人的模樣。

洛婉兮不禁猶豫，就聽見洛老夫人拍了拍被子，接著點了點頭，又看了看外面，意思不言而喻。

施氏便笑道：「妳看，妳祖母都贊成了，老人家的意思可不能違逆。待會兒妳就帶著兄弟倆出門，母親這裡妳放心，有我呢！到時候咱娘幾個也到院子裡看那些小丫鬟們穿針乞巧。」

洛老夫人又點了點頭。

如此，洛婉兮便也不再推拒。

到了申時三刻，太陽落山了，洛婉兮換上一身輕便的衣裳，帶著兩個弟弟出了門。

洛鄂生得挺拔，雖然比洛婉兮小了一歲，但比洛婉兮還高了半個頭，走出去倒更像兄妹。

洛婉兮與洛鄴坐馬車，洛鄂騎著馬跟隨在側，隔著窗戶問：「四姊，妳想先去哪兒？」

洛婉兮把即將脫口而出的地名吞了回去，換上一張好奇的表情道：「我也是第一次來京城，不知哪兒好玩，你看著安排吧！」

洛鄂便道：「咱們還沒用晚膳，就先去朱雀街，京城最地道的吃食就在那條街上。」

一聽到吃的，洛鄴眼睛都亮了，趴在窗口上眼巴巴地望著洛鄂。「三哥哥，最好吃的是什麼？」

洛鄂仰了仰腦袋。「最好吃的啊……」

片刻後，姊弟三人站在「徐記滷煮」的店鋪前，看著一臉獻寶的洛鄂，洛婉兮想，這是不是傳說中的不是一家人，不進一家門？路上她就在琢磨，怎麼在不破壞溫婉形象的前提下吃到一碗滷煮火燒，誰知竟然這麼快就夢想成真了，洛婉兮努力壓下忍不住上揚的嘴角。

洛鄂還在滔滔不絕地介紹，似乎有些害怕被嫌棄。「這家店瞧著是不比那些酒樓氣派，可在京城十分有名，據說不少達官貴人都會喬裝改扮過來，就為了吃一碗滷煮火燒。你們看他這二樓特別改成廂房，就是為了那些貴人方便。」

「滷煮火燒是什麼？」洛鄴好奇。

「……就是豬身上的肉。」說了肯定沒胃口了，尤其是他四姊，洛鄂瞥一眼他那冰清如玉的堂姊，突生一股罪惡感。「要不我們去仙客樓吧，這時辰應該還有廂房。」

洛婉兮立刻道：「不用！」接著緩了緩語氣，微笑道：「來都來了，就在這兒吧，門庭若市，想來味道肯定不錯。」

已經被從店內飄出的香味勾得口舌生津的洛鄴點頭如搗蒜，跟著他姊往店裡走。

洛鄂愣了一瞬，見二人都走了，趕緊追上去。「我先去問問裡面有沒有廂房。」總不能讓洛婉兮坐在大堂裡，這會兒多少人眼睛都快看斜了，斜得洛鄂心頭無名火起。

穿著棕色短褐的店小二面對洛鄂的詢問，露出一個滿含歉意的笑容，客客氣氣道：「對不起了這位公子，樓上已經客滿了，要不您稍等片刻。」

洛鄂一陣失望，又滿懷希冀地問：「若是等要等多久？」

「大約一盞茶的工夫，小的店裡這滷煮火燒吃起來並不費時。」

洛鄂對他點了點頭，走向等在門外的洛婉兮，問道：「四姊，還要等一盞茶的工夫，要不咱們去其他地方？」

「不礙事，讓人在這兒等著，我們就在附近看看。」街道兩邊的貨攤已是鱗次櫛比，琳琅滿目。

面對如此善解人意的堂姊，洛鄂頓生微妙之感。恰在此時，店內走出一名男子，手捧一碗熱氣騰騰、香氣四溢的滷煮火燒，從他們眼前大步走過，一路走到旁邊的首飾攤，大馬金刀地坐下，呼嚕呼嚕就吃起來。

——未完，待續，請看文創風587《天定良緣》2

渺渺浮生，訴不盡的兩世情深／水暖

2017年12月出版

天定良緣

告別前塵舊夢，這輩子她只盼獲得新生，
就算生在世族大家，難免有躲不掉的明爭暗鬥，
也總比被心愛之人背叛來得強。
不過她似是忘了，有些事可以隨歲月流逝，
可有些人，卻是想忘也忘不了……

文創風 586 **1**

陸婉兮一直視凌淵如命，到頭來反而教他要了命。
曾經有多愛，就有多恨，恨到她縱身而下，落入冰冷的湖裡——
可上天似是不想讓她就此委屈了結，她醒來後竟成了臨安洛家四姑娘洛婉兮！
同為「婉兮」，命運卻是天堂與凡間，
前世她是陸國公府家的掌上明珠，活得恣意灑脫，說風是風；
這世她父母雙亡，和幼弟相依為命，好在還有洛老夫人庇蔭。
她日子過得安分守己，小時訂了個不錯的娃娃親，
豈知自家堂姊和未婚夫暗通款曲，還想方設法要毀她名譽?!

文創風 587 **2**

「我要娶他！」
小小的陸婉兮天真地以為就像大哥娶大嫂，娶了就能天天在一塊兒了！
「我的傻姑娘，女兒家只能嫁人，可不能娶人。」母親笑著告訴她。
於是她歡天喜地的改口：「那我要嫁給他！」
彼時她才六歲，早已認定了心儀的他。
後來她如願嫁給了凌淵，可這段美好回憶在他的背叛下，只剩下諷刺！
本以為這世不會再見，可當那男人出現在眼前，她心中只有說不清的滋味。
這男人利用愛慕他的女子登上權力的巔峰，利用完後又一腳踢開，
他是這樣薄情的人，可為何她會在他眼中看到他對前世的她情深義重？

文創風 588 **3**

早在洛婉兮決定來京城的那一刻，命運就已為她寫好劇本，
要角一一現身，而最後結局是福是禍，皆取決於她。
曾經交好的姊妹，因為重重誤會而情誼不再；
對她照顧有加的嬤嬤被暗害而死，
煞費苦心找出真凶，背後的真相卻令她更覺膽寒。
牽扯越深，越難抽身。面對前世的至親，她難以無動於衷，
而她一心想躲著凌淵，卻不料他早已懷疑起她的身分，
為她布下天羅地網，只等著她一步步踏入……

文創風 589 **4** 完

就連洛婉兮也不明白自己為何又成了凌淵的妻子？
許是因皇帝將她賜婚給一個傻子，讓她不甘如此被人擺布，
也或許是當年真相大白，讓她驚覺竟是錯恨了他。
她以為時光帶走了一切，包括曾經的濃情密意，
卻不知與凌淵的每一次相處，都能讓她憶起當初的熟悉。
皇帝病重，朝堂變天，本以為一番風雨過後，終將迎來太平盛世，
可就有那些見不得別人好、想藉勢攀高枝的，
趁她有孕在身，欲將美貌女子推入凌淵懷裡，還要害她腹中孩兒……

2017年11月出版

龍鳳無雙

文創風 583～585

常言道：「不是冤家不聚頭」，
此番招惹了那金尊玉貴的人，
她之後還有好日子過嘛……

故事千迴轉，情意扣心弦／池上早夏

納蘭崢心裡藏著一個秘密。
七年前她莫名被害，丟了性命，卻沒丟掉前世的回憶，
如今再世為魏國公府四小姐，她步步為營，不忘查探當年真凶。
她天資聰穎，胞弟卻資質平平，為替他謀個似錦前程，
她研習兵法，教授胞弟，豈知她在這頭忙，另一頭竟有個少年慫恿弟弟蹺課！
她納蘭崢可不是那種不吭聲的良家婦女，她與少年結下了梁子，
可說也奇怪，這少年一副睥睨姿態，竟說自己是當朝皇太孫——而他還真的是！
她自知惹上不該惹的人物，豈料這誤打誤撞，反倒讓她被天家惦記上了？!
湛明珩貴為皇太孫，什麼窈窕貴女沒見過，卻偏偏被一個女娃擺了一道！
閨閣小姐學的是溫良恭儉讓，她學的是巾幗不讓鬚眉，
一口伶牙俐齒，總能教他啞巴吃黃連。
想他平時說風是風，說雨是雨，如今卻拿捏不住一個女子，
說出去豈不被人笑話？他非要讓她瞧瞧厲害不可！
怎知他算盤打得叮噹響，還沒給她一個教訓，心就被她拐了去……

為流浪貓狗加油 和貓寶貝 狗寶貝 廝守終生(一定要終生喔！)的幸福機會

對人來說，貓寶貝狗寶貝只是生活的一部分，但妳（你）對牠們來說，卻是生活的全部，領養前請一定要考慮清楚——

▲ 醜腆但溫柔的好奇寶寶　漂漂虎

性　　別：女生

品　　種：米克斯

年　　紀：5個月大

個　　性：溫柔害羞

健康狀況：已結紮，今年已施打疫苗。

目前住所：台中市霧峰區

『漂漂虎』的故事：

在2017年3月的某天，中途經過台中霧峰桐林地區時，發現一群疑似被人棄養的幼犬，一共六隻，為虎斑犬，且約莫一個月大而已。這六隻虎斑犬每隻雖都鼓脹著肚子，四肢卻瘦巴巴的，看上去相當病弱，毫無生氣。中途於心不忍，便將六隻虎斑犬送醫。

將這群幼犬送至醫院後，即便牠們眼中看似對周遭還有些畏懼，但仍然很親人，也很乖巧，最後，中途決定把這群毛孩子帶回狗園中照顧，並將牠們命名為小虎隊，正式成為狗園大家庭中的一份子。

漂漂虎是小虎隊中唯二的女生，牠的身型非常嬌小，個性也有點點小害羞，但是牠對於一切新事物都感到很新鮮，雙眼總是散發出好奇的光芒，很難不教人喜歡牠，中途相信，只要給漂漂虎一些時間，牠一定會成長為一個溫柔又開朗的女孩！

如果您願意給漂漂虎一個家，讓牠成為陪伴您一輩子的家人，歡迎來信leader1998@gmail.com（陳小姐），或傳Line：leader1998，或是搜尋臉書專頁：狗狗山-Gougoushan。

認養資格：

1. 認養者須年滿20歲，有穩定經濟能力，並獲得全家人的同意。
2. 須同意簽認養寵物切結書，並讓中途瞭解漂漂虎以後的生活環境。
3. 同意送養人日後之追蹤探訪，對待漂漂虎不離不棄。
4. 同意讓漂漂虎絕育，且不可長期關、綁著漂漂虎，亦不可隨意放養。
5. 為讓中途對您有更深入的瞭解，中途會先有份線上問卷請您填寫。

來信請說明：

a. 個人基本資料：姓名、性別、年齡、家庭狀況、職業與經濟來源等。
b. 想認養漂漂虎的理由。
c. 過去養寵物的經驗，及簡介一下您的飼養環境。
d. 若未來有結婚、懷孕、出國或搬家等計劃，將如何安置漂漂虎？

風 文創 586

天定良緣 1

國家圖書館出版品預行編目資料

天定良緣 / 水暖著. --
初版. -- 臺北市 : 狗屋, 2017.12
冊 ; 公分. --（文創風）
ISBN 978-986-328-803-9（第1冊：平裝）. --

857.7　　106018457

著作者	水暖
編輯	王冠之
校對	黃亭蓁　周貝桂
發行所	狗屋出版社有限公司
地址	台北市104中山區龍江路71巷15號1樓
電話	02-2776-5889～0
發行字號	局版台業字845號
法律顧問	蕭雄淋律師
總經銷	知遠文化事業有限公司
電話	02-2664-8800
初版	2017年12月
國際書碼	ISBN-13　978-986-328-803-9

本著作物由北京晉江原創網絡科技有限公司授權出版

定價250元
狗屋劃撥帳號：19001626
網址：love.doghouse.com.tw　E-mail：love@doghouse.com.tw